Friederike Schmöe

FRATZEN-
MOND

Friederike Schmöe

FRATZEN-MOND

Katinka Palfys dritter Fall

KRIMI IM GMEINER-VERLAG

Bibliografische Information
der Deutschen Bibliothek
Die Deutsche Bibliothek verzeichnet diese
Publikation in der Deutschen Nationalbibliografie;
detaillierte bibliografische Daten sind im Internet
über http://dnb.ddb.de abrufbar.

Besuchen Sie uns im Internet:
www.gmeiner-verlag.de

Im Ehnried 5, 88605 Meßkirch
Telefon 07575/2095-0
info@gmeiner-verlag.de

2. Auflage 2007

Lektorat: Claudia Senghaas, Kirchardt
Umschlaggestaltung: U.O.R.G. Lutz Eberle, Stuttgart
unter Verwendung eines Fotos von Friederike Schmöe
Gesetzt aus der 9,6/13 Punkt GV Garamond
Druck: Fuldaer Verlagsanstalt, Fulda
Printed in Germany
ISBN 978-3-89977-675-1

Für Fritz

Alle Handlungen und Charaktere in diesem Kriminalroman sind freie Erfindungen der Fantasie. Sollten sich Ähnlichkeiten oder Übereinstimmungen mit Handlungen oder Personen des wirklichen Lebens herausstellen, so wäre dies auf ein Wunder zurückzuführen. Soll es ja ab und zu geben.

Soothe me with your caress
Sweet lotus blossom, lotus blossom
Help me in my distress
Sweet lotus blossom
Please do

Julia Lee

1. Ida und Vishnu

»Moaaaaaar!«

Katinka duckte sich instinktiv. Der Angreifer schoss an ihrer Schulter vorbei. Sie keuchte auf. Um ein Haar hätten sich die Krallen des Fellklops in ihren Pullover vergraben.

»Ist das eine Killerkatze?«

»Killerkater!« Ida Schenck lächelte stolz. »Er heißt Vishnu. Vishnu, benimm dich anständig. Frau Palfy ist die Detektivin, die ich engagiert habe, damit endlich wieder Ordnung in unsere Nächte kommt.«

Sie drohte dem Kater mit dem Finger.

»Ab mit dir.«

»Puh«, machte Katinka und rückte ihre Brille zurecht. Vishnu gehorchte. Er bedachte Katinka mit einem milden Blick und machte sich in den Garten davon, um gemäß seiner göttlichen Aufgaben die kosmische Ordnung wiederherzustellen. So jedenfalls kam es Katinka vor, während sie dem rotgerippten Kater nachsah.

»Vishnu ist ein kluges Tier, nur leider machtlos gegen die Bosheiten, die aus dem Innern kommen.«

Katinka strich Katerhaare von ihrer Jeans und musterte Ida Schenck, ihre neue Auftraggeberin. Die alte Dame stellte Teegeschirr auf den Tisch und trug Kekse und Kuchen auf.

»In der Nacht wirkt Schwarztee Wunder«, verkündete sie.

Sie hatte Katinka angeheuert, um sich von einem Spuk zu befreien, der seit einigen Wochen des Nachts ihren Garten mit Beschlag belegte. Angeblich bewegte sich der berühmte Bamberger Reiter zwischen den Rosenbeeten, starrte durch die Fenster, rüttelte an den Rollläden und begehrte Einlass durch die Terrassentür. Katinka war sich ziemlich sicher, der echte Bamberger Reiter saß nach wie vor in Stein gehauen im Dom fest im Sattel. Bisher war sie sich nicht sicher gewesen, was sie von der Spukgeschichte halten sollte, die Ida Schenck ihr aufgetischt hatte. Es mochte tatsächlich vorkommen, dass jemand der alten Dame aus welchem Grund auch immer mit einer gruseligen Maskerade Ärger machte. Doch in der Atmosphäre dieser sonderbaren Villa wirkte die alte Dame wie das Klischee einer Frau im Herbst ihres Lebens, die die Bodenhaftung verloren hatte und sich mit Halluzinationen und Eingebungen interessant machen wollte.

»Ostfriesische Rose. Ein klassisches Motiv, finden Sie nicht?«

»Ja«, machte Katinka mit einem halbherzigen Blick auf das Porzellan. »Ich würde mich gerne im Haus umsehen.«

»O, ich begleite Sie! Der Tee bleibt ja heiß.«

Ida Schenck lächelte Katinka an und führte sie durch das Erdgeschoss.

»Ich bin beruhigt, dass Sie eine Waffe bei sich tragen. Ich meine, eine dieser Schusswaffen, mit denen man einen Gegner rasant niederstrecken kann, nicht wahr?« Ida Schenck holte Luft. »Ein Nudelholz tut es meiner Meinung nach auch, aber natürlich nur bei halbwegs nahem Körperkontakt. Ich persönlich traue meiner Schlaghand nicht mehr viel Wirkung zu. Bitte, Sie sehen ja, das Parterre besteht fast nur aus Wohnzimmer und Küche.«

»Ist der ... Spuk schon einmal ins Haus gekommen?«

»Gott bewahre!« Ida Schenck hob die rechte Hand, als wolle sie sich bekreuzigen, ließ es dann aber sein. »Ich habe alles verrammelt. Vishnu ... aber lassen wir das. Ich finde einfach nur, er hat eine Vorahnung! Jedes Mal, wenn der Reiter heranrückte, warnte er mich mit anhaltendem Gemaunze. Kommen Sie mit nach oben!«

»Augenblick noch.«

Katinka öffnete eine unauffällige Seitentür, die von der Küche wegführte. Eine hervorragend ausgestattete Speisekammer nahm sie in Empfang.

»Wie sieht es mit dem Keller aus?«, wollte Katinka wissen, während sie der kleinen Dame in den ersten Stock folgte. Die Wände des Treppenhauses waren gespickt mit Gemälden. Modernes hing neben dem Armen Poeten von Spitzweg. Getrocknete Blumensträuße baumelten von der Decke.

»Alle zu Mariä Himmelfahrt gepflückt, über Jahre.«

Katinka glaubte sich an den alten Brauch zu erinnern, am 15. August jeden Jahres Sträuße aus verschiedenen Kräutern zusammenzustellen.

»Haben Sie die selber gepflückt?«

»Ich, ja, und auch Grit, meine Großnichte. Sie ist ein patentes Mädchen. Einige Wochen wohnte sie in meiner Mansarde, dort habe ich eine Einliegerwohnung eingerichtet, aber Sie wissen ja, die jungen Leute, schließlich sind Sie selbst noch jung – sie wollen einfach ihre Freiheit, und die sollen sie auch alle haben!«

»Als Ihre Nichte auszog«, fragte Katinka schnell, »spukte da auch schon der Bamberger Reiter um Ihr Haus?«

Ida Schenck schloss die Tür auf, die den Weg zu den

Zimmern der oberen Etage freigab. »Nein, das fing erst so zehn Tage später an. Aber Grit spielt nicht den Reiter. Ich würde sie sofort an ihren Bewegungen erkennen. Sie ist so eine Elfe.« Ida ging ein Stück zur Seite, damit Katinka in den oberen Flur treten konnte. »Sie haben nach dem Keller gefragt. Dort stapeln sich alte Umzugskisten, ein paar blödsinnige Möbel und Konserven. Nichts wirklich Interessantes.«

Katinka grinste. Auf den zweiten Blick passte das Haus perfekt zu seiner Bewohnerin. Diese Dame, weit in den Siebzigern, mit ihrem adretten Kostümchen und der Bluse mit Rüschenkragen, der Gemme über dem oberen Knopf, gab sich nach außen konservativ, doch im Innern blühte eine Pflanze aus einer anderen Welt. Auch ihr Zuhause hatte sie nach exotischen Maßstäben eingerichtet. Dunkle Masken aus Holz schmückten die Wände, Schiffe in Flaschen standen auf den Regalbrettern, die ohnehin vor Büchern überquollen. Verrückte Skulpturen wechselten mit Musikinstrumenten, von denen Katinka bisher nicht gewusst hatte, dass es sie gab.

»Kennen Sie das hier?« Ida Schenck wies auf ein Instrument, das vage an ein Glockenspiel erinnerte. »Ein Ballaphon. Ich habe es in Westafrika gekauft. Ich glaube, in Mali.«

»Sie sind viel gereist?«, fragte Katinka, während sie schnell das Schlafzimmer überprüfte. Ein ungemachter Futon lag auf dem Fußboden in der Mitte des Zimmers, darum herum waren Bücher- und Zeitschriftenstapel aufgeschichtet.

»Unendlich viel«, freute sich Ida Schenck. »Ich zehre noch heute davon. Zwar bin ich noch halbwegs gut zu Fuß, aber eine Reise durch Afrika wäre inzwischen nicht mehr meins. Tja. Die Welt hat sich auch sehr verändert, nicht wahr? Als ich jung war, konnte ich als Frau sicher um den Globus reisen. Das mag Ihnen unvorstellbar erscheinen. Aber ich wurde immer mit Respekt behandelt. Mit wirklicher Wertschätzung.«

Katinka schob die Gardine zur Seite. Unter ihr lag der herbstliche Garten, still und friedlich. Beinahe wäre sie auf Vishnu getreten. Er fauchte böse und zog sich zurück. Katinka hätte nicht sagen können, wo er hergekommen war.

»Ich bin studierte Archäologin«, hörte sie sich sagen. »Aber gereist bin ich nicht so viel ... bisher.«

»Ein Fehler, Frau Palfy, ein Fehler. Reisen ist die einzige Inspiration, von der man als junger Mensch wirklich profitiert.«

Ida Schenck griff ins Regal und zog eine Schachtel heraus. Sie war über und über mit Postkarten gefüllt.

»Hier, die habe ich mir selber geschrieben. Wenn ich dann heimkam, hatte ich das Tagebuch im Briefkasten.« Sie lachte. »Ich war sogar im Sudan. Hier, kennen Sie den Löwentempel von Musawwarat es Sufra? Auf der Karte erkennt man sogar die berühmte Reliefdarstellung des Königs Arnekhamani. Und wenn Sie Archäologin sind, wieso stehen Sie dann hier herum und hören sich die Lebensgeschichte eines Wracks an? Sie gehören da raus!« Ida Schenck machte ein unwirsche Handbewegung ins Nirgendwo. »In die Wüsten und Täler, wo es noch Schätze zu finden gibt.«

Katinka seufzte.

»Es ist nicht ganz so einfach ... vom Arbeitsmarkt her. Also ...« Sie stellte fest, dass sie sich verteidigte, und wurde rot vor Ärger. Inzwischen konnte sie ihren beruflichen Wechsel für sich selbst akzeptieren, aber es war eine andere Sache, Fremden klarzumachen, was sie dazu bewogen hatte. »Es hat sich einfach so ergeben. Aber Detektivin und Archäologin …«

»Das passt natürlich zusammen, ich sehe es ein«, lachte Ida Schenck. »Dennoch sollten Sie mehr reisen. Drei bis vier Mal im Jahr, das ist der rechte Rahmen. Sie sind doch noch keine 30! Bis zum 40. Lebensjahr denken Sie, körperliche Gebrechen würden niemals eine Rolle spielen«, sagte Ida. »Aber dann tun Ihnen abends die Füße weh, und wenn Sie lange stehen, werden die Beine schwer. Damit fängt es an.« Sie fegte mit der Hand über ihren Rock. »Wobei ich sagen muss, Frau Palfy«, sie schwieg und genoss die Spannung, die im Raum hing, »wobei ich sagen muss, dass ich mit 40 beruhigt hätte von dieser Welt gehen können. Bis zu dem Zeitpunkt habe ich alle Gefühle gelebt, die ein Mensch nur imstande ist zu leben. Wirklich alles. Von Liebe und Hass bis Angst und Hoffnung. Tatsächlich bin ich zu jener Zeit immer mit dem Gedanken ins Bett gegangen, dass ich getrost abtreten kann, denn es gibt nichts mehr, was ich noch nicht kenne. Im Innern, meine ich.«

Unruhig ließ Katinka den Blick durchs Zimmer schweifen. Irgendwas an Idas Worten verunsicherte sie. Die Plastiken im Raum schienen ihr zwischen lebendig und tot zu schweben. Es war ein eigenartiges Gefühl, das sie ergriff. Sie las die Titel der Bände, die Ida übereinander und in zwei Reihen in die Bücherregale geschichtet hatte.

»Aber nun bin ich doch fast doppelt so alt geworden wie ich damals war, als ich meinte, ich hätte nichts dagegen einzuwenden, hinübergerudert zu werden. Mögen Sie Beethoven?«

Katinka nickte.

»Der Meister sagte einmal: O, es ist so schön, das Leben tausendmal leben! Können Sie sich das vorstellen? Wie er es ausrief, trunken vor Glück? Wahrscheinlich war er gerade im Liebesrausch.«

Katinka langte nach einem Gedichtband. »Rabindranath Tagore«, murmelte sie. »Den mag ich auch.«

»Nicht wahr? Er bekam 1913 den Literaturnobelpreis. Das war aber definitiv vor meiner Zeit. Seine Lyrik hatte ich immer auf meinen Reisen dabei. Sie hat mich mein Leben lang inspiriert.«

Ida trat nahe an Katinka heran.

»Ich verrate es nur Ihnen. Aber ich habe viele Menschen auf meinen Reisen kennen gelernt. Hier«, sagte sie und wies auf einen breiten Schreibtisch aus Eichenholz. »Hier bewahre ich meine Tagebücher auf. Kennen Sie Moleskine? Die berühmtesten Künstler haben diese Kladden als Reisenotizbücher benutzt. Tja, jetzt sind all die Jahre zwischen Pappdeckel gebannt. Dabei weiß ich nicht mal, ob jemand meiner eventuellen Erben die Muße finden wird, darin zu schmökern.«

Ida kicherte verschwörerisch und fummelte an ihrem Halskettchen.

»Sehen Sie?«

Ein kleiner goldener Schlüssel schimmerte zwischen ihren kurzen Fingern. »Der Zugang zu den Erinnerungen einer alten Schachtel.« Vielsagend deutete sie auf die Tür des rechten Seitenteils. Sie ließ den Schlüssel wieder unter ihrer Bluse verschwinden und klatschte in die Hände. »Haben Sie alles gesehen? Gehen wir wieder nach unten. Es ist gleich zehn. Bestimmt kommt er bald geritten.«

Sie beugte sich zum Schalter einer Stehlampe hinunter. Für den Bruchteil einer Sekunde sah Katinka eine breite Laufmasche in Ida Schencks grauer Strumpfhose. Dann erlosch das Licht.

Schweigend folgte Katinka der alten Dame nach unten. Alle paar Minuten fragte sie sich erneut, ob Ida Schenck verrückt war oder nicht, und jedes Mal kam sie zu einer anderen Einschätzung. Nach einer kurzen Inspektion eines unaufgeräumten, muffigen Kellers ging sie durchs Wohnzimmer, erschrak, als eine eigentümliche Schlingpflanze sie streifte, und trat in den Garten hinaus. Wenn es stimmte und der Spuk jeden Abend zwischen 22 und 22 Uhr 30 begann, musste es bald soweit sein. Ob sie Hufgetrappel hören würde? Würde der Bamberger Reiter zu Pferd erscheinen? Ida hatte sein Kommen bisher weder gehört noch gesehen. Sie behauptete, er tauche einfach aus dem Dunkel auf.

Katinka atmete tief die frische Herbstluft ein. Sie war schwer von Feuchte und Erdgeruch. Ein perfekter Halbmond hing am Nachthimmel, wie eine in der Mitte durchgebrochene Calciumtablette. Einzelne Wolkenfetzen fegten über ihn hinweg.

Wenn ich mir eines wünsche, dachte Katinka, dann dass ich den Mond mal wieder scharf sehe. Trotz Brille nahm sie die halbe weiße Scheibe verschwommen wahr, wie ausgefranst. Die Kontaktlinsen standen ganz oben auf ihrer Erledigen-Liste, und mit Ida Schencks Honorar in diesem Oktoberspuk würde sie sich welche leisten können. Ihre private Detektei, beinahe nun ein Jahr als Unternehmen angemeldet, lief nach anfänglichen Startschwierigkeiten sehr gut. Beigetragen hatte dazu, dass sie in Zusammenarbeit mit Hauptkommissar Harduin Uttenreuther im vergangenen Sommer Bamberg vor einer Katastrophe bewahrt hatte. Ein Wahnsinniger hatte geplant, mit Hilfe eines biologischen Kampfgiftes die größte Kirchweih, DAS Partyereignis der Stadt, hopszunehmen. Viele tausend Menschen hätten sterben können.

Die Presse überschlug sich in den Wochen danach, und die herausragende Kooperation zwischen Kripo und privater Ermittlerin wurde hoch gelobt. Inzwischen waren fast zwei Monate vergangen, und Katinka war so gut wie ausgebucht. (*Kirchweihmord)

Ein leises Rascheln neben ihr ließ sie zusammenfahren.

»Schon wieder Vishnu!«, flüsterte sie. Der Kater schritt würdevoll durch einen Haufen trockenen Laubs. »Wo du nur immer herkommst. Kannst du durch Wände gehen?«

Katinka machte einen Kontrollgang durch den dunklen Garten. Die Stille, nur unterbrochen durch das Aneinanderschlagen der beinahe kahlen Zweige bei einem plötzlichen Windstoß, kam ihr friedlich vor. Weit und breit war niemand zu sehen. Kein Reiter, kein Mensch, nicht einmal mehr Vishnu. Sie blieb lange am Zaun stehen und spähte zur Nachbarvilla hinüber. Hier im Haingebiet reihte sich ein herrschaftliches Haus an das andere. Die großen Gärten, oft mit altem Baumbestand, vermittelten ein Gefühl von Endlosigkeit. Ich schätze, heute Nacht wird kein Spuk aufkreuzen, dachte sie, morgen auch nicht, und irgendwann hat sich die Geisterstunde von selbst erledigt. Es mochte sein, dass Ida Schenck einfach zu viel allein war, mit ihren kuriosen Souvenirs und ihrer Grübelei über den Tod. Katinka machte sich von den Gedanken an Vergänglichkeit und Verlorensein los, kreidete sie kurzerhand dem nahenden Winter an und ging zum Haus zurück.

»Haben Sie eigentlich gar keine Fotos von sich und Ihren Reisen?«, fragte Katinka. Viele Reiselustige tapezierten quasi ihre Wände mit sich selbst vor den Sehenswürdigkeiten der Welt.

»Kaum. Die Bilder im Kopf bleiben schärfer. Nehmen Sie Tee?«, fragte Ida Schenck und goss sogleich Katinkas Tasse voll.

»Gerne. Aber mir wäre es ganz recht, wenn wir das Licht hier mal ausmachen könnten. Ich möchte nicht auf dem Präsentierteller sitzen, wenn … der Reiter kommt.«

»Sicher. Natürlich.«

Ida Schenck war schon aufgestanden und löschte das Licht. Katinka ging in die Küche und drückte ebenfalls auf alle Schalter. Nur eine kleine Tischlampe ließ sie brennen. Auf der anderen Straßenseite sangen die Bäume des Hains im Chor mit den Windböen. Sie kehrte ins Wohnzimmer zurück, wo Ida sich in einen Ohrensessel gesetzt hatte und eine Kerze entzündete.

»Ein kleines Kerzchen muss drin sein, Frau Palfy«, sagte sie und lächelte. »Meinen Hausschlüssel habe ich Ihnen gegeben, oder? Man wird ja so vergesslich …«

Ihr kleines Gesichtchen mit den dunklen Knopfaugen schimmerte koboldhaft im Schein der Flamme.

»Haben Sie. Ich werde mich aber auf alle Fälle bemerkbar machen, bevor ich einfach so hereinkomme!« Katinka nahm ihre Halbautomatik aus dem Holster und legte sie auf den Tisch.

»Genau das ist es, was ich von einer Detektivin erwartet habe«, erklärte Ida Schenck aus dem Hintergrund. »Deswegen habe ich in den Gelben Seiten auch eine Frau rausgesucht, keinen männlichen Detektiv. Frauen sind im Schießen treffsicherer, das habe ich mir von kompetenter Seite bestätigen lassen.«

Katinka hatte da ihre Zweifel. Ab und zu verabredete sie sich mit Kommissar Uttenreuther zum Trainieren, aber sie rechnete ohnehin mehr mit der abschreckenden

Wirkung ihrer Beretta 9000S als mit ihren Schießkünsten, an denen sie auf Anraten ihrer Freunde bei der Polizei in den letzten Wochen allerdings intensiv gearbeitet hatte. In den meisten Fällen, in denen sie ermittelte, brauchte sie keine Waffe. Da verschwanden teure Uhren, legten sich Altenheimbewohnerinnen in falsche Betten oder erinnerten sich schwarzfahrende Teenies nicht mehr, wo sie die Autos ihrer Mütter abgestellt hatten. Alles keine Recherchen, für die man eine Handfeuerwaffe benötigte. Und wenn nun der Spuk ein Spuk war?

»Wie war das gleich mit Geistern«, hörte sich Katinka fragen. »Die kann man gar nicht erschießen, stimmt's?«

Ida Schenck wiegte den Kopf hin und her.

»Geister wohl nicht. Aber der Reiter, der durch meinen Garten geschlichen kam, ist garantiert kein Geist.«

»Sie haben wirklich niemanden in Verdacht?«

»Absolut nicht. An wen sollte ich denken! Niemand will mir Böses. Meine Verwandten bestimmt am allerwenigsten. Ich habe eine Menge zu vererben. Wer lässt sich so was schon entgehen ... Da versucht jeder, sich von seiner besten Seite zu zeigen.« Sie lachte herzlich. »Mit der Verwandtschaft ist das eine eigentümliche Sache. Hüten Sie sich vor Ihren Verwandten. Das sind die Leute, die Ihnen in Ihrem Leben am meisten Schwierigkeiten machen.«

Abgesehen von der Echtheit des spukenden Reiters hatte Katinka sich die Frage nach der Motivlage auch schon gestellt. Warum erschreckte jemand eine alte Dame, die allein in einer mit fremdartigen Souvenirs voll gestopften Villa lebte – pardon, in Kohabitation mit einem Hindu-Kater. In ihrer Fantasie konnte sie sich allerlei Szenarien ausmalen. Besonders jetzt, in der Dunkelheit des Hauses mit seinen müden Geräuschen, den knarzenden Holzdecken, den raschelnden Zweigen im Garten, den Tatzen des Katers, die den Parkettboden kaum zu berühren schienen. Beleuchtet von der Kerze sah Ida Schencks Gesicht maskenhaft aus und, da sie keine Miene verzog, beinahe leblos.

Katinka griff nach einem Stück Kuchen.

»Glenfiddich«, kam es aus dem Ohrensessel.

Katinka zuckte zusammen.

»Nichts Gefährliches, Frau Palfy, nur ein Whiskey-Kuchen, eine Delikatesse aus Schottland. Überhaupt eines meiner bevorzugten Reiseziele. Früher natürlich. Das Wetter macht's. Bei den ständigen Wechseln von Regen, Sturm und Sonne wird Schottland nie von Touristen überlaufen sein.«

Katinka spürte nur den Lufthauch, als Vishnu zum Sprung ansetzte und neben ihrem Kuchenteller auf dem Tisch landete.

»Hej, verzieh dich«, wisperte sie.

»Er darf«, verkündete Ida. »Ich weiß, dass er ungezogen ist. Aber sehen Sie es ihm nach. Was habe ich schon davon, wenn er nicht auf den Tisch springt.« Sie kicherte. Katinka kam sich vor wie in einem Film von Almodóvar, umkreist von seinen spleenigen Figuren. Sie biss in den Glenfiddich-Kuchen und starrte hinaus in den Garten. Am Fenster stand der Bamberger Reiter und blickte zu ihr ins Zimmer.

2. Der Reiter

Katinka zuckte zurück. Während ihr Herz hämmerte, bemühte sie sich, von dem Gesicht des Spuks so viele Details wie möglich zu erkennen. Tatsächlich sah er aus wie das berühmte Reiterstandbild. Wahrscheinlich hatte er sich eine gute Maske besorgt, die die Züge der steinernen Figur aus dem Dom perfekt wiedergab. Auch die Wuschelhaare und die Kappe auf seinem Kopf sahen aus wie die des Originals. Einzig und allein das Abgeklärte, Ruhige fehlte bei dem Exemplar vor dem Fenster vollkommen. Die Maske hatte verzerrte Lippen und entblößte ein hämisches, gemeines Grinsen, das Katinka eiskalten Schweiß über den Rücken jagte.

Sie griff nach ihrer Waffe und lief geduckt durch das Wohnzimmer zur Terrassentür. Ida Schenck musste die Kerze ausgeblasen haben. Nur ihren Schatten konnte Katinka in dem Ohrensessel erkennen.

»Bitte schließen Sie die Tür hinter mir!«, flüsterte sie der alten Dame zu. Es kam keine Antwort.

Leise öffnete sie die Glastür und schlich sich in den Garten. Der Halbmond schickte ausreichend Licht, doch die Wolkenfetzen, die in dem kalten Wind trieben, bedeckten ihn ab und zu. Auf der Erde wechselten sich die Schatten ab: hell, dunkel, hell, dunkel. Katinka bemühte sich, regelmäßig zu atmen. Sie fühlte ihr Herz pochen, als sie um die Hausecke pirschte. Vorsichtig blickte sie die Kellertreppe hinunter, um den Spuk nicht plötzlich im Rücken zu haben. Irgendwo knirschte Kies. Sie blieb stehen, keuchend, wartete ab. Ging dann weiter.

Nun stand sie im Vorgarten. Sie konnte selber durch das Fenster sehen, durch das eben der Reiter gespäht hatte. Er hatte sie unmöglich sehen können, drinnen war alles dunkel. Das verschaffte ihr einen Vorteil. Er wusste nicht, dass jemand hinter ihm her war. Allen Ernstes fragte sich Katinka, ob er ein Pferd dabei hatte, wie sein kunstvolles Vorbild. Als sie den Gartenweg zur Hecke ging, um nachzusehen, hörte sie die Terrassentür schlagen. Einen Moment blieb sie wie angewurzelt stehen, dann raffte sie sich auf und lief um das Haus zurück. Der Reiter stand auf der Terrasse und spähte seelenruhig ins Haus. Er rüttelte am Türknauf. Kratzte mit den Fingernägeln über das Glas.

Katinka hob die Waffe. Ihr Herz schlug bis zum Hals. Sie musste mit beiden Händen zufassen, um die Pistole gerade zu halten.

»Bleiben Sie stehen, wo Sie sind«, rief sie ihm zu. Ein Windstoß schien ihr die Silben vom Mund wegzublasen. Der Reiter wandte sich um. Im hellen Mondlicht sah sein Gesicht zum Fürchten aus. Sein Gewand flatterte im Nachtwind, als er vor Katinka davonlief. Sie flitzte ihm nach. Sie war sich sicher, ihn niederstrecken zu können, lange genug hatte sie in der Zwischenzeit Kampfkunst trainiert, doch kurz bevor sie ihn erreichte, drehte er sich um, packte sie und verdrehte ihr den Arm. Einen Moment roch sie seinen Atem. Sie holte aus und schlug ihm mit der Linken die Pistole mitten ins Gesicht. Ein knackendes Geräusch war zu hören. Sie sah, wie ein Riss in der Maske klaffte. Der Reiter ließ Katinka los und rannte zur Straße. Sie lief ihm nach, er setzte über das niedrige Gartentor, überquerte die Fahrbahn und verschwand auf der gegenüberliegenden Seite zwischen den Bäumen.

Katinka rannte den asphaltierten Weg in den Hain hinein und kämpfte ihren Atem unter Kontrolle. Unmöglich konnte sie erkennen, welchen Weg er genommen hatte. Zu viele Pfade führten in die unterschiedlichsten Richtungen. Sie blieb stehen und lauschte. Der Wind ließ die Wipfel der Bäume rauschen, das Herbstlaub raschelte. So angestrengt horchte sie in den Wald hinein, dass sie schon beinahe meinte, wirklich Hufgetrappel zu hören. Aber da war nichts. Nur ein Knirschen hinter ihr. Sie fuhr herum und zielte.

»Vishnu!«

Der Kater brachte sie heute Nacht um den Verstand. Mit unbeteiligtem Blick stand er majestätisch hinter ihr. Auf der Straße fuhr ein Wagen vorbei. Normales Tempo, normale Geräusche.

»Komm, Kater«, sagte sie. »Raus hier.«

Die Schatten und Geräusche des Hains jagten ihr Angst ein. Sie musste sich zusammennehmen, fiel in einen leichten Trab, lief auf Idas Haus zu. Vishnu folgte ihr im Schweinsgalopp.

Das Haus lag vollkommen dunkel. Jetzt wäre es Katinka lieber gewesen, wenigstens eine Leselampe oder eine Kerze brennen zu sehen. Nichts. Sie klopfte von außen an das Fenster, durch das der Reiter vorhin gestarrt hatte.

»Frau Schenck! Sie können Licht machen! Er ist weg!«

Nichts rührte sich. Unruhig ging Katinka ums Haus zur Terrasse. Fast war es tröstlich, mit Vishnu zu reden. »Komm schon, Vishnu, gehen wir rein«, hörte sie sich sagen. Vishnu folgte bis zur Ecke, dann blieb er stehen und sah Katinka zu, die die Beretta zurück ins Holster verfrachtete und an die Terrassentür klopfte.

»Frau Schenck?«

Katinka wollte hinein. Nicht noch einmal ums Haus laufen und die Haustür aufschließen.

Nichts war zu hören. Katinka drückte gegen die Tür. Sie ging auf. Verflixt, dachte Katinka, ich hatte ihr gesagt, sie soll absperren. Was, wenn der Typ ins Haus eingedrungen wäre.

Sie trat ins Wohnzimmer und schloss die Tür hinter sich. Ob der Kater nachkam, interessierte sie momentan nicht. Tastend fuhr ihre Hand über die Tapete.

»Frau Schenck?«

Im Mondlicht schien das Wohnzimmer leer. Womöglich hatte sich Ida Schenck in den ersten Stock zurückgezogen. Könnte ich gut nachvollziehen, dachte Katinka und fühlte nach dem Schalter. Es knackte, als die Tür wieder aufging. Katinka zuckte zusammen. Vishnu stolzierte herein. Sie spürte die Kälte eines Windstoßes. Irritiert drückte sie die Tür zu und drehte den Schlüssel.

Eine eiskalte Hand klammerte sich an Katinkas Unterarm. Der Griff war so fest wie der einer Schraubzwinge. Ungestüm wollte Katinka sich losmachen. Ida Schenck stand neben ihr, hielt ihren Arm fest und starrte sie an. Sie hatte den Kopf ein Stück gesenkt, die Blicke aus ihren dunklen Augen schossen wie Pfeile nach oben. Aus ihrem Haarknoten hatten sich ein paar Strähnen gelöst. Sie standen wild in alle Richtungen ab. In der anderen Hand hielt sie ein Küchenmesser. Katinka zählte unwillkürlich bis vier. Dann setzte ihr Herz mit einem Stolpern wieder ein.

»Lassen Sie mich los, um Himmels willen!«, rief sie.

Ihre Stimme hörte sich dünn an. »Frau Schenck, ich bin's, Katinka Palfy.« Sie schüttelte ihren Arm. »Er ist weg, Frau Schenck.« Ida hob das Messer. Katinka packte fest zu und drehte Idas Arm nach unten. Das Messer fiel polternd zu Boden. Sie zweifelte stark daran, dass ihre Auftraggeberin noch ganz richtig im Kopf war.

»Ganz ruhig, Frau Schenck!«

Betont vorsichtig ließ Katinka Idas Arm los und befreite sich aus ihrem Griff.

»Aber Sie haben ihn gesehen, nicht?«, sagte Ida Schenck. Sie hustete. »Sie haben ihn gesehen! Sagen Sie doch.« Ihr Atem ging hastig und stoßweise.

»Ich habe ihn gesehen, nur leider ist er mir entwischt.«

Peinlich, dachte Katinka, während sie endlich den Schalter fand und das Licht anknipste. So was von verdammt peinlich. Für einen kurzen Moment blendete die Deckenlampe.

»Das Messer brauchen Sie heute Abend nicht mehr«, sagte sie und hob es auf.

»Also ist er aus Fleisch und Blut«, betonte Ida. Sie ließ sich in den Ohrensessel fallen. Katinka ging in die Küche und füllte zwei Gläser mit Leitungswasser. Ihres trank sie in einem Zug aus. Das andere brachte sie der alten Dame.

»Er ist aus Fleisch und Blut. Aber davon waren Sie doch ohnehin überzeugt, Frau Schenck.«

Ida nickte. Sie nippte an dem Wasser. »Aber Sie vielleicht nicht ganz. Pfui Teufel, haben wir nichts Hochprozentiges im Haus?«

Katinka grinste. Ida Schenck wies auf die Kredenz an der hinteren Wand. Mehrere Flaschen Schnaps und Likör tummelten sich auf einem silbernen Tablett. Katinka wählte einen *Averna* und goss ein Schnapsglas voll.

»Wissen Sie, wenn man sein Gedächtnis verliert, sei es nur für einen Tag, dann fragt man sich immer, was an jenem Tag eigentlich passierte.« Ida Schenck griff nach dem Schnaps und trank ihn in einem Zug aus.

Katinka starrte sie an. Sie verstand überhaupt nichts mehr.

»Haben Sie … Wieso . .«

Ida Schencks Gesichtsausdruck wurde wieder weich. Sie lächelte, stellte das Glas weg und sagte: »Ich würde Sie bitten, morgen wiederzukommen. So lange wiederzukommen, bis Sie den Menschen am Kragen gepackt haben.«

Katinka nickte. »Klar.«

»Ich zahle alles«, erklärte Ida und nickte wie zur Bestätigung.

Katinka setzte sich auf das Sofa.

»Frau Schenck, wie meinten Sie das eben, mit dem Gedächtnisverlust?«

Es dauerte eine Weile, bis Ida antwortete: »Ach, auch eine Detektivin muss nicht alles wissen!«

»Im Gegenteil, sie muss mehr als alles wissen«, erwiderte Katinka.

»Gute Nacht, Frau Palfy«, sagte Ida Schenck. Sie erhob sich, ging ins Treppenhaus. Katinka hörte sie die Stufen hochsteigen und die obere Tür zwischen Treppe und Zimmern verschließen.

3. Ein Mord

Verehrte Frau Palfy!

Ich erlaube mir, Ihre Dienste in Anspruch zu nehmen. Sie sind ja als tapfere und ehrgeizige Detektivin mittlerweile stadtbekannt und bestimmt die richtige Ermittlerin in meinem zugegeben schwierigen Fall. Als ältere Mitbürgerin von der Polizei zur Fantastin degradiert, habe ich wenige Möglichkeiten, mein Hilfegesuchen an der passenden Stelle zu artikulieren.

Seit Wochen werde ich vom Bamberger Reiter belästigt. Es ist jedoch keiner aus Stein, sondern ein lebendiger Mensch, der allabendlich um mein Haus schleicht – ich lebe allein –, an Fenstern und Türen rüttelt und mir Angst und Entsetzen einflößt. Gerne würde ich mich von diesem Spuk befreien, sehe mich selbst aber außerstande dazu. Nehmen Sie beiliegenden Schein als Anzahlung.

In Erwartung Ihrer baldigen Antwort verbleibe ich mit vorzüglicher Hochachtung,
Ida Schenck

Tom legte den auf Büttenpapier geschriebenen Brief weg und sagte: »So fing das alles an?«

Katinka kaute an ihrem Steak. »Der kam ganz normal und ordentlich frankiert mit der Post.« Sie wedelte mit ihrer Gabel. »Zuerst dachte ich tatsächlich, die Frau hat einen an der Waffel, aber ich habe den so genannten

Reiter gesehen. Mit meinen eigenen Augen. Hm, umwerfend gut, deine Vinaigrette!«

Voller Appetit spießte Katinka ein Salatblatt auf und dachte im Stillen, dass sich ihr Freund mit seinen herausragenden Kochkünsten immer mehr als Glücksgriff erwies. Natürlich nicht ausschließlich wegen seiner Begabung als Nachwuchsmeister der Haute Cuisine, schließlich besaß er noch andere Talente, fügte sie in Gedanken an und grinste.

»Muss ja eine lustige Begegnung gewesen sein«, meinte Tom und betrachtete amüsiert Katinkas Gesicht.

»Nein, nein«, sagte Katinka schnell, »ich habe mich nur eben gefragt, ob du statt Programmierer nicht Vier-Sterne-Koch werden könntest.«

»Vergiss es!«, seufzte Tom. »Jeden Tag in einer Küche in den Dämpfen aus Töpfen und Bratpfannen stehen? Ohne mich!«

Er ging zum Herd und bereitete die Caffetiera für einen abschließenden Espresso vor.

»Was wirst du jetzt weiter machen?«, fragte er.

Katinka blickte auf die Uhr. Fast Mitternacht. Das schwere Essen würde sie eben so wenig schlafen lassen wie der nächtliche Kaffee, aber sie fühlte sich ohnehin nicht nach Ruhe. Komisch, dachte sie, eigentlich ist Vollmond vorbei.

»Morgen werde ich die Sache anders anstellen«, sagte sie. »Den Kerl erwische ich schon.«

»Ich frage mich«, sagte Tom und schraubte die Caffetiera zu, »wozu der Typ so einen Spuk auffährt.«

»Ida Schenck hat angeblich selber keine Ahnung. Ihre Nichte hat bis vor kurzem in ihrer Mansarde gewohnt. Am besten versuche ich mal, das Mädel auszuhorchen.«

»Du meinst, die Familie ist immer der Verdächtige Nummer eins?«

Fauchend ergoss sich der Kaffee in die obere Hälfte des Kochers.

»Erstens das«, sagte Katinka. »Zweitens: Gehst du mit mir ins Internet? Ich will rauskriegen, wo man Masken herkriegt wie Idas Verfolger eine benutzt. Das muss ein Hightech-Teil sein, wie es in der Filmindustrie oder vielleicht auch beim Theater zum Einsatz kommt. Das Gesicht des Reiterstandbilds war wirklich perfekt nachgemacht.«

Tom nickte, leerte seine Tazzina und sagte: »Statt ins Netz gehe ich lieber mit dir ins Bett.« Schnell, bevor Katinka etwas sagen konnte, fügte er grinsend hinzu: »Und morgen suche ich dir sämtliche Masken-Angebote aus dem Internet raus, versprochen.«

Katinka hatte ihr Fahrrad ein gutes Stück weiter am Ende der Hainstraße geparkt. Ein strahlender Herbsttag ging zu Ende. Im letzten Licht des Tages glühten die wenigen verbliebenen Herbstblätter. Selten hatte Katinka den Himmel so blau gesehen, als habe jemand alles Preußisch Blau aus dem Farbkasten gekratzt und ans Firmament gespachtelt.

Ida Schenck wartete schon auf sie.

»Tee? Whiskey-Kuchen?«, fragte sie augenzwinkernd. Katinka fand es schwer, sich der Faszination der alten Dame zu entziehen. Sie war mit nichts und niemandem zu vergleichen, den sie kannte. In eine Schublade passt sie jedenfalls nicht, dachte Katinka, während sie Vishnu beobachtete, der um Ida Schencks Beine strich. Und das allein ist schon sympathisch.

»Er weicht mir schon den ganzen Tag nicht von der

Seite!«, rief Ida ein bisschen genervt, als sie beinahe auf den Schwanz des Katers getreten wäre. »Wie ein quengeliges Kleinkind.«

Katinka folgte ihr in die Küche.

»Frau Schenck«, sagte sie, »ich werde mich jetzt im Garten verschanzen und zusehen, dass ich gut verborgen bleibe, bis der Reiter aufkreuzt.«

»Da müssen Sie ja beinahe vier Stunden ausharren!«

Resolut fingerte Ida Schenck eine Thermoskanne aus dem obersten Fach im Küchenschrank. »Im Herbst kann es kalt werden, Frau Palfy. Wir haben schon ganz frostige Nächte. Ich gebe Ihnen jedenfalls einen Tee mit. Was mögen Sie lieber: Darjeeling oder Assam?«

»Assam«, sagte Katinka zerstreut, ohne zu verraten, dass sie eher passionierte Kaffeetrinkerin war.

»Assam. Der Herrentee. Eine gute Wahl, der wird Ihre Lebensgeister mit seinem kräftigen Aroma aufrechterhalten.«

Sie setzte Wasser auf und streute die Teeblätter lose in eine Glaskanne.

»Haben Sie mal nachgedacht?«, fragte Katinka.

»Über den Herrentee?« Ida Schenck zwinkerte.

»Eher über den Reiter. Was ist mit Ihrer Großnichte? Könnte die etwas mit der Sache zu tun haben?«

»Aber nein. Habe ich Ihnen doch schon gesagt. Grit ist ein schlankes, rankes Mädchen, kein Ochsengestell wie der Kerl vor meinem Haus. Nein, Grit hat sicher nichts damit zu tun.«

»Warum ist sie eigentlich ausgezogen?«

Katinka sah zu, wie sich das sprudelnde Wasser über die Teeblätter ergoss.

»Eine lange und nicht eben erfreuliche Familiengeschichte. Sie will Literatur studieren und ein freies, ungebundenes Studentenleben ohne ihre alte Tante führen. Ihr Vater wollte sie allerdings auf Jura hetzen. Leblose Sache, diese Rechtsstudien, wenn Sie mich fragen. Mein Neffe ist selber Rechtsanwalt, und seine Betätigung besteht nur darin, die Gegenseite von genau der Perspektive der Wirklichkeit zu überzeugen, die ihn gewinnen und haufenweise Geld scheffeln lässt.«

Die Teeblätter trieben in der malzbraunen Flüssigkeit.

»Nehmen Sie ihn mit Milch?«

Katinka verneinte.

»Tja, Grit ...«, fuhr Ida Schenck fort, goss den Tee ab und verschraubte die Thermoskanne. »Jetzt sitzt sie erstmal auf dem Trockenen. In der Langen Straße, mittendrin im Trubel, hat sie sich eine Wohnung gemietet. Da nun Papas Bares ausbleibt, muss sie zusehen, dass sie sich einen Job besorgt. Aber die Mädchen kriegen ja immer was als Bedienung, wenn sie schnell sind und clever.«

Vishnu sprang neben die Thermoskanne und maunzte lautstark. Ida vertrieb ihn. Nachdenklich blickte sie ihm nach, wie er aus der Küche stolzierte, sich im Flur vor die Türschwelle setzte und vorwurfsvoll zu ihnen hereinsah.

»Eine Katze soll der Mensch mal verstehen lernen«, sagte Ida und zupfte an ihrem Blusenkragen. »Ich frage mich, was diese Tiere sehen, das uns verborgen bleibt. Tja, sie sind göttlicher Abstammung. Möchten Sie sich ein paar Kekse mitnehmen?«

»Danke, lieber nicht. Ich lasse meine Aufmerksamkeit nicht gerne ablenken.«

»Manchmal«, sagte Ida Schenck und schüttelte die Teeblätter aus dem Sieb in den Biomüll, »frage ich mich wirklich, ob Katzen vielleicht in die Anderwelt hinübergehen können.«

Katinka stutzte. Die Anderwelt? Was meinte sie damit, die Welt der Toten? Während ihres Studiums hatte Katinka gerne Sartre gelesen, und sie erinnerte sich immer noch an einen seiner Romane, in dem die unsichtbaren Toten den Lebenden auf Schritt und Tritt folgen. Die Lektüre hatte sie fasziniert, aber sie erlag dabei wohl eher dem Rausch des Geheimnisvollen und hatte die Sache symbolisch verstanden.

Ida Schenck beobachtete Katinka mit gesenktem Kopf. Hektisch tanzten ihre Augen in alle möglichen Richtungen, ruhten für einen Moment auf Katinka und stoben wieder davon.

»Ich sehe mich um, Frau Schenck.«

Katinka kontrollierte das Haus, probierte alle Türen und Fenster.

»Öffnen Sie auf keinen Fall, wenn Sie nicht deutlich erkennen können, dass ich es bin, die hinein will«, bat sie Ida Schenck eindringlich. »Ziehen Sie sich doch nach oben zurück. Dann schonen Sie Ihre Nerven …«

»Vergessen Sie es«, rief Ida Schenck. Sie drückte Katinka die Thermoskanne in die Hand. »Ich bin viel zu aufgeregt. Wissen Sie was? Es wäre doch ganz witzig, wenn Sie ihn heute Abend auch nicht kriegen. Dann kommen Sie morgen wieder und wir verbringen noch ein paar interessante Abende.« Ihre dunklen Knopfaugen funkelten.

Wenn ich den spukenden Reiter nicht gesehen hätte, dachte Katinka, ich würde denken, sie fantasiert. »Ich kann ja trotzdem mal zu Besuch kommen«, hörte sie sich sagen, und sofort setzte sich brummend ihr innerer Zensor in Bewegung. Wie eine Wespe umschwirrte sie die Stimme: Lass dich nicht auf solche Abmachungen ein. Es wird sowieso nichts draus. Du hast anderes zu tun. Katinka machte eine unwirsche Handbewegung.

»Sind noch Schnaken unterwegs?«, fragte Ida Schenck. »Die Biester waren in diesem Sommer wirklich nicht zu bändigen. Gott, wie viele Stiche ich hatte!«

Unruhig warf Katinka einen Blick auf die alte Dame. Schon wieder schlich Vishnu um ihre Beine. Als Katinka sich bückte, um ihn zu kraulen, zog er sich fauchend zurück.

»Nehmen Sie es nicht persönlich. Er ist ein ziemlich prätentiöser Zeitgenosse«, sagte Ida und blinzelte. »Sind Sie warm genug angezogen? Es zieht nachts ordentlich an.«

Katinka wandte sich zum Gehen. »Ich habe mein Handy auf Vibrieralarm geschaltet. Wenn sich irgendwas Eigenartiges tut, rufen Sie meine Nummer an.« Zur Vorsicht legte sie ihre Visitenkarte auf Idas Küchenbüfett.

Ida nickte zerstreut. Katinka verließ das Haus und ging durch den Garten. Es war kurz nach sieben. Meter für Meter schritt sie die Hecke und den Zaun ab. Sie unterzog die Kellertür einer genauen Untersuchung, ließ den Blick über die verwaisten Beete streifen. Ida Schencks Garten war schon winterfest, während anderswo noch die Dahlien letzte Farbe in die Natur tupften. In der hintersten Ecke des Grundstücks befand sich ein Komposthaufen. Daneben stand ein aus Stein gemauerter, weiß gekalkter Ofen. Hier roch es nach Resten von Rauch. Professionell, dachte Katinka. Ida Schenck verbrennt ihre Gartenabfälle gleich an Ort und Stelle. Darf man das eigentlich?

Das Geräusch von Schritten auf altem Laub surrte ihr durch die Ohren. Plötzlich wusste sie nicht, ob sie

sie wirklich hörte oder ob sie nur in ihrem Kopf widerhallten. Ruckartig wandte sie sich um. Am Nachbarhaus ging die Außenbeleuchtung an. Jemand trat mit einer Zigarette hinaus und blickte in den Nachthimmel. Katinka konnte den Mann im Lichtkreis der Gartenlaternen deutlich sehen. Wenn ein Nachbar …? Wenn jemand von nebenan um Idas Villa geisterte? Sie blieb ganz ruhig stehen. Dass ich darauf nicht gekommen bin, dachte Katinka. Sie hörte ein Feuerzeug klicken. Eine Frau stellte sich zu dem Mann. Beide rauchten schweigend.

Katinka tappte leise zurück zum Vorgarten. Sie fühlte sich beobachtet, was typisch für Nachtaktionen wie diese war. Sie ignorierte die flüsternden Intuitionen, die überall Augen und Ohren vermuteten. Dann trat sie auf die Straße. Sie hörte das leise *Swisch* des Verkehrs weiter drüben in der Stadt. Die Straße war um diese Zeit nicht stark befahren. Der Hain, an manchen Stellen beinahe undurchdringlich, lauerte auf der Gegenseite. Sie überquerte die Straße. Gestern war der Reiter hier verschwunden. Zu Fuß. Sie hatte keine Autogeräusche gehört, keine Scheinwerfer gesehen. Ohnehin konnte man mit dem Auto hier nur die wenigen hundert Meter bis zum Bootshaus fahren, ansonsten gab es ausschließlich Rad- oder Fußgängerwege. Katinka war überzeugt, dass der Mann auf Schleichwegen entkommen war. Vielleicht hatte er sein Auto auch auf dem großen Parkplatz am Ende der Hainstraße abgestellt. Es war müßig zu spekulieren.

Sie verließ den Weg und trat ins Unterholz. Nächte sind etwas Wunderbares, dachte sie. Wir werden ganz andere Menschen in der Nacht. Nicht gerade hellsichtig, aber irgendwie sind wir etwas Besonderes, wenn der Tag weit ist mit seinen Forderungen. Sie kniff die Augen zusammen, um die halbe Mondscheibe scharf zu sehen, gab es auf, lehnte sich an einen Baumstamm und wusste, weshalb sie vor langer Zeit einmal geraucht hatte.

Es wäre das Geschickteste, hier zu warten. Der Reiter würde aus dem Hain kommen. Sie würde ihm folgen bis in Idas Garten. Diesmal würde sie sich nicht ins Bockshorn jagen lassen. In Kampfkunst war sie mittlerweile trainiert. Sie hatte Plastikschlaufen dabei. Ihre Freunde von der Polizei hatten ihr gezeigt, wie man die dünnen weißen Riemen blitzschnell um die Handgelenke von Widersachern schlang und zusammenzurrte. Sie hatten sogar eifrig miteinander geübt. Ich sollte mehr Sport machen, dachte Katinka. Aber ich nehme mir zuviel vor. Kampfkunst, Schießen, Joggen. Ich muss endlich lernen, wie Tom sagt, mir nur eines auszusuchen und das zu machen.

Es knackte neben ihr. Sie war sicher, eine Ratte in dem Grau am Boden zu erkennen. Das Tier verschmolz mit der Dunkelheit.

Wolken kamen auf. Sie trieben schnell über den Himmel, verdunkelten einen Augenblick lang den Mond, gaben das silberne Licht wieder frei. Jetzt kam die Müdigkeit, das Bedürfnis nach Schlaf, vielleicht auch nur nach Abschalten. Katinka trank von Idas Tee. Er schmeckte malzig und kräftig. Sie beschäftigte ihre Gedanken mit Argumenten für Tee und gegen Kaffee und legte sich dann alles umgekehrt zurecht. Es vertrieb ihr die Zeit. Wahrscheinlich schmeckt dein selbstgekochter Tee nicht, weil du die billigen Teebeutel verwendest, sagte sie zu sich selbst.

Sie hörte die Gangschaltung eines Fahrrades. Es kam ganz nahe an ihr vorbei. Das leise Tickern knallte gegen Katinkas Ohren. Sie meinte, einen großen Mann mit krummem Rücken auf dem Rad zu erkennen. Wieder trieben Wolken vor den Mond. Die Düsternis drückte gegen ihr Brustbein. Sie zwang sich, regelmäßig zu atmen. Der Radfahrer fuhr ohne Licht. Das Tickern wurde leiser und erstarb, als das Rad davonrollte. Katinka legte eine Hand auf ihr Herz und wartete ab. Vielleicht tun mir die Handystrahlen nicht gut, dachte sie zweifelnd, es soll ja tierisch schädlich sein, das Mobiltelefon nah am Körper zu tragen. Sie überlegte ein wenig, ob sie sich überhaupt noch um all die Warnungen und Hiobsbotschaften in Sachen Gesundheit kümmern sollte, die von allen Seiten auf sie niederprasselten. Tom wischte Einwände aller Art beiseite und behauptete, seine Intuitionen seien stärker als der Lärm der Welt.

Katinka wagte einen kurzen Blick auf das beleuchtetes Zifferblatt ihrer Armbanduhr. Halb zehn. Langsam kroch ihr die Kälte die Beine hoch. Sie musste mal. Eine Szenerie, die sie hasste und in allen *Tatort*-Filmen vermisste. Die Fahnder mussten nie, und am allerwenigsten, wenn es brenzlig wurde. Katinka hockte sich hinter einen dicken Busch. In Idas Haus ging im ersten Stock Licht an. Dann in der Mansarde. Das war seltsam. Die Wohnung dort stand doch leer, jedenfalls hatte Ida es ihr so erzählt. Katinka zog die Jeans hoch und überlegte, ob sie bei Ida anrufen sollte, als das Licht verlosch und zeitgleich Schritte zu hören waren. Leise Tritte von Gummisohlen auf dem Weg. Sie hielt den Atem an. Griff nach der Waffe.

Jemand marschierte flott den Weg entlang. Er kam aus dem Dunkel des Waldes und hielt auf die Hainstraße zu. Ein weites Gewand flatterte im Nachtwind.

Der Reiter.

Ich bin der größte Idiot aller Zeiten, dachte Katinka.

Jetzt stehe ich in all dem Laub und raschle wie ein Iltis. Sie stakste so leise und schnell sie konnte aus dem Unterholz zur Straße. Der Reiter öffnete Idas Gartentor. Schob sich in den dunklen Garten. Katinka machte, dass sie hinterherkam.

Der Spuk ging zielstrebig um Idas Villa herum. Katinka drückte sich in den Schatten der Hecke. Ein plötzlicher Windstoß riss ihm die Kappe vom Kopf. Er fuhr herum. Katinka warf sich unter die Sträucher. Zögernd ließ der Spuk den Blick schweifen, bevor er die Kappe aufhob, über seine Locken stülpte und auf die Terrasse zuging. Kurz sah Katinka sein Gesicht. Die Ähnlichkeit mit dem echten Reiter war verblüffend. Wer immer die Maske gemacht hatte, musste ein Profi sein. Aber dieses künstliche Gesicht dort spiegelte, anders als das echte Standbild, Brutalität und Kaltblütigkeit.

Katinka ließ ihm einen Vorsprung. Sie rappelte sich hoch und folgte ihm vorsichtig, die Waffe im Anschlag. Als sie das Klirren der Fensterscheiben hörte, rannte sie. Auf der Terrasse stolperte sie über ein abgebrochenes Stuhlbein. Unsanft fiel sie hin und schrappte mit dem Gesicht über die Fliesen. Sie brauchte einen kurzen Moment, um sich zu sammeln. Schmeckte Blut. Stützte sich auf, spürte die Pistole in der Hand, hievte sich auf die Knie und stand schon wieder. Wolken schoben sich vor den Mond. Der Garten färbte sich tintenschwarz.

Die Scheibe der Terrassentür war zerborsten. Überall lagen Scherben. Katinka bemerkte mit geschärften Sinnen, wie deutlich die Luft nach Winter roch. Sie wunderte sich darüber und schlüpfte durch die gesplitterte Scheibe ins Wohnzimmer. Wunderte sich, dass sie sich wunderte.

Schnell schob sie sich vom Fenster weg, als der Mond

hinter den Wolken hervorkam und silbern ins Zimmer leuchtete. Wo steckte Ida? Katinka hoffte nur, sie habe sich oben verschanzt, die Zwischentür abgeschlossen. Nun hatte der nächtliche Besucher andere Saiten aufgezogen. Sie spürte, wie die Angst vor dem Reiter in ihre Glieder schoss, Angst vor einem zunächst lästigen, aber harmlosen Spuk, der sich vor ihren Augen in einen gewalttätigen Angreifer verwandelt hatte.

Ein böses, verhaltenes Fauchen. Vishnu? Sie durchquerte das Wohnzimmer, hörte in dem Moment das Klicken der Haustür, als sie auf den Flur hinaustreten wollte. Sie stürzte hinterher und sah durch den Spion einen Mann in einem langen Gewand davoneilen.

»Frau Schenck?«

Ärgerlich steckte Katinka die Waffe weg. Sie würde den Typen ohnehin nicht einholen.

»Frau Schenck!«

Katinka drückte auf den Lichtschalter. Sie hoffte, die alte Dame würde nicht wieder aus der Dunkelheit auftauchen und sich an ihren Arm krallen, mit einem Messer in der Faust. Rasch ging sie zur Treppe und stieg die ersten Stufen hoch, als Vishnu im Korridor auftauchte. Seine Augen funkelten grün. Er maunzte.

»Na, was ist los, Kater?«, sagte Katinka zu ihm, wandte sich um und ging weiter die Treppe hinauf.

Vishnu miaute.

Katinka hielt inne. Sie polterte die letzten Stufen wieder hinunter, folgte dem Kater, der zielstrebig in die Küche schlüpfte. Sie prallte zurück. Ida Schenck lag auf dem Rücken, ein Messer bis zum Schaft in der Brust, eine ausgedehnte Blutlache um sich herum. Sie war tot. Katinka sah es sofort, tastete dennoch nach ihrem Puls am Hals.

Nichts.

Kein Herzschlag.

Katinka spürte ihr eigenes Herz hämmern und stampfen wie eine Nähmaschine. Sie fühlte Idas feines goldenes Kettchen an ihren Fingern. Der Schlüssel war unter ihrer Bluse herausgerutscht und baumelte nun seitlich an ihrem Hals. Ida war noch ganz warm. Vishnu kam näher und stellte seine Vorderpfoten auf Idas Knie. Peinlich genau achtete er darauf, nicht in das Blut zu tapsen. Schnell entschlossen, ohne genau sagen zu können, weshalb sie das tat, löste Katinka den Verschluss und steckte das Kettchen samt Schlüssel in ihre Jeans.

Ein Kratzen.

Sie fuhr herum, mit ihr Vishnu. Er fauchte.

Katinka spürte all ihr Blut aus dem Kopf rauschen und irgendwo tief unten ihren Magen erreichen. Automatisch tastete sie nach der Beretta und betrat das Wohnzimmer. Aber da war niemand.

Es ist Wahnsinn, was du hier tust, sagte eine Stimme. Nicht der innere Zensor, eine andere, tiefere, wärmere Stimme, die sie an den erinnerte, den sie nun würde anrufen müssen. Sie sah verschwommen das weiße Maskengesicht durch die Terrassentür schimmern. Als sie die Augen zusammenkniff erkannte sie, dass es der Mond war.

Flankiert von Vishnu ging sie den ganzen Garten ab. Sie sah niemanden, hörte niemanden, auch der Kater blieb ruhig. Die Wolken trieben sehr schnell über den rauchschwarzen Himmel, das helle Mondlicht zauberte skurrile Schatten auf das Herbstgras.

Katinka stellte sich unter einen Kirschbaum. Er hatte all sein Laub schon verloren, die Zweige ragten kahl in die Luft. Vishnu setzte sich wie ein Hündchen neben Katinka. Müde beobachtete sie die Terrassentür, das Licht funkelte in dem zersplitterten Glas.

»Ich muss ihn jetzt anrufen«, sagte Katinka zu Vishnu. »Am Ende bemerken die Nachbarn noch etwas.« Sie ging zurück ins Haus, Vishnu auf den Fersen.

4. Ein neuer Fall

»Ja, hallo?«

Er klang müde und ausgepumpt.

»Palfy hier.«

Irgendwas musste er an ihrer Stimme bemerkt haben.

»Was ist?«

»Sehen Sie fern, Hardo?«, fragte sie, während sie in Idas leere schwarze Augen starrte.

»Schießen Sie schon los.«

»Ich stehe vor einer Leiche«, sagte Katinka. Sie räusperte sich und gab die Adresse durch.

»Eine Viertelstunde. Maximal.«

Sie legte auf, öffnete die Haustür. Irgendwie fand sie die Außenbeleuchtung, schaltete sie an und setzte sich auf die Stufen.

Die Freunde und Helfer kamen in rasanter Geschwindigkeit angefahren. Zwei Beamte sprangen aus dem Wagen. Katinka seufzte. Beide waren ihr unbekannt. Sie hatte gehofft, Polizeiobermeister Urban Dütsch würde dabei sein, den sie kannte und zu dem sie Vertrauen hatte.

»Sie liegt in der Küche«, sagte sie müde.

Die Beamten blieben ruhig, ließen Katinka sitzen, wo sie war, offenbar von ihrem Chef instruiert, und erledigten ihre Telefonate.

»Sind Sie nicht die Detektivin, die im Sommer die Kirchweih …«, sagte einer.

Er sprach nicht weiter. Dafür sprang der Kollege ein:

»Sie haben doch sogar eine Belohnung bekommen.« Er grinste. Katinka wusste nicht, ob es anzüglich gemeint war oder einfach freundlich. Sie nickte nur.

Der schwarze Golf, der schon einige Generationen auf dem Blech hatte, hielt vor Ida Schencks Gartentor. Hauptkommissar Harduin Uttenreuther, genannt Hardo, stieg aus. Im Mondlicht glänzte sein kahler Kopf. Trotz seiner Leibesfülle bewegte er sich schnell und gewandt. Er setzte sich neben Katinka. Sie war ihm dankbar, dass er einen Moment abwartete, bevor er fragte. So konnte sie ihm zuvorkommen.

»Der Bamberger Reiter?«, fragte er konsterniert, als Katinka ihre Erzählung beendet hatte.

»Er sieht wirklich so aus. Gewand, Locken, Kappe und irrwitzigerweise auch das Gesicht, die Proportionen. Tom will mir im Internet Anbieter für solche Masken heraussuchen. Nur eigenartig, dass das Abgeklärte, Geruhsame, Gleichmütige, das auf dem Reiterstandbild zu sehen ist, bei dem lebendigen Abbild nicht zum Vorschein kam. Seine Visage sah einfach brutal aus. Eine Fratze, platt, kaltblütig.«

»Beschreiben Sie die Statur. Wie bewegte er sich!«

»Groß, er war nicht plump, aber auch nicht gertenschlank, würde ich sagen.«

Wie üblich speicherte Uttenreuther alle Informationen in seinem Gedächtnis, ohne sich Notizen zu machen. Er stand auf und wischte sich die Hände an den Jeans ab.

»Ich sehe mich um. Sie müssen leider hier bleiben, bis wir das Protokoll haben.«

»Klar«, sagte Katinka. Sie folgte ihm ins Haus. Auf

der Treppe wurde ihr ohnehin kalt. Hardo ging zielstrebig in die Küche und besah sich die Leiche. Behutsam schloss er Idas Augen, wofür Katinka ihm dankbar war. Ida Schencks Gesichtsausdruck schien ihr seltsam gefühllos, als habe sie gerade eine unliebsame Pflicht erfüllt. Immerhin behauptete sie von sich, schon mit 40 ein erfülltes Leben gehabt zu haben, dachte Katinka und schluckte den Kloß in ihrem Hals weg.

Später würde sie sich fragen, ob Ida das wirklich genau so gesagt hatte.

»Das Messer in ihrer Brust ist ihr eigenes. Sie hat mich gestern damit bedroht.«

Hardo sah auf und blickte Katinka mit seinen grauen Augen durchdringend an.

»Erklären Sie mir das mal ein bisschen näher?«

»Ich kam von draußen durch die Terrassentür ins Haus. Sie war wohl nervös und meinte, ich sei der Spuk«, sagte Katinka und schüttelte das unheimliche Gefühl ab, das ihr ins Herz kroch. Auf keinen Fall wollte sie Ida als geistesgestört oder auch nur wunderlich hinstellen. Wohin sich Vishnu wohl verkrochen hatte. Er mochte den Tathergang genau beobachtet haben. Wie hatte Ida es ausgedrückt? *Ich frage mich, was diese Tiere sehen, das uns verborgen bleibt.*

»Sie ist – war – nicht verrückt, Hardo«, sagte Katinka. Sie ärgerte sich, weil sie diesen Sachverhalt so betonte und Hardo damit womöglich genau auf den Punkt brachte.

»Und Sie haben Blut an der Lippe.«

Katinka wischte sich über den Mund. Sie musste sich bei ihrem Sturz vorhin auf der Terrasse die Lippen aufgeschlagen haben, ohne es zu bemerken. Nun war die Stelle schon halb verkrustet.

»Nicht so wild.«

»Sie sehen wie ein Gangster aus«, sagte Uttenreuther.

Katinka war nicht zum Lachen. Sie trabte ins Wohnzimmer und setzte sich aufs Sofa. Während allmählich die Leute von der Spurensicherung kamen, der Arzt auftauchte und den Totenschein ausstellte, der Sarg gebracht wurde und das *Klack*, als man den Deckel abnahm und auf den Boden senkte, in Katinkas Ohren widerhallte, schrieb einer der beiden Beamten, die am Anfang dagewesen waren, Katinkas Aussage auf.

»Es reicht, wenn Sie morgen vorbeischauen und das Protokoll unterschreiben«, sagte er und nickte ihr zu.

Uttenreuther kam zu ihr.

»Wollen Sie sie noch mal sehen?«

Katinka schüttelte den Kopf. Sie hätte nicht gewusst, wie sie sich von Ida verabschieden sollte. Der Kommissar nickte und ging, um den Männern in der Küche ein Zeichen zu geben. Der Sarg wurde weggetragen.

Katinka warf einen Blick aus der zerborstenen Terrassentür. Der Mond war nun weitergewandert und schien nicht mehr direkt in Idas Wohnzimmer. Ein Augenpaar lugte durch das gewaltige Loch in der Scheibe. Katinka stand auf, ging in die Hocke und lockte Vishnu.

»Komm schon, Katerchen«, flüsterte Katinka. »Na, komm!«

»Neue Ermittlungsmethode?«

Katinka fuhr hoch. Harduin Uttenreuther stand direkt hinter ihr, die Hände in den Jeanstaschen. Sie hatte ihn nicht kommen hören.

»Ida Schencks Kater«, stellte Katinka das Tier vor. Sie grinste Vishnu an, der aufmerksam in ihre Richtung blickte, und sagte: »Vishnu, das ist Hauptkommissar Uttenreuther. Jede Wette, dass das nächste, was er sagt, ein Rausschmiss ist. *Das ist nicht Ihr Fall, Palfy.*«

Uttenreuther ging nicht auf Katinkas sarkastischen Ton ein.

»Da Sie es ja schon selbst wissen, brauche ich es Ihnen nicht noch mal zu erklären«, sagte er nur. »Aber wenn Sie mich lassen, fahre ich Sie heim.«

»Danke. Es sind nur ein paar Straßen«, winkte Katinka ab.

»Und ein Knallkopf im Domreiterkostüm, der zudem noch ein Mörder ist, läuft durch die Nacht. Ich fahre Sie.«

Katinka zuckte die Schultern. Es war ihr, wenn sie ehrlich war, sehr recht, jetzt nicht allein den Heimweg zwischen den dunklen Villen antreten zu müssen.

»Vishnu hat ihren Mörder gesehen«, sagte sie. »Er könnte ihn vielleicht identifizieren.«

Sie hatte es scherzhaft gemeint, aber Hardo nahm es für ernst.

»Wir haben leider noch keine Methode, Katzen in Mordprozessen aussagen zu lassen. Gehen wir?«

Er legte Katinka den Arm um die Schultern, als sie an der offenen Küchentür vorbeigingen. Die Blutlache trocknete vor sich hin. Katinka fühlte sich ganz steif werden. Sie starrte auf die Überreste des Whiskeykuchens. Bevor die Tränen zu mächtig wurden, presste sie die Lippen aufeinander. Die aufgesprungene Stelle protestierte, und sie zuckte vor Schmerz zusammen.

Hardos Arm ging ihr auf die Nerven. Sie schüttelte ihn vorsichtig, aber bestimmt ab. Während er sich draußen von seinen Leuten verabschiedete, stieg sie in den schwarzen Golf.

Zwischen ihr und Harduin Uttenreuther gab es

seit der Jagd nach dem Kirchweihkiller ein intimes Einverständnis. Der Kommissar schätzte Katinkas Know-how und ihre unkonventionellen Ideen. Wenn sie miteinander redeten, spiegelten sich Anziehung, Freundschaft, Konkurrenzdenken und Ironie in ihren Worten. Katinka erinnerte sich an jene Sommernacht vor knapp zwei Monaten. Sie steckten gerade in den aufregendsten Ermittlungen, die Katinka bisher erlebt hatte. Sie spürte dem kurzen, salzigen Kuss des Kommissars nach und sah vor sich, wie er eilig davongegangen war, als sei er auf der Flucht. Katinka war sich bis heute nicht sicher, was da eigentlich zwischen ihnen passiert war.

Der Golf wackelte, als der Kommissar auf der Fahrerseite einstieg und den Motor startete.

»Im Klartext, Palfy, zwei Sachen: Es ist nicht Ihr Fall. Soviel dazu, und ich lasse keine Diskussion zu. Zweitens: Wie machen Sie das, dass sie ständig über Leichen kullern?«

Katinka antwortete nicht. Sie war müde und lehnte ihren Kopf an die Scheibe.

Uttenreuther bestand nicht auf seiner Frage. Er hatte sie ernst gemeint, kein Zweifel. Für Zynismus in dieser Nachtstunde war selbst er nicht scharfzüngig genug. Statt dessen sagte er:

»Hat der Mörder Sie gesehen, so dass er Sie wiedererkennen könnte?«

»Ja, gestern«, sagte Katinka.

»Und heute Nacht?«

Katinka dachte lange nach. Der Wagen hielt vor dem gelben Backsteinhaus. Die Pizzeria im Erdgeschoss war schon dunkel.

»Nein, heute Nacht nicht«, sagte sie überzeugt. »Ich

wette, er hat nicht mal gemerkt, dass ich wieder da war.«

Uttenreuther sah sie zweifelnd an. »Denken Sie, was ich denke?«

Katinka fuhr sich durch das kurze Haar. Sie hatte Sehnsucht nach einer heißen Dusche. Dennoch war ihr klar, was der Kommissar meinte.

»Sie denken, er hat sie umgebracht, weil ... er bemerkt hat, dass sie sich gegen die Spukerei zu wehren beginnt?«

»Indem sie eine Privatdetektivin engagiert, die sie schützen soll.«

Katinka zuckte zusammen. Ihr Herz beschleunigte seinen Schlag.

»Ich ...«

»Palfy«, sagte Hardo ruhig. »Sie trifft keine Schuld. Das müssen Sie lernen, das vor allem anderen. Vor der Kaltblütigkeit eines Mörders gibt es keinen hundertprozentigen Schutz.«

Katinka seufzte. »Ich weiß«, sagte sie. »Theoretisch.«

»Dann lassen Sie dieses Wissen mal ganz nach innen durchsickern. Herz, Seele, Geist.«

»Ja. Aber jemand anderes hätte es besser gemacht. Hätte ihn rechtzeitig überwältigt. Hätte Ida eingeschärft, sich im oberen Stockwerk zu verschanzen. Hätte ...«

»Und hätte und hätte und hätte. Das ist Unsinn, das wissen Sie selbst. Er kam mit der festen Absicht, sie zu ermorden. Gegen diese Entschlossenheit gibt es kein bombensicheres Mittel. Sie konnten ja nicht mal ahnen, dass aus dem harmlosen Gespenst ein Mörder ausschlüpft.«

Katinka schwieg. Sie fühlte sich dennoch schuldig. Schuldig und erschöpft. Sie hätte sich gern hier auf dem

Beifahrersitz zusammengerollt und wäre eingeschlafen.

»Die Spukereien im Reiterkostüm sollten Ida Schenck einschüchtern, nehme ich an. Hat sie Ihnen gegenüber irgendetwas erwähnt, was dazu passt?«, fragte Uttenreuther.

Katinka wischte sich über die Stirn. »Vielleicht. Mir fällt gerade nichts ein.«

Allerdings war da noch etwas, und sie musste es ihm sagen. Jetzt.

»Ich habe bei Ida meine Visitenkarte aufs Küchenbüfett gelegt, damit sie meine Handynummer parat hat«, begann sie. »Ich habe sie da deponiert, bevor ich draußen auf den Spuk wartete, noch am Nachmittag. Die war weg. Der Mörder muss sie an sich genommen haben.«

Uttenreuther schnalzte mit der Zunge.

»Sie lernen dazu, Palfy. Früher wäre diese Aussage erst nach Aktenschluss über Ihre Lippen gekommen.«

Katinka öffnete die Wagentür. Ein Maunzen ertönte von der Rückbank. Katinka und Hardo drehten sich gleichzeitig um. Vishnu hockte auf dem Rücksitz, genau in der Mitte, und starrte die beiden aus grün funkelnden Augen vorwurfsvoll an.

»Ach, der Kater!«, sagte Katinka. Sie stellte den rechten Fuß auf die Straße. »Vielleicht wohnt der gern in Ihrem Auto!«

Hardo schüttelte den Kopf. »Ist nicht, Palfy. Nicht bei mir. Nehmen Sie ihn mit, Sie haben sich doch schon angefreundet.«

»Ich lebe in einer demokratischen Beziehung«, entgegnete Katinka. »Ich muss erst meinen Freund fragen, ob es ihm recht ist, wenn ein zweiter Mann einzieht.«

Uttenreuther verzog das Gesicht. »Er muss ja nicht

gleich einziehen. Morgen wird sich bestimmt ein Verwandter finden, der bereit ist, den Stubentiger zu adoptieren.«

Katinka stieg aus, winkte Hardo zu und wollte die Tür zuknallen, als Vishnu zum Sprung ansetzte und auf ihrer Schulter landete. Hardo lachte schallend.

»Lassen wir den Hinterbliebenen selbst entscheiden«, sagte er. »Gute Nacht. Ich warte, bis Sie oben sind.«

Katinka hasste ihn. Nur für einen kurzen Moment. Nur, weil er am längeren Hebel saß. Er machte ihre Fälle zunichte, er stieß sie mit voller Wucht auf die Schuldfrage, die sie für heute Abend hatte ausblenden wollen. Er hängte ihr den Kater an.

Kaum drehte sie sich zur Haustür, sprang Vishnu auf die Straße und lief vor ihr her. Er flitzte die Treppen nach oben und blieb vor der richtigen Wohnungstür stehen. *Ich frage mich, was diese Tiere sehen, das uns verborgen bleibt*, hallte Ida Schencks Stimme in ihren Ohren.

5. Familie Hasseberg

Tom gewöhnte sich sehr schnell an Vishnu. Er hatte an dem Kater einen Narren gefressen, und Vishnu erwiderte diese Zuneigung durch sanftes, anhängliches Verhalten. Tom radelte zum Supermarkt und kaufte Katzenstreu und Futter, und in der Buchhandlung erwarb er ein Buch mit dem vielsagenden Titel *So fühlt sich meine Katze wohl.*

Mit Katinkas nächtlichem Morderlebnis konnte er sich jedoch gar nicht anfreunden. Immer wieder insistierte er auf der Gefahr, in die Katinka sich gebracht hatte, als sie dem Mörder durch den nächtlichen Garten folgte, und in der sie seiner Meinung nach immer noch schwebte.

»Er hat deine Visitenkarte! Das Wichtigste ist jetzt, dass die Polizei den Typen findet.«

Toms Ängstlichkeit wurde Katinka bald lästig. Er wollte sie nicht mal alleine einkaufen gehen lassen und begleitete sie sogar in die Hasengasse zu ihrer Detektei.

»Zeitlos schickes Schild«, murmelte er und zeigte auf die blauen Buchstaben auf weißem Grund. *Katinka Palfy, private Ermittlungen.*

»Teuer genug war es«, brummte Katinka. »Du brauchst mich hier nicht zu bewachen. Ich will nur meine Post durchlesen.« Die Einstellung ihres Freundes der angeblichen Gefährlichkeit ihres Jobs gegenüber nervte sie ohnehin seit dem Moment, da sie ihr kleines Unternehmen gestartet hatte. Immer wieder lag er ihr in den Ohren mit gefährlich, riskant, waghalsig. Er war nie verlegen, neue, Unheil predigende Attribute für die Tätigkeit als Detektivin zu finden. Dabei war ihr Job üblicherweise gar nicht gefährlich und bestimmt kein bisschen abenteuerlich. Das meiste bestand wie bei jedem Beruf aus Routine, und Leichen lagen selten genug herum. Das Spektakuläre lugte nur in solchen Fällen wie jetzt hervor, da sie unbeabsichtigt in etwas hineingeraten war, von dem sie aber gar nicht annahm, dass es sich als selbstmörderisch entpuppen würde. Ganz anders als Tom.

Während sie im Internet ihr Konto überprüfte und nach den Zahlungseingängen der vergangenen Tage suchte, klingelte ihr Handy. Tom sah träge auf. Er las in seinem Katzenbuch.

»Palfy?«

»Es könnte Sie interessieren, dass Ida Schenck schon morgen bestattet wird«, sagte Harduin Uttenreuther.

»Danke für die Info«, rief Katinka aufgeregt. »So schnell? Ist die Leiche schon freigegeben?«

»Der Neffe von Ida Schenck, ein gewisser Roland Hasseberg, Rechtsanwalt, hat wohl ziemlichen Rabatz an höherer Stelle gemacht. Morgen um zehn Uhr ist die Trauerfeier in der Friedhofskapelle, anschließend die Beisetzung.«

»Kommen Sie auch?«

»Wir werden uns sehen, Palfy.«

Uttenreuther legte auf.

»Wer war'n das?«, wollte Tom wissen.

»Morgen wird Ida Schenck beerdigt«, sagte Katinka. »Armer Vishnu.«

»Vishnu ist fein raus. Schließlich wohnt er jetzt bei uns. Du gehst hin?«

»Allerdings. Und ohne dich als Leibwächter allemal!«

Tom streckte ihr die Zunge heraus. »Dein Kommissarsfreund wird auch da sein, schätze ich, sodass ich mich ausnahmsweise mal nicht sorgen muss.«

»Er ist nicht mein Freund«, schnappte Katinka. »Und der Mörder ist ebenfalls anwesend.«

»Wie bitte?« Tom starrte sie entgeistert an.

»Ja, klar«, sagte Katinka und blinzelte. »In den Krimis begegnen sich Täter und Ermittler auf den Beerdigungen der Opfer immer zum ersten Mal!«

Tom verdrehte die Augen. »Das ist *Tatort*. Keine Realität.«

»Warten wir's ab«, erwiderte Katinka.

Sie ging in den Nebenraum, wo sie Waffenschränkchen, Anrufbeantworter, Wasserkocher und Faxgerät stehen hatte. Rasch fummelte sie das Goldkettchen mit Idas Schlüssel dran aus der Hosentasche. Sie zog die Papierkassette des Faxgerätes auf, hob die Blätter an und legte das Kettchen ganz unten ins Fach.

Nur wenige Plätze in der Friedhofskapelle waren besetzt, als Katinka eintrat. Übermütig schrieb sie ihren Namen auf eine der beiden Kondolenzlisten. *Katinka Palfy, Privatdetektivin.* Sie nahm sich ein Trauerbildchen. Ida Schenck blickte verschmitzt aus der Schwarz-Weiß-Fotografie zu Katinka auf. Sehen Sie, was die mit mir gemacht haben, schien sie zu sagen.

Katinka setzte sich weit nach hinten und beobachtete die Verwandten. Ein hochgewachsener Mann mit grau meliertem Haar saß in der Mitte, links neben ihm ein junges Mädchen, das an seinen hochgesteckten, üppigen blonden Strähnen herumfummelte, rechts ein Mann von ungefähr Mitte zwanzig, neben ihm eine mollige Frau, die seine Hand hielt.

Zwei Reihen dahinter hatte eine Frau alleine Platz genommen. Katinka schätzte sie auf ungefähr 50. Sie wirkte mitgenommen. Ihre Haut erzählte von vielen hundert Schachteln gerauchter Zigaretten. Dennoch war ihr Gesicht auf eigenwillige Weise schön. Ihr langes, kastanienbraun getöntes Haar wellte sich über ihren Schultern. In dem schwarzen Kostüm wirkte sie wie ein ehemaliges Model, das sich nach der Zeit von Glamour und Reichtum vernachlässigt hatte.

»Morgen, Palfy!«

Uttenreuther schlüpfte neben sie.

»Hallo«, raunte Katinka zurück. »Haben Sie ein Gebetbuch dabei?«

Sie wies auf die ausgebeulte Außentasche seiner Lederjacke.

»Buch ja, Gebet nein«, sagte er halblaut.

»Hat die Literatur Sie wieder?« Katinka wusste, dass Harduin Uttenreuther vor seiner Laufbahn als Polizist Germanistik studiert hatte. Allerdings nicht bis zum bitteren Ende.

»Oder ich die Literatur.« Er betrachtete das Trauerbildchen. »Sah Ida Schenck wirklich so aus?«, fragte er.

Katinka nickte. »Ganz und gar. Gewitzt, listig. Eine Art alt gewordener Lausbub.« Sie fühlte Trauer und Enttäuschung.

Hardo wies mit dem Kinn nach vorn. »Der Mann in der Mitte ist der berühmte Bamberger Anwalt Roland Hasseberg, umrahmt von seinen Kindern.«

»Idas Neffe?«

»Genau.«

»Und die Frau weiter hinten?«

»Seine geschiedene Ehefrau, soweit ich weiß.«

»Kennen Sie Hasseberg denn näher?«, fragte Katinka.

Ein feiner Hauch Sarkasmus schwang in Hardos Stimme, als er antwortete: »Wir hatten mal das Vergnügen.«

Hassebergs Ex-Frau schnäuzte sich in ihr Taschentuch und beobachtete aus Argusaugen ihre Kinder in der vorderen Reihe. Traurige Sache, dachte Katinka. Wahrscheinlich ist sie der Outlaw der Familie, wenn sie nicht mit ihnen in der ersten Reihe sitzen darf. Oder sitzen will.

Der Beginn der Trauerfeier riss sie aus ihren Gedanken. Katinka lauschte aufmerksam den Worten des Pfarrers, als er Ida Schencks Vita zusammenfasste. Sie hatte als Reisejournalistin gearbeitet, war nach ihrem Studium der Geographie und Anglistik mit einem berühmten Professor auf Forschungsreisen an entlegene Plätze dieser Welt geflogen. Katinka dachte an den kleinen goldenen Schlüssel in ihrem Faxkasten und grinste in sich hinein. Sie vermutete, dass Ida in ihrem Schreibtisch die passenden Tagebücher aufbewahrte. Eigentlich gehörten sie den Verwandten, das war Katinka klar, aber sie hatte fest vor, später am Tag noch mal in Idas Villa zu gehen und sich dort umzusehen. Dann würde sie den Hausschlüssel, den Ida ihr überlassen hatte, in der Regnitz versenken, und den kleinen goldenen Schlüssel irgendwo in Idas Garten verlieren.

»Wer ist das denn?«, raunte sie Hardo zu. Eine Dame, etwa in Ida Schencks Alter, betrat die Kapelle. Sie trug schwarze Jeans und einen dicken Pulli, einen Strauß leuchtend gelber Rosen im Arm. Hardo zuckte die Schultern. Das Haar der Frau war natürlich grau und zu einem frechen Bubikopf gestutzt. Sie kam in Begleitung einer etwas jüngeren, graumäusigen Person. Beide veranstalteten ein ziemliches Spektakel, als sie sich in die

Sitzreihe hinter Hassebergs Ex-Frau setzten. Der Pfarrer sah irritiert auf. Nach exakt zwanzig Minuten war die Zeremonie beendet, und die Friedhofsleute rollten Ida Schenck in ihrem schwarzen, reich verzierten Holzsarg nach draußen. Das Blumenbouquet leuchtete in Violett und Gelb. Katinka zog den Reißverschluss ihrer Regenjacke ganz hoch. Die Wolken hingen tief über der Stadt. Typisches Beerdigungswetter, dachte sie, während sie neben Hardo einige Meter hinter der Familie herging. Kräftige Windstöße fegten trockene Herbstblätter über die Wege. Ein Mann überholte sie in einem behäbigen Laufschritt, sein Bäuchlein wippte auf und ab. Er reihte sich bei den Hassebergs ein. Katinka schätzte ihn auf gerade mal Anfang zwanzig. Hübsche blonde Locken kringelten sich über seinen Ohren. Fragend sah sie Uttenreuther an. Er zuckte nur die Schultern.

Das Grab der Familie lag weit von der Kapelle entfernt. In rücksichtsvollem Abstand blieben Katinka und Hardo stehen. Als die Hinterbliebenen an das Grab getreten waren, um Blumen oder Erde hineinzuwerfen, ging auch Katinka nach vorn. Sie blieb einen Moment vor dem Sarg stehen und sagte im Stillen zu Ida Schenck: Sorry, ich habe noch den Schlüssel zu Ihrem Schreibtisch, aber Ihre Verwandten werden ihn bekommen. Sie meinte, Ida antworten zu hören, Verwandtschaft sei so eine Sache. *Hüten Sie sich vor Ihren Verwandten. Das sind die Leute, die Ihnen in Ihrem Leben am meisten Schwierigkeiten machen.* Vishnu ist bei uns, sagte Katinka weiter. Es geht ihm gut. Dann trat sie schnell vom offenen Grab weg, die bohrenden Blicke der Hasseberg-Sippe im Rücken. Sie nickte allen zu. Der berühmte Anwalt starrte sie missmutig an. Seine Tochter sah verheult aus. Der blondgelockte Jüngling versuchte unbeholfen, sie zu trösten.

Hassebergs Ex-Frau stand abseits, allein, schluchzend, ein Taschentuch vor das Gesicht gepresst. Niemand von der Familie schien sich für sie zu interessieren. Rasch stellte Katinka sich wieder zu Uttenreuther. Ihr kamen die Tränen, als sie an Idas pfiffiges Grinsen dachte. Wenigstens hat sie alles gelebt, wie sie sagte, dachte Katinka. Sie fummelte in ihrer Jacke nach einem Taschentuch und wischte sich verschämt die Nase ab. Uttenreuther sah sie so komisch von der Seite an. Vielleicht bin ich mal wieder seine Hauptverdächtige, dachte sie, so wie im Frühsommer, als der Tote in der Uni gefunden wurde. Sie schauderte bei dem Gedanken an ihren ersten Fall vor einem halben Jahr.

Die Trauergesellschaft setzte sich in Marsch.

»Sprechen Sie jetzt mit denen?«

»Überlassen Sie uns nur die Arbeit.«

Katinka verdrehte die Augen. »Ich will Ihren Fall nicht«, sagte sie trotzig.

»Haben Sie sonst irgendwelche Erinnerungen an Schenck?«, wollte Uttenreuther wissen. »Sie wissen doch, alles kann nützlich sein.«

Katinka zuckte die Schultern. »Sie sagte, dass sie Verwandtschaft als Keimzelle allen Übels sieht, aber nichts Konkretes, mit wem sie Schwierigkeiten gehabt hätte. Ich glaube, sie hatte nicht einmal direkt Probleme mit jemandem. Es war für sie nur so ein unbestimmtes Gefühl.«

Hardo sah nicht überzeugt aus.

»Idas Nichte Grit hat für einige Zeit bei ihrer Tante gewohnt, in der Mansarde«, fuhr Katinka fort. »Sie zog vor nicht allzu langer Zeit aus. Ida meinte, weil sie mehr Selbständigkeit und Freiheit wollte. Das war, bevor die Spukereien losgingen.«

Katinka konnte förmlich sehen, wie Uttenreuther sich im Geist eine dicke Notiz machte. Rasch redete sie weiter: »Grit will Literatur studieren, ihr Vater will sie aber auf Jura lotsen. Es muss da diverse Verstimmungen gegeben haben. Eben hatte ich aber den Eindruck, dass Vater und Tochter ganz gut klarkommen.«

»Wie geht's Ihnen eigentlich?«, fragte der Kommissar unvermittelt.

»Geht ... passt schon«, antwortete Katinka verdutzt.

Uttenreuther machte einen Schwenk nach links.

»Kommen Sie hier lang«, sagte er.

Katinka folgte ihm. Die Trauergesellschaft verschwand aus ihrem Blickfeld, aber das konnte ihr egal sein. Sie hatte ohnehin nichts mehr mit der Sache zu tun. Allerdings würde ihr der Leichenschmaus der Verwandtschaft Gelegenheit geben, ein letztes Mal Idas Villa aufzusuchen. Sie überlegte gerade, wie sie aus dem Kommissar herauslocken konnte, ob in der Hainstraße noch Polizei anwesend war, als Uttenreuther stehen blieb. Er pflückte einige verfaulte Ahornblätter von einem Grab und rückte eine Schale mit herbstlichem Blumenschmuck zurecht. Katinka sah ihm erstaunt zu. Wer liegt hier begraben, wollte sie gerade fragen, denn keine Schrift zierte den rohen Findling an der oberen Seite des Grabes. Doch sie hielt den Mund. Uttenreuther stand da, die Hände vor dem Bauch verschränkt, und starrte unverwandt auf die roten Hagebutten in dem Gesteck.

Jäh wandte er sich zum Gehen. Katinka schloss schnell auf.

»Jemand, den Sie kennen?«, fragte sie und kam sich bescheuert vor. Er würde kaum ein fremdes Grab aufräumen.

»Ja.«

»Warum ist kein Name auf dem Stein?«

»Kommt noch«, sagte er.

Sie verabschiedeten sich auf dem Parkplatz. Katinka fühlte sich seltsam bedrückt durch den Besuch an dem anonymen Grab. Vielleicht seine Frau? Sie wusste ja so gar nichts vom Privatleben des Hauptkommissars. Es war lediglich ihre eigene Vermutung, dass er alleine lebte, und das nicht erst seit gestern.

Als sie ihr Rad an der Gärtnerei vorbeischob, hielt sie jemand am Gepäckträger fest.

»Warten Sie.«

Katinka drehte sich mehr erstaunt als erschrocken um.

»Frau Hasseberg?«

»Von wegen. Alina Faber ist mein Name. Ich habe nach meiner Scheidung meinen Mädchennamen wieder angenommen.«

Sie streckte Katinka die Hand entgegen. »Sie sind Frau Palfy?«

»Ja.« Katinka wartete ab.

»Ich habe Ihren Namen in der Kondolenzliste gelesen«, sagte sie. »Sie haben für Ida gearbeitet, oder?«

Katinka legte den Kopf schief.

»Ich muss Sie enttäuschen, aber das sind vertrauliche Informationen. Ich gebe nie einen Klienten preis, auch nicht, wenn er oder sie verstorben ist.«

Als sie geendet hatte, schoss ihr das Blut ins Gesicht. Ich sollte ihr kondolieren, dachte sie.

»Jedenfalls … mein Beileid, Frau Faber.« Sie kam sich ziemlich dusselig vor.

»Ida war meine angeheiratete Tante«, sagte Alina Faber, ohne auf Katinkas Kondolenz zu reagieren. »Das

Beste, was die Familie meines Mannes jemals zu bieten hatte. Und zu bieten haben wird. Können Sie eine halbe Stunde erübrigen?«

Katinka dachte an Idas Hausschlüssel in ihrer Tasche. Aber Alina Faber schien ihr interessanter.

»Klar!«, sagte sie.

»Gehen wir da rüber, zu *Jacques Weindepot*«, schlug Alina Faber vor. Sie marschierte spornstreichs auf die Ampel zu. »Ich brauche ohnehin ein paar Kisten Rotwein, und dort kann man nach Herzenslust verkosten und Schnittchen verzehren.«

Katinka folgte ihr über die Straße, schloss auf dem Parkplatz vor dem Weingeschäft ihr Rad ab und betrat hinter Alina Faber den Verkaufsraum.

Zielsicher ging Alina auf das Regal mit den südamerikanischen Weinen zu.

»Man sollte mit einer leichteren Sorte beginnen und dann zu den schwereren Weinen übergehen. So jedenfalls ist es für die Geschmacksknospen am angebrachtesten. Ja, hier.« Sie nahm zwei Weingläser von einem Wandhalter und goss sie zu einem Viertel mit Rotwein voll. »Probieren Sie. Auf Ida.«

Katinka schwenkte zweifelnd ihr Glas. Sie würde betrunken unter den Tisch fallen, wenn sie mehr als eine solche Portion austrank. Vorsichtig probierte sie einen Schluck.

»Er hat gesagt *Nehmet und trinket*. Nicht *Nehmet und nippet*!«, sagte Alina Faber. Sie nahm einen Mund voll und kaute. Ihre kräftige Kiefermuskulatur wurde sichtbar. Katinka zuckte die Achseln und stellte ihr Glas ab.

Ein blonder Mann mit roter Schürze kam zu ihnen.

»Grüß Gott, Frau Faber.«

»Ich grüße Sie. Heute habe ich eine Verkosterkollegin dabei.« Alina Faber lächelte. Der kurze Moment verzauberte ihr Gesicht. »Ich nehme wie immer drei Kisten von dem chilenischen Merlot«, sagte Alina Faber weiter. »Mein Auto steht noch drüben am Friedhof.« Sie zog ihren Wagenschlüssel aus der Handtasche und überreichte ihn dem Verkäufer.

»Toller Service«, sagte Katinka, als er weg war.

»Hören Sie, ich kaufe hier Wein für mehrere tausend Euro im Jahr. Das gehört einfach dazu.«

Katinka staunte. Mehrere tausend Euro einfach versoffen, dachte sie.

»Hier, bedienen Sie sich.« Alina hielt ihr ein Tellerchen mit *Crostini* unter die Nase. Katinka nahm eines, hauptsächlich, um den Alkohol besser wegzustecken.

»Sie sind keine Weintrinkerin, nicht wahr?«

Katinka fragte: »Sie wollten mich sprechen, Frau Faber. Geht es um Ida?«

Alina Faber goss sich ein frisches Glas mit einem kirschroten Wein voll und leerte es. Katinka betrachtete nachdenklich ihr Gesicht. Das ganze sah ihr stark nach Alkoholismus aus.

»Ich weiß, dass Ida Sie engagiert hatte, Frau Palfy. Sie hat es mir gegenüber erwähnt. Natürlich hat auch die Polizei mit mir gesprochen, von wegen wo ich war, als Ida ermordet wurde. Ich habe mich mit meiner angeheirateten Tante sehr gut verstanden. Als meine Kinder noch klein waren, half sie mir oft als Babysitterin aus. Ich habe sie geliebt. Sie hatte ein Herz. Verstehen Sie, was ich meine? Sie hatte etwas, was in der Familie Hasseberg ansonsten nicht vorkommt.«

Katinka drehte ihr leeres Glas. Dann griff sie nach einer Flasche und goss sich nach.

»Gefühle, Liebe, Wärme, Humor«, zählte Alina Faber auf. »Davon leben wir doch. Ida war nie verheiratet, sie hat aber meinen Ex-Mann aufgezogen, nachdem dessen Eltern verunglückt waren. Er war damals gerade vier Jahre alt. Seiner Tante ist er wirklich zu großem Dank verpflichtet.«

Katinka probierte den neuen Wein, konnte aber keinen bedeutenden Unterschied zum Ersten feststellen. Alina schenkte sich nach und trank. Sie griff nach einem *Crostino*. »Er tat auch alles für sie. Auf seine Weise, das muss ich eingestehen. Er kümmerte sich um die formalen Dinge. Stress mit Handwerkern, Krankenkasse, was weiß ich. Aber fürs Emotionale, da hat der Herr Anwalt nichts übrig. Anstelle eines Herzens liegt da ein Gesetzbuch, eine dicke, kantige rote Schwarte.«

Der Verkäufer schob einen Sackkarren mit drei Kisten Wein aus dem Laden. Draußen zogen sich die Wolken dichter zusammen. Es würde gleich regnen.

»Wie ist das eigentlich mit Ihren Kindern?«, fragte Katinka.

»Sie stellen die richtigen Fragen.« Alina Faber lehnte sich an das Barbrett und zog die Kostümjacke aus. »Als ich mich scheiden ließ, blieben sie beim Vater. Eine traurige Geschichte. Er hat sie infiltriert und blockiert ihre Gefühle bis heute. Mich hat er zum Paria deklariert. Die unterste Kaste, die Nicht-Menschin. Ich bin verdammt allein, Frau Palfy. Verdammt allein.«

Katinka nahm noch ein *Crostino*.

»Wer war eigentlich die ältere Dame, die zu spät kam?«, fragte sie.

»Sieglinde Unruh.« Alina Faber grinste matt. »Ein Unikum, Idas beste Freundin. In etwa gleich alt wie Ida, aber verwitwet. Sie kam in Begleitung ihrer Tochter, wobei die Tochter, die übrigens nur 18 Jahre jünger ist als Sieglinde, ältlicher wirkt als die Mutter.«

Katinka hoffte, sie würde wie der Hauptkommissar imstande sein, alle Informationen im Kopf zu behalten. Sieglinde Unruh, repetierte sie. Mit 18 Mutter geworden. Unikum.

»Wieso Unikum?«

»Verabreden Sie sich doch einfach mal mit ihr«, schlug Alina Faber vor. »Dann kennen Sie den Grund. Sie ist absolut unnormal, im positiven Sinn. Völlig ungenormt. Was sie in den Augen ihrer Zeitgenossen allerdings verdächtig macht.«

Katinka trank noch mal von ihrem Wein. Plötzlich fühlte sie die Entspannung durch ihre Muskeln kriechen.

»Die Polizei sucht also Idas Mörder. Ich möchte Sie engagieren, Idas Erbe zu checken«, sagte Alina Faber.

»Dazu bin ich nicht in der Lage«, bedauerte Katinka nach einer kurzen Pause. »Sie müssen die Testamentseröffnung abwarten oder den Termin beim Nachlassgericht. Eine Privatdetektivin bekommt zu diesen Daten keinen Zugang. Allenfalls die Staatsanwaltschaft kann Einsicht nehmen. Aber auch nur mit einem richterlichen Beschluss.«

»Vergessen Sie's. Ich meine nicht ihre Bankkonten. Ich meine ihr geistiges Erbe.«

Katinka stellte ihr Glas weg und schloss den Reißverschluss ihrer Jacke. »Für Geistiges bin ich nicht die richtige Adresse«, sagte sie. »Wenden Sie sich an den Pfarrer.«

»Quatsch.« Alina Faber hielt Katinka am Ärmel fest. »Sie verwechseln geistig und geistlich. Warten Sie. Ich will wissen, wie der momentane Stand in der Familie ist. Wer liebt wen, wer hasst wen, wie stehen Vater und Kinder zueinander. Mein Sohn Philipp hatte ein Mädchen dabei. Er wird am Samstag heiraten. Wissen Sie, dass ich nicht einmal zur Hochzeit eingeladen bin?« Sie fuhr mit dem Finger über die Etiketten einiger Flaschen. Seufzend fuhr sie fort: »Ich kenne seine Braut überhaupt nicht. Was Grit treibt? Davon habe ich genauso wenig Ahnung. Da war so ein Knäblein heute auf dem Friedhof. Sie hat mal einen gewissen Norbert Einwag erwähnt. Ihr Freund, scheint's. Aber so ein Knaller Grits Freund? Sie steht doch gar nicht auf … korpulente Männer. Keiner spricht mit mir. Solche Sachen möchte ich wissen. Ich will, dass Sie für mich die Hochzeit im Auge behalten und mir berichten.«

»So was mache ich nicht«, sagte Katinka bestimmt.

»Ich will doch nichts Anrüchiges von Ihnen!«, rief Alina Faber. »Ich muss Grit vor ihrem eigenen Vater bewahren, verstehen Sie? Sie sollte Jura studieren, aber Ida meinte, das wäre nicht das Wahre für Grit, und sie hätte auch gar keine Lust dazu. Ohne Ida, wie stehe ich denn da? Sie war das Scharnier zwischen mir und den Hassebergs. Ich werde nicht einmal mehr erfahren, was im Leben meiner Kinder los ist. Ich meine, Philipp ist ein Abziehbild seines Vaters geworden, aber Grit ist vielleicht noch zu retten.«

Sie warf die Kostümjacke über einen Stapel Weinkartons und zog ein Portemonnaie aus ihrer Handtasche.

»500 Euro Anzahlung.«

Katinka wusste, sie hätte gehen, Alina Faber einfach stehen lassen sollen. Doch dann siegte wie stets die Neugier. Und etwas, das sie niemandem gegenüber jemals ansprechen würde. Nicht einmal vor Tom. Da spukte eine Stimme durch ihren Kopf, Idas Stimme. *Nehmen Sie den Auftrag an.* Ich glaube, ich werde verrückt, dachte Katinka. Dieser Geisterreiter, die verworrene Alina Faber, der Outlaw-Gedanke.

»Eine Woche«, sagte Katinka und nahm das Geld. »Ich schicke Ihnen eine Quittung. Der Rest gegen Rechnung.«

Alina Hasseberg lächelte, und wieder strahlte ihr Gesicht sonnig und froh. Sie überreichte Katinka ihre Visitenkarte.

»Hier. Mein Handy ist immer an. Viel Erfolg.«

Katinka verließ den Laden. Der Schürzenmann kam mit dem leeren Sackkarren zurück. Sie sah sich um. Alina Faber zückte eine Kreditkarte.

Wein für mehrere tausend Euro im Jahr, dachte Katinka. Entweder, sie trinkt den selbst aus, oder sie ist doch nicht so einsam, wie sie mich glauben machen wollte.

Ich habe selten eine Diskussion über Verlust geführt.

Einbußen, Verluste, Defizite, Lücken … alles getrübte Ausdrücke für das Empfinden, das mich beschwert. Könnte man sagen, ein Empfinden, das mich erfüllt? Ich habe nicht den Eindruck – es wirkt nicht nur paradox, es ist paradox, wenn man sich vom Gefühl des Verlustes erfüllt sieht. Aber Menschen sind paradoxe Wesen. Stattdessen bevorzuge ich den Begriff ›einhüllen‹. Gefühle hüllen mich stets ein. Sie sind individuelle Formen von Suggestionen. Man soll sich nicht einbilden, dass man Einbildungen wegrationalisieren könnte. Dazu fällt mir noch ein, dass alle Menschen dem Charme von Einbildungen erliegen: Sie sitzen vor schwarzen Kästen und konsumieren farbige Einbildungen. Soviel dazu.

6. In Idas Allerheiligstem

Der Regen fegte in spitzen, eiskalten Stacheln vom Himmel. Katinka lehnte sich mit aller Kraft dagegen. In pitschnassen Jeans erreichte sie die Hasengasse. Sie fror. Während sie den Schlüssel aus dem Versteck zog, flüsterte ihr der Wasserkocher verführerische Geschichten von heißem Tee zu, aber sie wollte so schnell wie möglich in Idas Villa, bevor die Verwandten sich vom Mittagstisch erhoben und auf die gleiche Idee kamen. Mit Todesverachtung trat sie wieder hinaus in den Regen und stieg aufs Rad. Nun war auch der Sattel nass, und ihr Hintern ebenso. Die letzten Meter in der Hainstraße schob sie ihr Fahrrad. Das Gartentor war nur angelehnt. Katinka zog die Kapuze vom Kopf und drückte auf die Klingel. Niemand antwortete.

»Hallo? Ist jemand zu Hause?«

Sie ging langsam um das Haus herum. Die Erinnerung an jenen Abend vor einer knappen Woche machte sie ganz fickrig. Ihre Turnschuhe quatschten im nassen Gras.

Die zersplitterte Terrassentür war mit Holzlatten vernagelt worden. Katinka fragte sich, wer das Haus erben würde. Sie zog Latexhandschuhe über. Nachdenklich sah sie zu den Nachbarhäusern hinüber, bevor sie zurückging und ihren Schlüssel ins Schloss steckte. Es klebte noch ein Rest vom Polizeisiegel daran.

Die Tür ging sofort auf. Katinka zog die Regenjacke und die nassen Turnschuhe aus, rollte alles zu einem dicken Bündel und versteckte es unter der Plastikplane, die einen Steinkübel bedeckte. Ein zartes Stämmchen ohne Blätter wuchs darunter heran. Ein Gingko, dachte Katinka. Vermute ich jedenfalls. Sie zog die Plane zurecht und schlüpfte ins Haus.

Die Heizung war ausgeschaltet worden. Hier drinnen kam es Katinka kälter vor als draußen. Sie konnte ihren Atem sehen. Fröstelnd lief sie auf Socken durch das Erdgeschoss. Im Wohnzimmer blieb sie stehen und schloss die Augen. Vergeblich bemühte sie sich, ihre eiskalten Finger warmzukneten. Als ob sich meine Gedanken in den Fingern regen, dachte Katinka. So zittrig sind die.

Sie ging zur Küche. Die Blutlache war aufgewischt worden. Das Teegeschirr von neulich stand noch da. Und die Thermoskanne, die Ida Katinka mitgegeben hatte. Katinka wusste nicht einmal mehr, ob sie die selber wieder mit hereingebracht oder wo sie sie gelassen hatte. Die Treppenstufen knarrten ein heiseres Willkommen, als Katinka in den ersten Stock stieg. Sie betrat das Zimmer mit Idas vielen ausgeflippten Erinnerungen. Alles sah aus, als habe sich seit langem kein Mensch mehr hier aufgehalten. *Der Zugang zu den Erinnerungen einer alten Schachtel*, tönte Idas Stimme in Katinkas Ohren. Sie trat zielsicher auf den Schreibtisch zu. Das rechte Seitenteil war nicht einmal abgeschlossen. Katinka starrte in die dunklen Fächer. Außer einem Päckchen angebrochenem Briefpapier, einem Locher und einem Tacker waren sie leer. Enttäuscht fuhr Katinka mit den Fingern ganz in die Tiefe. Nichts.

Das gibt's nicht, dachte Katinka. Ida hat von Moleskine-Notizbüchern gesprochen und dabei auf den Schreibtisch gezeigt.

Sie ging zu dem anderen Seitenteil hinüber. Auch diese

Tür war nicht verschlossen. Hier lagen ein paar Bleistifte, ein Kästchen mit eingetrockneten Aquarellfarben, zerrupfte Pinsel. Sonst nichts.

Sapperlott, dachte Katinka. Was übersehe ich? Und wofür ist eigentlich dieser Schlüssel gut?

Ihre Finger begannen in den Handschuhen zu jucken. Latexallergie, dachte sie, während sie vorsichtig den Schlüssel in das Schloss zum linken Seitenteil steckte. Das Schloss war viel zu groß für den filigranen Schlüssel. Das Gleiche auf der rechten Seite. Sie legte sich auf den Rücken, schob den Kopf in das unterste Fach. Rüttelte an dem Brett. Am nächsthöheren. Irgendwo in der Tiefe des Schreibtischbauches hatten die Bretter Spiel. Katinka wälzte sich herum und kroch so weit sie konnte in den Schreibtisch hinein. Packte zwei Fächerböden gleichzeitig und zog. Rüttelte. Die Bretter gaben nach und rutschten heraus.

Wow, eine Fächereinlage, dachte Katinka. Sie wuchtete sie heraus und starrte in das nun leere Seitenteil.

Von wegen leer. Ächzend schob Katinka den rechten Arm in die Unendlichkeit des Schreibtisches. Sie hatte ein winziges, dunkles Loch erspäht, ein Schloss. Der goldene Schlüssel passte. Sie drehte ihn, und ein Holzteil, vermeintlich die Rückwand des Schreibtisches, sprang auf. Eine Geheimtür, dachte Katinka begeistert. Welcher Spezialist hat wohl diesen Schreibtisch geschreinert! Sie fummelte ihre Taschenlampe aus dem Rucksack. Mindestens fünfzig schmale Moleskine-Notizbücher waren in dem engen Fach aufeinander gestapelt. Die Buchrücken, mit steilen Buchstaben beschriftet, gaben Auskunft über die Zeitabschnitte, in denen Ida ihre Gedanken und Erlebnisse zu Papier gebracht hatte. Wenn Katinka richtig sah, begann die Chronologie 1945.

Katinka pfiff leise durch die Zähne. Sie wollte gerade eine der Kladden herausziehen, als sie die Eingangstür klicken hörte. Erstarrt lauschte sie nach unten.

»Die Polizei hat das Haus freigegeben«, sagte eine junge Stimme. »Keine Sorge.«

Katinka klappte die Geheimtür zu, verfrachtete so schnell sie konnte die Fächereinlage zurück an Ort und Stelle, legte sämtliche Utensilien hinein und schob die Seitentür zu. Ihr Herz galoppierte.

»Ich habe keine Sorge, aber es gibt ein paar Sachen, die ich geklärt haben möchte, bevor Ihr werter Herr Vater hier aufkreuzt«, sagte eine andere Stimme. Katinka war sich nicht sicher, ob sie einem Mann oder einer Frau gehörte.

Die Treppenstufen knärzten. Panisch sah Katinka sich um. Sie kroch unter das Sofa neben dem Fenster und zupfte an der Überdecke. Wenn die Besucher nicht gerade Staub wischen wollten, würde sie unbemerkt bleiben. Voller Angst legte sie ihren Kopf auf ihren Rucksack. In letzter Sekunde stellte sie das Handy ab.

»Mein Vater wird Idas Erbe hochhalten«, sagte die junge Stimme. Katinka sah ein paar schicke, schwarze Schuhe ins Zimmer kommen. Ihr Puls drückte aufs Tempo.

»Das können Sie sonst wem erzählen«, sagte die andere Stimme.

»Warum sind Sie so misstrauisch, Frau Unruh?«, kam es von der jungen Frau.

Aha, dachte Katinka. Das Unikum.

»Kommen Sie schon, Grit. Sie mögen die Wirklichkeit immer in den Farben aus dem Malkasten Ihres Vaters sehen, aber dadurch wird sie nicht anders.«

Eingeschnapptes Schweigen.

»Schmollen Sie nicht. Wo sind die Tagebücher?«

Katinka hielt den Atem an. All ihre Muskeln verkrampften sich. *Hüten Sie sich vor Ihren Verwandten. Das sind die Leute, die Ihnen in Ihrem Leben am meisten Schwierigkeiten machen*, schallte Idas Stimme durch ihren Kopf.

»Irgendwo hier im Zimmer.«

Bravo, dachte Katinka. Am Ende finden sie das Fach nicht und suchen unter dem Sofa. Ich Rindvieh. Und wenn sie es finden, kann ich die Tagebücher abschreiben. Tränen stiegen ihr in die Augen. Sie presste das Gesicht auf den feuchten Rucksack.

»Also im Schreibtisch. Ida war chaotisch, aber sie hatte Prinzipien.«

»Weiß ich nicht«, antwortete Grit schnippisch.

Katinka hörte, wie die Schreibtischtüren auf- und zugemacht wurden und die große Schublade in der Mitte herausgezogen wurde.

»Unbedeutendes Zeug«, sagte Sieglinde Unruh. Katinka hörte, wie Stifte auf den Boden fielen. Papier raschelte. »Ihr Schreibtisch ist ja leer wie eine Wüste!«

Ja, bis auf Locher und Tacker, dachte Katinka.

Ein Feuerzeug klickte.

»Muss das sein?«

»Nur die Ruhe, ja«, sagte Sieglinde Unruh scharf. »Ich bin hier so gut wie zu Hause. Und geraucht habe ich immer, das hat Ida nicht so eng gesehen. Bis zu ihrem 65. Geburtstag hat sie selbst gequalmt wie ein Großfeuer. Aber da waren Sie ja noch grasgrün hinter Ihren hübschen Öhrchen.«

Grit antwortete nicht. Feiner Zigarettengeruch zog durch das Zimmer.

»Sie erben das Haus, nicht wahr?«, fragte Sieglinde Unruh nach einer Weile.

»Keinen Schimmer«, antwortete Grit. Sie ging unruhig im Zimmer auf und ab. »Vielleicht eher meine Mutter.«

»Ihre Mutter?«

»Meine Mutter erbt bestimmt was«, sagte Grit. »Aber fragen Sie doch meinen Vater. Das Erbrecht kennt ziemlich klare Bestimmungen.«

»Pah. Hasseberg hat mit Sicherheit schon gepanscht.«

»Er ist der direkteste Verwandte«, gab Grit zurück. »Idas Neffe.«

»Der direkteste Verwandte.« Sieglinde Unruh hörte sich hämisch an. »Lernen Sie mal richtig Deutsch. Was wollen Sie studieren? Literatur? Da sind Sie an der falschen Stelle.«

Gemeine Kuh, dachte Katinka.

»Außerdem könnten Sie als Tochter eines renommierten Anwalts durchaus wissen, dass so was wie ein Pflichtteil nur für Abkömmlinge existiert. Ida hätte ihr Vermögen auch einem Penner vermacht haben können. Das würde übrigens zu ihr passen, finden Sie nicht?«

Grit reagierte nicht. Sie trat ans Fenster. Dann kam sie auf das Sofa zu. Sie rückte einige Kissen zurecht.

Katinka spürte Hitze durch ihren Körper fluten. Der Schweiß brach ihr aus. Sie roch sich selbst, einen scharfen, von Furcht durchtränkten Geruch.

»Verdammt kalt ist es hier. Wahrscheinlich hat der zukünftige Eigentümer gleich die Heizung abdrehen lassen. Sparsamkeit ist ja in manchen Kreisen eine Tugend.« Sieglinde Unruh rüttelte nun an den Seitenteilen des Schreibtisches. »Ida hat mal ein Fach erwähnt, zu dem man einen Schlüssel braucht.«

Das gibt es allerdings, dachte Katinka.

»Wir haben ja nicht mal den Schlüssel«, hörte sie Grits Stimme ganz nah.

»Schlösser kann man aufbrechen«, entgegnete Sieglinde Unruh.

»Ob das in Tante Idas Sinn ist, wage ich zu bezweifeln«, sagte Grit mehr zu sich selbst.

»Nicht meckern, suchen!«

»Vielleicht befindet sich das Geheimfach nicht im Schreibtisch«, sagte Grit. »Es könnte doch sein, dass sie hier in den Bücherregalen irgendwo ein Versteck eingerichtet hat.«

»Glaube ich nicht. Wo wollen Sie da Tagebücher aus fast sechzig Jahren unsichtbar machen. Ist doch alles offen einsehbar.«

»Jedenfalls müssen die Tagebücher hier im Zimmer sein«, erklärte Grit. »Hier hat sie immer gesessen und geschrieben.«

»Mich interessiert ja nur das Letzte«, sagte Sieglinde Unruh wie zu sich selbst. »Das nach dem Unfall.«

»Sie reden sich da was ein.«

»Ihnen traue ich nicht über den Weg. Sie saßen am Steuer!«

»Ich konnte nichts dafür. Genau das ist bei dem Prozess auch rausgekommen.«

»Prozesse sind Angelegenheiten, die mir von Anfang an suspekt sind«, erklärte Sieglinde Unruh. »Alles reine Ansichtssache. So arbeiten Anwälte.«

»Wenn Sie schon wieder auf meinen Vater abzielen …«

»Für Sie ist Ihr Vater der Mittelpunkt der Welt, wie? Glauben Sie mir, es gibt noch andere Männer. Wer war eigentlich der Blondling von vorhin?«

»Das geht Sie …«

»… einen feuchten Kehricht an, ich weiß. Ida hat mir alles erzählt. Herzallerliebst.«

Grit kam auf ihrer Wanderschaft durchs Zimmer wieder bedrohlich nahe ans Sofa. »Sie kotzen mich an«, stieß sie zwischen den Zähnen hervor.

»Dann sind wir ja quitt. Wären Sie vorsichtig gefahren, hätte Ida vermutlich ein angenehmeres letztes Jahr gehabt. Also, hier ist kein Versteck. Verflucht, ich bin auch viel zu nervös, um lange zu suchen.«

Beide Frauen blieben unschlüssig stehen. Geht, flehte Katinka. Nachdem die Hitzewelle in ihrem Innern verebbt war, begann sie zu frieren. Ihr Pullover war durchgeschwitzt, die regennasse Jeans klebte wie eine kalte Folie an ihrem Körper.

»Ida ist ja alles zuzutrauen«, sagte Sieglinde Unruh nachdenklich. »Vielleicht spürte sie den Mörder kommen – und hat ihre Notizen vernichtet?«

Es blieb still.

»Oder Sie haben die Tagebücher auf dem Gewissen? Oder Ihr werter Erzeuger?«

»Ich habe mich um Tante Idas Angelegenheiten nicht gekümmert.«

»Aber Sie haben sich oft getroffen in letzter Zeit, wie? Hochzeitsvorbereitungen für Philipp und Kathrin.«

»Tante Ida kann ihre Schriften höchstens selber verbrannt haben«, sagte Grit zögernd. »Vielleicht hinten am Komposthaufen. Dort verschürt Tosia die Gartenabfälle.«

»Kam Tosia noch regelmäßig?«

»Zum letzten Mal kurz nach dem 3. Oktober. Sie hat den Garten klargemacht und ist danach nach Polen gefahren. Wann sie wiederkommt, weiß ich nicht.«

»Schauen wir mal. Vielleicht finden wir kleine Fetzchen, die wir dann zusammensetzen können, wie die Paläographen in ihren Kellern.«

Ja, verzieht euch, dachte Katinka. Sie lauschte den beiden Frauen, die auf dem Weg nach unten immer noch ihre spitzen Geschosse aufeinander abfeuerten. Abwartend stellte sie ihre Ohren weit auf Empfang. Irgendwann verklangen die Stimmen. Steif kroch Katinka aus ihrem Versteck. Sie reckte und streckte sich, um ihre Muskeln zu dehnen. Ihre Finger in den Latexhandschuhen waren eiskalt. Auch ihre Füße in den dünnen Socken. Ganz vorsichtig pirschte sie sich zum Fenster vor und lugte in den Garten. Sieglinde und Grit standen neben dem gemauerten Kamin und redeten mit Händen und Füßen aufeinander ein. Katinka verlor keine Zeit. Sie legte sich bäuchlings vor den Schreibtisch, rüttelte die Fächereinlage heraus, steckte den Schlüssel in das Geheimschloss. Mit leisem Klick sprang die Tür auf. Katinka achtete darauf, genau die letzten fünf Tagebücher zu erwischen. Wozu Ordnung doch gut ist, dachte sie, verstaute die Kladden in ihrem Rucksack, schloss das Fach, schob die Holzeinlage zurück. Sie robbte zum Fenster. Grit und Sieglinde waren verschwunden. Katinka schlich in den Flur. Sie legte sich auf den Boden und presste ein Ohr auf das Parkett. Nichts zu hören. Sie ging in Idas Schlafzimmer hinüber. Nichts sah verändert aus. Vom Fenster aus konnte sie in den Vorgarten sehen. Dort stieg Grit auf ein Fahrrad. Sie hatte keine Regenkleidung dabei und sah missmutig drein, während Sieglinde Unruh einen *Austin Mini* bestieg und davonbrauste.

Katinka wartete eine Weile ab, stieg dann ins Parterre. Sie revidierte ihre ursprüngliche Absicht, den goldenen Schlüssel irgendwo in Idas Garten wegzuwerfen. Da sollte etwas vertuscht werden. Ihr behagte der Gedanke gar nicht, dass noch mehr Tagebücher dort oben versteckt waren. Sieglinde Unruh hatte zweifelsohne recht. Schlösser konnte man aufbrechen, und sie schien auch nicht zu zögern, genau das zu tun, sobald sie erstmal das Versteck gefunden hatte. Ob eine beste Freundin sich so benimmt, dachte Katinka skeptisch. Aber wahrscheinlich meint sie, Idas Erinnerungen vor der Familie retten zu müssen. Komisch, dass sie sich dabei ausgerechnet mit Grit verbündet. Die beiden scheinen sich ja nicht gerade zu lieben.

Katinka schlüpfte aus der Haustür. Ein kalter Windstoß pfiff durch ihre Kleider. Zähneklappernd wühlte sie ihr Jacke und Schuhe aus dem Steintopf. Sie band die Schnürsenkel nicht zu, warf auch die Regenjacke nur lose über, verließ den Garten und rannte zu ihrem Rad auf der anderen Straßenseite.

7. Rechtsanwalt Roland Hasseberg

Rechtsanwalt Roland Hasseberg verweigerte Katinka jeglichen Termin, und am Telefon war er auch nicht für sie zu sprechen.

Seufzend legte sie nach dem dritten Versuch den Hörer auf. Zu dämlich, dass sie sich gleich mit ihrem richtigen Namen eingeführt hatte. Wahrscheinlich war es einfach zu kess gewesen, das schwungvolle *Privatdetektivin* hinter ihren Namen auf die Kondolenzliste zu setzen.

Hassebergs Privatnummer stand nicht im Telefonbuch. Entmutigt ging Katinka ins Nebenzimmer, trank eine Tasse Tee. Vielleicht wohnte er nicht mal in Bamberg. Sie müsste ihn beschatten, bis er aus seiner Kanzlei kam, und ihm dann folgen. Das herbstliche Wetter mit den heftigen, eisigen Regenschauern und der immer schneller hervorkriechenden Dunkelheit konnte sie allerdings wenig dazu motivieren.

Fall abgeben kommt nicht in Frage, redete sie sich Mut zu. Der Gedanke, die Flinte ins Korn zu werfen, war ihr bei nicht ganz eindeutigen Ermittlungen jedes Mal gekommen und hatte sich wie eine Mehlmotte festgesetzt. Aber Katinka musste sich eingestehen, dass sie schon Blut geleckt hatte. Die Familie Hasseberg reizte ihre Spürnase. Sie dachte an ihr Studium zurück. In der Archäologie kam es drauf an, nicht locker zu lassen, an das Geheimnis dort unten in der Erde zu glauben.

In Fällen drohender Verzagtheit konnte vielleicht ihre Freundin Britta helfen.

»Britta? Hast du heute Abend schon was vor?«

»Hej, die vielbeschäftigte Detektivin. Bist du wohl mal nicht in Sachen Schnüffelei unterwegs?«

Britta Beerenstrauch war Lokaljournalistin beim *Fränkischen Tag*, Bambergs Tageszeitung. Sie beide hatten sich ungewöhnlich selten gesehen in der letzten Zeit, was einerseits mit Katinkas Auftragslage zu tun hatte und andererseits mit Brittas momentaner Liebschaft mit einem norwegischen Ingenieur, der für die Firma *Bosch* arbeitete.

»Im Gegenteil. Ich wollte dich mitnehmen. Dich und dein Auto. Treffpunkt wäre in der Schützenstraße, vor der Kanzlei eines gewissen Hasseberg.«

»Augenblick.« Britta schien sich zu orientieren. »Erstens: Tom ist mit seinem Auto unterwegs, zweitens, du meinst nicht etwa DEN Hasseberg?«

Katinka lachte. »Toms Kiste ist noch bis morgen in der Werkstatt. Irgendwas mit der Antriebskette, frag mich nichts Genaues. Die Sache wird allmählich teuer, denn das gleiche hatten wir vor kurzem schon mal. Und ja, ich meine DEN Hasseberg.«

»Gut. Du brauchst mein Auto. Was haben wir auf dem Programm?«

»Du machst also mit?«

»Klar, warum nicht?«

»Um sechs. Schützenstraße. Kannst du das einrichten?«

Tom war leicht ruhigzustellen, als Katinka ihm mitteilte, sie würde mit Britta ausgehen. Er knabberte an einem Problem, das, wie er sich ausdrückte, mit Nullen und Einsen zu tun hatte. Was nichts anderes bedeutete, als dass er einen Programmierfehler ausbügeln musste. Sein Terminkalender war prallvoll, er war bei einem Auftrag schon zu spät dran.

Katinka zog sich halbwegs schick an, um Tom zu überzeugen, dass sie sich auf einen Restaurantbesuch vorbereitete.

»Ihr geht aber früh los«, sagte er nur, als Katinka den Blazer überzog.

»Wir wollen uns noch einen Cocktail genehmigen«, sagte Katinka. Lügnerin, schoss es ihr durch den Kopf. Doch mittlerweile war sie in dieser Hinsicht abgeklärt. Wenn sie Tom erzählte, sie wollte mit Britta den berühmten Anwalt Hasseberg beschatten, hätte sie nur Ärger.

»Na, besonders schnieke kann's ja nicht werden«, mutmaßte Tom und musterte zweifelnd Katinkas Aufzug. Sie trug Jeans, einen kurzen, engen Wollpulli in Kanariengelb, einen schwarzer Blazer. Von Tom. Umso schlimmer, dass Vishnu ihm auch noch mit einem satten Maunzer beipflichtete. Der Kater thronte auf dem Sitzsack vor Toms Schreibtisch. Näher traute er sich nicht an all die Rechner, Kartenlesegeräte, externen Laufwerke und Scanner heran.

»Motz nicht rum, das ist kein Candlelight-Dinner!«

Katinka wusste selbst um ihre Unausgegorenheit in Sachen Klamotten, und es machte ihr nicht wirklich Spaß, immer wieder darauf hingewiesen zu werden. Zudem kam sie sich heute ausnahmsweise modesicher vor. Der Pulli stand ihr gut, und als sie sich dunkelbraune Schatten um ihre Augen gepinselt und das kurze braune Haar mit Gel durchwuschelt hatte, fühlte sie sich ausgehfertig.

»Turnschuhe würde ich dir nicht gerade empfehlen«, grinste Tom, als Katinka zu ihm ins Arbeitszimmer zurückkam und einen Abschiedskuss auf seine Wange zielte.

»Bäbäbä«, machte Katinka. »Bis dann. Du brauchst nicht zu sagen, dass es ruhig spät werden kann.«

Sie schlüpfte in kniehohe schwarze Stiefel, nahm Fleece und Windjacke vom Haken und ging.

Es war erst kurz vor sechs, und schon klebte die Dunkelheit zwischen den Häusern. Ihre Schritte hallten durch die leere Amalienstraße. Katinka umschiffte die Pfützen. Irgendwo hier hatte noch bis ins 19. Jahrhundert eine Hinrichtungsstätte gelegen. Wenn sie die Augen schloss, sich ein wenig treiben ließ, dem Wind lauschte, der ungeduldig an den nassen Zweigen riss, konnte sie sich einbilden, das Entsetzen jener Tage zu spüren, die Hilflosigkeit der Verurteilten und die Selbstgerechtigkeit jener, die durch Zufall auf der besseren Seite standen. Anwalt Hasseberg, dachte sie. Wollen wir mal sehen, was du heute Abend auf deiner Agenda hast. Womöglich fuhr er aber einfach nur nach Hause, entkorkte eine Flasche Wein und legte die Beine hoch.

Britta wartete schon an der Ecke. Sie fuhr seit einigen Wochen einen *Fiat Punto*, auf den sie sich ziemlich viel einbildete. Eigentlich passte der Wagen nicht recht zu ihrer Extravaganz. Katinka kam der *Mini* von Sieglinde Unruh in den Sinn. Das wäre eher ein Auto für Britta, dachte sie, als sie ihre Freundin begrüßte.

»Die Kanzlei ist ein Stück weiter die Straße runter. Ich habe mich schon kundig gemacht. Da gibt's ein Garagentor, elektrisch zu bedienen und natürlich videoüberwacht«, sagte Katinka eifrig.

»Den verpassen wir schon nicht.« Britta war wie üblich superelegant in ihrem schwarzen Hosenanzug mit silbergrauem Body drunter und den spitzen Pumps an den Füßen.

»Warten wir im Wagen«, schlug sie vor.

»Ist dein Auto immer noch rauchfrei?«, fragte Katinka. Sie klaubte einen cremefarbenen Mantel vom Sitz und pfefferte ihn auf die Rückbank.

»Vergiss es. War ja nicht anders zu erwarten, als dass ich meinen Gesundheitsprinzipien untreu werde.«

Katinka lachte. »Um diese Jahreszeit ist es auch nicht gerade gesund, zum Rauchen auszusteigen.«

»Stört's dich?« Britta fingerte sich eine Zigarette aus der roten *Gauloises*-Schachtel.

»Nicht doch.« Katinka streckte die Beine aus. »Nervt es dich, wenn ich dich frage, was mit Alban ist?«

Alban Hanke war ebenfalls Journalist beim *FT*, wie die Bamberger ihre Zeitung nannten. Seit dem vergangenen Frühsommer waren die beiden ein Paar. Allerdings ein sehr lockeres Paar, denn ihre Zweisamkeit wurde immer wieder durch Brittas erotische Alleingänge unterbrochen.

»Håkon ist ein Prachtkerl«, schwärmte Britta. »Du kennst ja meine Einstellung: Sexuell muss da schon mal ein wenig Abwechslung auf den Teller kommen. Alban ist ein Kuscheltier, bei Håkon kannst du das Kuschel weglassen.«

»Mensch, er kommt.«

Britta brauchte eine Schrecksekunde.

»Ich dachte schon, du meinst Håkon oder Alban oder gar beide«, sagte sie, während sie die Kippe aus dem Fenster warf und in aller Eile den Motor startete.

Hasseberg steuerte einen schwarzen BMW durch das enge Tor und scherte auf die Straße ein. Britta hielt gekonnt einigen Abstand. Hier im Haingebiet war kaum Verkehr, aber als sie auf die Friedrichstraße einbogen, schnitt Britta einen heranbrausenden VW. »Frechheit siegt«, sagte sie nur, während der Typ in dem VW wie verrückt auf die Hupe drückte.

Katinka fuhr sich nervös durchs Haar. Sie würde umkommen, nicht durch die würgende Hand eines Gespensterreiters, sondern hier, in einem spießigen Kleinwagen.

»Wir sollten seine Aufmerksamkeit nicht so direkt auf uns lenken«, warnte sie, als die Panik ein wenig abgeflaut war.

»Wie bleiben wir dann an dem guten Mann dran? Zögerlichkeit hilft nicht im Straßenverkehr, sie ist lediglich ein Grund, warum so viele Unfälle überhaupt passieren«, dozierte Britta. »Weil nämlich die Leute sich nicht rechtzeitig entscheiden, ob sie die Spur wechseln, bremsen, abbiegen und so weiter wollen. Außerdem …«

»Links!«, rief Katinka. Britta setzte eilig den Blinker. Gerade noch wischten sie bei gelb über die Ampel. Zwischen ihnen und Hassebergs BMW fuhren nun zwei weitere Wagen.

»Jetzt wird's kompliziert«, murmelte Katinka. Der Abend wäre sehr schnell zu Ende, wenn sie Hasseberg gleich zu Anfang aus den Augen verlieren würden.

An der Schranne bog der BMW nach links Richtung Kaulberg ab. Die Ampel sprang auf Rot. Britta und Katinka kamen nicht mehr durch.

»Scheibenkleister«, motzte Britta. Sie schnappte nach einer weiteren Zigarette. »Sorry, ehrlich, aber ich bin eben noch Verfolgungsanfängerin.«

»Nein, nein, kein Thema!«, sagte Katinka. Sie wünschte sich, sie würde noch rauchen. Das Klicken des Feuerzeuges suggerierte Entspannung und Frieden. Unendlich kam ihr das Warten an der Kreuzung vor. Sie beobachtete die Busse, deren Innenbeleuchtung schwach durch die Düsternis sickerte. Der Verkehrslärm schien ihr eine dicke, matschige Kugel, die ihre Ohren verstopfte. »Einfach eine blöde Zeit, um jemanden an den Fersen zu bleiben.«

»In den Filmen klappt's sogar zur Stoßzeit in New York«, lachte Britta.

Die Ampel schaltete auf Grün. Brittas Fiat kroch hinter einem Van den Kaulberg hinauf.

»Den haben wir verloren«, seufzte Katinka. »Ich hatte so gehofft, rauszukriegen, wo er wohnt.«

»Da wird's doch noch andere Mittel und Wege geben«, gab Britta zurück.

»Du kennst wieder jemanden?«

»Jemanden, der einen kennt. So läuft das bei uns.«

»›Bei uns‹ heißt bei der Zeitung?«, fragte Katinka. Sie öffnete das Fenster einen Spalt, um den Rauch abziehen zu lassen. Schwarz und riesig wie eine Festung lag links von ihnen die Obere Pfarre. Katinka wunderte sich manchmal, wie viel Schönheit diese Stadt einfach am Wegesrand abgestellt hatte. Sogar im späten Oktober. Die Geschichte lag ganz beiläufig auf der Lauer, und sie wirkte zu jeder Jahreszeit. Katinka lehnte sich zurück und machte das Fenster wieder zu.

»Halt!«, schrie sie so unvermittelt, dass Britta zusammenfuhr.

»Was ist denn, verfl…«

»Halt hier an!«, rief Katinka. »Hier, sein Wagen steht vor den *Domterrassen*.«

Britta bremste und löste ein Hupkonzert hinter sich aus. Ungerührt ließ sie das Auto ein Stück zurückrollen.

»Alles dicht. Hier kann man nicht parken.«

»Ich bleibe im Wagen. Britta, bitte, geh rein und sieh

dich um. Ist er da allein? Trifft er jemanden? Los, los, mach schon!«

»Wieso ich«, sagte Britta, öffnete die Tür und setzte den ersten Fuß auf die Straße.

»Mich kennt er. Britta, bitte!«

Katinka rutschte auf den Fahrersitz hinüber und trommelte auf das Lenkrad. Britta hatte die Zigaretten mitgenommen. Mist, dachte Katinka, aber besser so. Sie hätte unter Garantie nach einem Seelentröster gegriffen. Vorsichtshalber schaltete sie die Warnblinkanlage an. Ich bin so panisch, dachte sie. Meine Nerven machen diese Aktionen einfach nicht gut mit. Sie dachte an Idas Arbeitszimmer und den unbequemen Aufenthalt unter dem Sofa. An die unverhohlene Antipathie zwischen Sieglinde Unruh und Idas Großnichte Grit. An Alina Faber, allein in der Friedhofskapelle hinter ihren Kindern, und wie sie im Weinladen mit dem Weinglas in der Hand ihr *Crostino* zum Mund führte. So schnell taten sich die Abgründe in den Familien sonst nicht auf, dachte Katinka. In ihrem Job hatte sie meistens mit familiären Konflikten zu tun, aber hier wirkte alles viel diabolischer auf sie.

»Vielleicht liegt's am Herbst«, dachte sie laut. »Diese frühe Dunkelheit saugt einem den Optimismus förmlich aus dem Leib.«

Eine Parklücke wurde frei. Katinka setzte den Fiat hinein und stellte den Motor wieder ab. Sie fragte sich, wie Britta ihre Aufgabe da drinnen in der Kneipe lösen würde. Sie sah sie vor sich, in ihrer ganzen Eleganz, wie sie mit halbgeschlossenen Lidern rauchend an einem Tisch saß, vor sich ein Glas Mineralwasser mit Zitrone, in einem Stadtmagazin blätterte oder auf ihrem Handy *Snake* spielte.

»Fahr!«

Hätte Katinka nicht im Auto gesessen, sie wäre aufgesprungen vor Schreck. So zuckten nur ihre Beine, und sie stieß sich die Knie unsanft am Steuer an. Britta fiel beinahe auf den Kopf, so schwungvoll sprang sie ins Auto. »Fahr!«

Katinka drehte den Zündschlüssel, fuhr an, würgte den Motor ab.

»O du fröhliche Schweinerei«, schrie Britta. »Fahr, dein Zielobjekt reiht sich gerade in den Verkehr ein.«

Ich Esel, dachte Katinka, drehte den Schlüssel wieder, gab Gas, heulend schoss der Fiat aus der Parklücke.

»Er hat sich mit jemandem getroffen«, sagte Britta. »Ein Typ, vielleicht Mitte zwanzig. Die beiden haben ein Bier getrunken, der Anwalt ein alkoholfreies.«

Sie keuchte, schnickste ihren Schuh weg und rieb sich die Zehen. »Pumps sind nicht das Wahre für ein Verfolgungsrennen!«

»Was haben die beiden gemacht?«, fragte Katinka. Sie war jetzt ruhiger. Steuerte sicher hinter Hassebergs BMW her. Zwischen ihnen befand sich nur ein einziger Wagen.

»Geredet. Leise. Der andere Typ hat sich ziemlich unterwürfig verhalten. Hat wenig gesagt, meistens redete Hasseberg.«

Sie waren oben auf der Würzburger Straße angekommen. Hasseberg bog ab.

»Er hat dem Kerl auch das Bier bezahlt. Der Typ blieb hocken, Hasseberg ging. Ich hinterher. Mann, Katinka. Du hast einen stressigen Job.«

»Konntest du was hören?«

»Halbwegs«, sagte Britta.

»Mach's nicht so spannend!«

»Hasseberg sagte, er wollte sich noch mal bedanken und er hätte alles so arrangiert wie ausgemacht. Der Typ nickte.«

»Mehr nicht?«

»Ich schwör's.« Britta suchte auf der Fußmatte nach ihrem Stiletto. »Sonst nur Plauderei, Wetter, Urlaub, Gastronomie.«

»Vielleicht war es sein Sohn! Beschreib den Kerl.«

»Teigiges Gesicht mit ziemlich viel Akne drin, groß wie Rosinen, Bartstoppeln, sehr helle, wunderschöne wasserblaue Augen.«

»Das konntest du im Kneipenlicht erkennen?«

»Willst du jetzt eine Personenbeschreibung oder nicht!«

Katinka musste lächeln. Sie wusste, dass Britta so gut wie jedes männliche Exemplar einer exakten Betrachtung unterzog.

»War er groß? Dick?«

»Ich habe ihn nur sitzen sehen, aber groß war der nicht. Nicht überdurchschnittlich. Und dick schon gar nicht, eher mager.«

Grits Freund scheidet aus, dachte Katinka. Wie hieß er noch gleich? Norbert Einwag.

»Was hatte er an?« Katinka spürte, wie ihre Muskeln zu zittern begannen, so angespannt krallten sich ihre Finger um das Steuer.

»T-Shirt, drüber so ein kariertes Hemd, wie sie dein Lieblingskommissar trägt, Goldkettchen …«

»O.k., dann war es nicht sein Sohn«, sagte Katinka sofort. »Überhaupt niemand, den ich auf der Beerdigung gesehen habe.«

Sie starrten beide in die Nacht. Es begann zu nieseln. Katinka vertat sich mit den Scheibenwischern. Wie irre rasten sie über die Windschutzscheibe. Britta griff rüber und justierte den Hebel.

»Um was geht's bei dem Fall überhaupt?«

»Erzähle ich dir gleich. War noch was Interessantes? Kam noch jemand dazu?«

»Nein. Ich betrat die Kneipe, da kam Hasseberg gerade vom Klo.«

Katinka versuchte eine Vollbremsung. Der Wagen rutschte und schleuderte.

»Katinka!« Brittas Stimme klang alarmiert.

»Entschuldige. Es ist keiner hinter uns.«

»Wieso regst du dich so auf?«

»Er hat gesagt, er würde alles so machen wie arrangiert. Nehmen wir an, er hat ihm Geld gegeben. Im Herrenklo hinterlegt. Mülleimer, Spülkasten ...«, zählte Katinka auf.

Britta wurde ganz kleinlaut.

»Eine richtige Detektivin wie du wäre selber mal aufs Klo gegangen und hätte nach dem Rechten gesehen«, seufzte sie.

»Zu spät«, brummte Katinka. »Du musstest rauskommen, sonst hätten wir ihn total verpasst. Oder du stündest jetzt noch vor den *Domterrassen*, und ich würde mit deinem *Punto* durch Stegaurach zuckeln.«

Hasseberg war von der Bundesstraße abgebogen und fuhr nun langsam durch den Ort. Das Dorf war mit den Jahren immer größer geworden. Neubauten schicker Eigenheime gruppierten sich in immer ausladenderen Kreisen um den alten Kern. Katinka ließ dem BMW einen großen Vorsprung. Sie bog ab und wartete dann, während Hasseberg in eine Sackgasse hineinfuhr.

»Steigen wir aus«, befahl sie.

Britta sah missmutig drein.

»Katinka, es schifft.«

Tatsächlich rann der Regen in Schnüren über die Wagenfenster.

Katinka schlüpfte in ihren Fleecepullover und warf Britta ihre Windjacke zu.

»Soll ich nicht lieber hier bleiben?«, versuchte Britta es halbherzig.

»Handy auf Vibration schalten, Rufton aus!«, kommandierte Katinka.

Britta seufzte tief, zog Katinkas ausgebeulte Windjacke über ihren Hosenanzug und tauchte in den Regen.

Katinka war schon voraus. Sie lugte um die Ecke in das Sträßchen, in das Hasseberg eingebogen war. Niemand war zu sehen, doch die Straße war nicht sehr lang. Zwei Häuser links, zwei rechts. Dead end. Katinka blieb im Schutz der Hecken stehen und lauschte. Jenseits ihres fliegenden Atems hörte sie ein feines Surren. Ein elektrisches Garagentor, das sich schloss. Sie lief ein Stück weiter. Hinter sich hörte sie Brittas Stöckel klappern.

»Um Himmels willen, Britta, du weckst die Marsmännchen noch auf.« Zum ersten Mal fand sie den Stil ihrer Freundin nicht meisterhaft, sondern lästig.

»Du mit deinen Soldatenstiefeln«, brummte Britta. Sie stellte sich auf die Zehenspitzen. »Ich werde schleichen wie ein Indianer!«

Im Haus hinten links gingen Lichter an. Katinka pirschte sich vorsichtig bis zum Tor heran. Es würde ihr genügen, den Namen auf dem Klingelknopf zu lesen. Schön in Messing gefasst stand dort *Familie Hasseberg*. Von wegen Familie, dachte Katinka. Sie spähte durch das Fenster, meinte Hassebergs Schatten zu sehen. Sie war sich nicht sicher.

»Warte auf mich.«

Katinka drückte entschlossen den Zeigefinger auf den Klingelknopf.

»Spinnst du?«

Fast sofort meldete sich Hassebergs Stimme.

»Wer ist da?«

»UPS. Paket.«

»Das glaubt er nie im Leben«, wisperte Britta.

Katinka hob die Hand. Sei leise, hieß das.

Der Türsummer erklang. Katinka drückte gegen das Gartentor und schritt selbstbewusst auf die Haustür zu. Hasseberg öffnete.

»Sie?«

Er machte eine Bewegung, als wolle er Katinka die Tür postwendend vor der Nase zuschlagen, aber Katinka sagte schnell:

»Entschuldigen Sie. Ich möchte Sie nicht nerven, aber ich muss unbedingt etwas mit Ihnen besprechen, was Ihre Tante, Ida Schenck, mir kurz vor ihrem Tod mitgeteilt hat.«

Hasseberg zog die Stirn kraus.

»Kommen Sie rein.«

Er wirkte, als stünde er kurz vor der Explosion. Katinka spürte so etwas wie Angst heranschleichen. Ich bin hier, in der Höhle des Löwen, und jetzt ran an den Speck.

Hasseberg führte sie in ein riesiges Wohnzimmer. Ausladende, lederbezogene Sessel scharten sich um einen Glastisch. Knallige Gemälde und ein Spiegel in einem herrlichen Messingrahmen, mindestens zwei Meter auf zwei Meter, zierten die Wände. Das Irrwitzigste allerdings war ein Hallenbad, groß genug für ein paar Schwimmzüge in jede Richtung, das das Wohnzimmer zur Seite hin abschloss. Es war von einer Marmorbank umrahmt.

»Also. Was gibt's?«

Hasseberg schritt zu einer Hausbar im Retrodesign und entnahm ihr ein Bier. Katinka bot er nichts an. Sie hätte dringend etwas gebraucht, um ihre Nervosität in die Schranken zu weisen und sich von der Überraschung zu erholen, soviel protzigen Reichtum auf einmal zu sehen. Dann halt nicht, dachte sie dickköpfig. Sie setzte sich auf die Marmorbank. Der Stein fühlte sich ganz warm an. Die Bank war beheizt.

»Ihre Tante berichtete mir von einem Vorfall, der sie beunruhigte«, begann Katinka.

»Ja. Und?«

»Es handelte sich um ihre Tagebücher. Sie erzählte mir, dass sie eigentlich ihr ganzes Leben lang Tagebuch führte. Sie hat die Kladden auch alle archiviert.« Katinka wartete vorsichtig ab. Auf dem Tisch neben der Hausbar stand ein Körbchen mit einer Menge Tablettenschachteln drin.

»Aha.«

Wusste er es nicht, tat er so, als wüsste er nichts, oder war es ihm egal?

»Nun sind diese Tagebücher verschwunden. Nicht alle, einige. Die der letzten Monate.« Katinka dachte an die sauber beschrifteten Notizbücher, die sie in Idas Arbeitszimmer hatte mitgehen lassen, und die nun in ihrem Waffenschränkchen in der Hasengasse lagerten.

Hasseberg hob die Augenbrauen. Katinka erschrak ein wenig. Jetzt sah sie, dass er zwei verschiedenfarbige Augen hatte. Ein grünes, ein braunes.

»Hören Sie, Frau Palfy. Was ich davon halte, dass meine Tante Sie engagiert hat, um ihre Gruselgeschichten an den Mann respektive an die Frau zu bringen, ist mir egal. Ich brauche darüber nicht mit Ihnen zu diskutieren.« Er schlenkerte mit der Bierflasche.

Katinka spürte, dass sie noch einen Gang höherschalten musste.

»Was meinen Sie? Könnte Ihre Tochter Grit die Bücher weggenommen haben?«

Nun war Hassebergs Überrumpelung echt. Zwar hatte er sich nach wenigen Sekunden wieder völlig im Griff, aber seine Mimik hatte ein Augenzwinkern lang die Wahrheit gesagt. Er war beunruhigt.

»Bilden Sie sich was auf Ihre Schlauheit ein?«, fragte er und nahm einen tiefen Schluck.

»Und Sie sich etwas auf Ihre Abgeklärtheit?«

»Meinen Sie, ich habe nicht bemerkt, wie Sie mit meiner besoffenen Exfrau einen heben gegangen sind? Gehen Sie!«

Hasseberg leerte die Bierflasche, stellte sie weg, öffnete die Tür. Ungern verließ Katinka ihren warmen Sitz, aber sie erhob sich und nickte Hasseberg zu.

»Ich betrachte meine Aufgabe als erfüllt«, sagte sie. »Ich habe Ihnen mitgeteilt, was Ihre Tante mir zuletzt anvertraute. Noch einen schönen Abend.«

Sie spazierte mit hocherhobenem Kopf aus dem Zimmer und durch die Haustür nach draußen. Als sie sich umdrehte, stand Hasseberg immer noch da und starrte ihr nach.

Britta stand an der Straßenecke und spielte mit ihrem Autoschlüssel.

»Wie ist es gelaufen?«

»Britta, du bleibst hier«, flüsterte Katinka. »Ich schleiche mich noch mal aufs Grundstück.«

»Dann musst du schon einbrechen«, grummelte Britta. Ihre Pumps waren klatschnass. Der Regen fiel dicht, ein scheußlicher Wind fegte die Nässe waagerecht über die Straße. »Bei dem Wetter kommt der heute Abend nicht mehr an die frische Luft.«

»Warte im Auto!« Katinka fixierte konzentriert das Haus. Hasseberg hatte hundertprozentig irgendwo Bewegungsmelder installiert. Sie entdeckte einen knapp unter der Dachrinne. Vorsichtshalber lief sie außerhalb des Zaunes zur Längsseite des Hauses. Auch dort gab es ein Hightech-Auge, doch Katinka schien der Winkel günstiger. Sie sah sich um, schwang sich über den Zaun und presste sich durch die Hecke.

Der Regen hatte das Fleece schon halb durchnässt. Arme Britta, dachte Katinka, während sie sich nahe am Boden bis zum Haus vortastete, die kriegt einen Schnupfen.

Es gelang ihr, die Rückseite des Hauses in Augenschein zu nehmen, ohne dass unerwartet Scheinwerfer aufleuchteten. Dort sah sie eine Terrasse, einen Pool, ohne Wasser, voller Herbstlaub. Die Gartenmöbel standen dicht gedrängt unter dem Vordach, provisorisch mit einer Plane bedeckt.

Dieses Haus ist größer als Idas, dachte Katinka. Die Familie muss nur so im Geld schwimmen.

Es hörte mit einem Schlag auf zu regnen. Katinka wagte nicht, die Terrasse zu betreten. Sie schnupperte. Ganz sacht roch sie Chlor. Irgendwo hier musste die Technik für das Innenschwimmbad sein.

Hassebergs planschen anscheinend gerne, dachte sie grinsend. Wenn man reich ist, muss man sich nicht mit Joggen fit halten. Laufen, der Sport der armen Leute. Sie ließ das Philosophieren sein und umrundete den Pool weiträumig, bis sie an dessen oberem Ende stand. Hier wuchsen Buchsbäume dicht an dicht. Sie hielt sich im Schatten und spähte zum Haus.

Eigentlich war sie zu weit weg, um etwas erkennen zu können, und zudem hatte der Regen ihre Brillengläser fast blickdicht werden lassen. Genervt wischte Katinka sie sauber und starrte dann auf die Panoramascheiben. Dahinter bewegte sich der Anwalt. Sein Schatten wurde in Abständen größer und kleiner. Mehr Licht ging an. Es leuchtete das Zimmer in warmem Orange aus. Katinka sah Hasseberg, der, seine Bierflasche in der Hand und ein Telefon zwischen Ohr und Kinn, langsam hin- und herging. Er schien ein entspanntes Gespräch zu führen, denn ab und zu lachte er. Dann ließ er das Telefon sinken und trat auf die Panoramafenster zu.

Katinka dachte nicht an Brittas Gerede von Zögerlichkeit. Sie handelte einfach und schnell. Sie sprang in den Pool. Auf dem nassen Herbstlaub aufkommend, rutschte sie aus und knallte unsanft auf die Seite. Sofort war ihre Jeans vollkommen nass. Zwar war das Wasser abgelassen worden, doch auf dem Boden des Beckens hatte sich Regenwasser angesammelt. Katinka kämpfte sich hoch und schlidderte den steilen Abhang in den tiefen Bereich des Pools hinunter. Sie stieß gegen etwas Metallisches. Der Deckel über dem Ablauf. Das Geräusch knirschte durch die Nacht.

Die Terrassentür wurde geöffnet. Sie hörte Hasseberg telefonieren.

»Na, hören Sie mal«, sagte er jovial und mit einem Lachen in der Stimme, »es ist die Hochzeit meines Sohnes. Da wird nicht gespart, das kann ich Ihnen versichern.«

Katinka drückte sich ganz in die Ecke. Ein Spalt, einen knappen Meter breit, durchzog die hintere Wand. Katinka spähte hindurch. Sie konnte irgendwelche Gerätschaften ausmachen und ein graues Etwas aus Lamellen.

Hassebergs Stimme kam näher.

»Im Rittersaal, richtig. Alles läuft wie am Schnürchen. 121 Gäste, punktgenau. – Wie? – Nein, meine Tochter Grit hat auch etwas gegen gerade Zahlen!«

Helles Licht flammte auf.

Keuchend schlüpfte Katinka durch den Spalt und landete auf der anderen Seite in knietiefem Wasser. O Himmel, dachte sie, den Schnupfen kriege auf alle Fälle ich.

»Bis Samstag dann.«

Nach einer kurzen Pause begann Hasseberg wieder zu sprechen.

»Roland hier. Ich wollte mich noch mal erkundigen. Das klappt mit der Kutsche?«

Kutsche im Oktober, dachte Katinka zähneklappernd. Ist ja die romantischste aller Hochzeiten. In dem engen Gehäuse musste sie gebückt stehen. Ihr Sichtfeld war eingeschränkt, aber sie beobachtete nun Hasseberg, der den Pool umrundete. Ihre Füße schrieen vor Kälte und Nässe. Trotzig behielt sie den Anwalt fest im Blick. Er stand am oberen Ende des Pools. Das Telefonat musste ihm Spaß machen, denn er lachte mehrmals laut. Dabei wirkte er auf Katinka ganz sympathisch. Er drehte ihr den Rücken zu und tätschelte mit der Hand über die Buchsbäume.

Katinkas Blick fiel auf den Boden des Schwimmbeckens. Ihr Herz blieb stehen. Für einen kurzen Moment vergaß sie ihre abgestorbenen Füße, die Nässe, die ihre Hosenbeine hochkroch. Sie presste eine Hand auf ihren Mund. Auf den blauen Kacheln war deutlich die braune, schmierige Spur zu sehen, die sie bei ihrer Schlitterpartie durch den Pool hinterlassen hatte. Überdeutlich konnte

Katinka sogar die Stelle erkennen, wo sie hingefallen war. Au Backe, dachte sie. Schon sah sie Hasseberg in den Pool steigen, die Steigung hinabrutschen, das Telefon in seiner Hand verwandelte sich in eine Pistole. Konzentrier dich, befahl sie sich selbst. Er steht immer noch da oben bei den Buchsbäumen. Ihr Herz rumpelte.

Hasseberg schien sein Gespräch beendet zu haben. Er ließ das Telefon sinken und ging langsam zur Terrasse zurück. Dann blieb er stehen und starrte in den Pool.

Nein, flehte Katinka. Nein. Es ist eine Täuschung. Er sieht die Spur nicht.

Hasseberg sah sie doch. Er runzelte die Stirn. Meine Augen müssen plötzlich besser geworden sein, dachte Katinka verzweifelt, so deutlich sehe ich sein Gesicht. Dann blickte Hasseberg direkt auf den Spalt. Katinka zuckte zusammen. In der Düsternis konnte er sie unmöglich sehen. Und weshalb sollte er vermuten, dass Katinka dahinter versteckt war? Unmöglich. Unmöglich, redete sie sich zu. Es begann wieder zu regnen. Hassebergs Stirn glättete sich. Dann drehte er sich plötzlich um, starrte ins Gebüsch hinter sich. Katinka hatte nichts gehört. Hoffentlich macht Britta keinen Mist, dachte sie.

»Na so was!«, klang Hassebergs Stimme zu ihr hinüber. Er bückte sich. Katinka starrte gebannt hin. Hasseberg richtete sich wieder auf. In der Hand hielt er einen zappelnden, braunen Klumpen.

»Schon wieder einer von euch«, sagte Hasseberg. Seine Stimme klang zärtlich. »Da scheint ja eine ganze Familie mit dem Winterschlaf Probleme zu haben. Au!«

Beinahe hätte er den Igel fallen lassen. Katinka beobachtete voller Erleichterung, wie Hasseberg, ganz von dem Tierchen in Anspruch genommen, einen letzten, desinteressierten Blick auf den Boden des Schwimmbeckens warf und dann zur Terrasse zurückging. Sie hörte ihn auf den Igel einreden. Dann schloss sich die Tür. Hasseberg war weg.

Könnte eine Falle sein, dachte Katinka. Doch wie von selbst streckten sich ihre Hände zu dem Spalt in der Poolwand aus, sie schob schon den Kopf durch und stieß sich vom Boden ab. Mit ihren steifgefrorenen Beinen war es viel schwieriger, aus dem Versteck zu kriechen, als es vorhin gewesen war, hineinzukommen. Mehrmals stieß sie sich die Knie an den Kacheln an. Als sie endlich auf der anderen Seite auf den Boden plumpste, merkte sie, wie sie am ganzen Körper zitterte. Ihre Beine wollten sie nicht tragen, und sie richtete sich nur mit Mühe auf, tastete mit den Händen nach der Poolwand. Sie hatte den Eindruck, auf sonderbaren, aufgeblasenen Kissen zu laufen, nicht auf ihren Füßen. Ängstlich spähte sie zur Terrasse hinauf. Sie lag im Dunkeln. Hinter den großen Fenstern leuchtete nur noch ein mattes Licht. Hasseberg versorgt seinen Igel, dachte Katinka. Ich werde mich bei allen Igeln dieser Welt bedanken, sobald ich zu Hause im heißesten Badewasser der Welt liege.

Es war schwer, auf den abschüssigen Kacheln nach oben zu laufen. Mehrmals rutschte sie ab. Schließlich krabbelte sie auf allen vieren durch den Matsch. Die Sehnsucht, schnell ins Warme und Trockene zu kommen, machte sie unvorsichtig.

Als sie im seichten Bereich des Pools angekommen war und den Kopf hochstreckte, reagierte der Bewegungsmelder. Lichter flammten auf, so grell wie Flakscheinwerfer. Katinka kroch geduckt aus dem Becken und warf sich hinter die Buchsbäume. Nichts geschah. Kein Anwalt mit Telefon und Igel tauchte auf. Sie wartete.

Nach unendlich langer Zeit ging das Licht aus. Katinka rappelte sich auf. Sie rannte so schnell sie konnte um den Pool herum, an der Terrasse vorbei, hielt sich so nah wie möglich am Rand des Grundstücks. Als sie die Stelle im Zaun erreichte, wo sie vorhin durchgeschlüpft war, strahlte erneut Licht auf. Sie wollte sich durch die Hecke quetschen, als sie seine Stimme hörte. Irgendwo ganz nah neben sich. Geblendet von dem grellen Scheinwerfer konnte sie Hasseberg nicht sehen. Atemlos sah sie sich um.

»Verschwinden Sie, Frau Palfy«, sagte Hasseberg. Er klang nicht mehr unterkühlt, sondern wütend. »Verschwinden Sie. Ich behalte mir vor, Sie wegen Hausfriedensbruch anzuzeigen.«

Katinka reagierte mit Verspätung.

»Wo sind Sie?«, krächzte Sie.

Hasseberg lachte leise. Zweige knackten. Das Licht erlosch. Vor Katinkas Augen tanzten metallische Flecken.

8. Idas Geheimnis

»Katinka!« Britta stand im Regen an der Ecke zwischen Hassebergs Grundstück und ihrem Auto.

Katinka winkte ab. »Frag mich nichts!«

Sie stieg ein und ließ sich auf den Sitz plumpsen. Die linke Hüfte tat ihr weh von dem Sturz vorhin.

»Du bist nass bis auf die Knochen!«, rief Britta. »Warum ermittelst du immer im Wasser?«

Sie spielte auf Katinkas letzten Fall an, als sie im Zuge ihrer Nachforschungen durch die Regnitz geschwommen war.

»Weiß ich nicht.«

Britta wühlte im Kofferraum herum und förderte einen Schlafsack zu Tage.

»Hier. Sei mal froh, dass ich so eine Chaotin bin und meinen halben Haushalt mit mir herumfahre!«

Katinka gab sich alle Mühe, die Stiefel von den Füßen zu ziehen. Britta musste ihr dabei helfen. Brackig dunkles Wasser schwappte aus dem Schaft.

»Hat der Typ ein Feuchtbiotop?«, wollte Britta wissen.

»Einen Pool. Mit Regenwasser drin!«, erwiderte Katinka. »Die Stiefel sind jedenfalls im Eimer.«

»Schade drum«, seufzte Britta. Sie sah selbst durchgefroren aus.

Katinka war es egal. Sie zerrte sich ihre Jeans vom Leib und sah an ihren Beinen herunter. Sie wirkten durchsichtig, wie aus Glas.

»Komm, hauen wir ab. Und mach bloß die Heizung an.«

Der Wagen rollte zurück nach Bamberg. Katinka rieb ihre Zehen durch den dicken Stoff des Schlafsackes warm.

»Wie soll ich bloß Tom erklären, dass wir von unserem Dinner so früh zurück sind?«, sagte sie seufzend, mehr zu sich selbst als zu Britta.

»So ein Mann ist ein 24-Stunden-Problem! Du kommst mit zu mir, wir schmeißen deine Sachen in den Trockner und tunken dich in die Badewanne. Warum bist du eigentlich noch mal zurück auf Hassebergs Grundstück? Die Kältepackung hättest du dir sparen können!«

»Ich lasse mich nicht einfach so abservieren!«, regte Katinka sich auf. »Er war beunruhigt, als ich sagte, ob nicht Grit die Tagebücher von Ida entwendet haben könnte. Verstehst du? Seine Tochter ist die Sollbruchstelle, da kann man ihn knacken. An ihr scheint ihm wirklich etwas zu liegen.«

»Aber wie willst du diese Tagebücher wiederfinden?«, fragte Britta und zirkelte den Wagen geschickt durch die Zufahrt zu ihrem Hinterhof. Sie wohnte in der Luitpoldstraße, neben dem ehemaligen Ufa-Kino. Nun musste sich Katinka nur noch die Treppen bis in den obersten Stock hochkämpfen.

»Ich habe sie. ICH habe sie.« Katinka grinste Britta an. »Nicht mal die berühmten zehn Pferde bringen mich noch mal in meine nassen Klamotten!«, entschied sie.

Sie rannte im Slip hinter Britta her. In der Wohnung angekommen ließ sie sich auf den Boden im Korridor sinken.

»Spinnst du? Du nimmst sofort ein Bad!«, kommandierte Britta und drehte den Wasserhahn auf.

Katinka kam ihr nach ins Badezimmer.

»Ich habe die Tagebücher sozusagen ausgeliehen. Grit und eine Freundin von Ida haben vergeblich danach gesucht.«

»Woher weißt du das so genau?«

Britta suchte Handtücher heraus.

»Ich war im Zimmer, als sie danach suchten.«

Britta blieb der Mund offen stehen.

»Entschuldige«, sagte sie, »aber du tickst nicht richtig. Ich nehme an, die beiden Damen haben von deiner Anwesenheit nichts mitbekommen. Was steht denn da so Wichtiges drin?«

»Das ist ja der Punkt. Ziemlich skurrile Sachen. Ida muss einen Unfall gehabt haben, zusammen mit Grit. Das ist so ein Wendepunkt in ihrem Leben gewesen, der sie aus der Bahn geworfen hat.« Katinka setzte sich auf den Badewannenrand und fuhr mit den Fingern durch das dampfende Wasser. »Himmlisch!« Sie zog sich aus und versank seufzend vor Behaglichkeit in den heißen Fluten, während Britta einige dunkelgrüne Tropfen hineinträufelte. Der satte Duft von Fichtennadeln durchströmte das Badezimmer.

»Der Unfall ist im Januar passiert. So wie ich es interpretiert habe, saßen Grit und Ida zusammen in einem Auto. Sie erlitten beide eine Gehirnerschütterung und können sich an wenig erinnern. Ida hatte an den ganzen Tag keine Erinnerung mehr. Es hat wohl sogar einen Prozess gegeben, denn Grit scheint den Unfall verursacht zu haben. Jemand ist zu Tode gekommen.«

Britta, die sich ebenfalls von ihren nassen Sachen befreite und sich in einen Bademantel kuschelte, fragte:

»Wer denn, um Himmels willen?«

»Das geht eben nicht aus Idas Geschreibsel hervor. Das ganze ist sehr emotional gehalten, bruchstückhaft, lauter bunte Versatzstücke. Dann kommen wieder völlig rationale Abschnitte, staubtrocken formuliert. Was ich aber interessant finde, ist, dass sie seit diesem Unfall und dem Gedächtnisverlust Probleme verbunden mit … mit so etwas wie Visionen hatte.«

Britta, die ihr Gesicht abschminkte, starrte Katinkas Spiegelbild an.

»Probleme mit Visionen? Sie hat also doch Gespenster gesehen?«

»Kann schon sein. Aber der Bamberger Reiter war Wirklichkeit. Ich habe ihn auch gesehen. Er war sogar so echt, dass er Ida umgebracht hat.«

»Könnte Hasseberg der Spuk sein?«

Katinka zuckte die Achseln.

»Ich habe auch schon darüber nachgedacht. Aber ich stecke noch zu frisch in der Sache drin. Ich kann mir einfach kein Motiv denken. Außerdem«, sie zögerte, »kam mir der Spuk kleiner vor als Hasseberg. Kleiner, gedrungener. Und wie er lief: nicht so stocksteif wie Hasseberg. Irgendwie … ich kann's nicht beschreiben. Jedenfalls nicht so zackig. Schwerfälliger.«

Britta schwieg.

Katinka tauchte in dem Wasser unter. Für ihren Geschmack könnte es noch heißer sein. Sie rieb sich das Haar mit Shampoo ein, als Britta sagte:

»Wie ist der Prozess denn ausgegangen?«

»Weiß ich eben nicht. Ich will mal nachforschen. Ida schreibt nicht so akkurat. Das sind keine exakten Informationen, sondern eigentlich nur die Bestätigungen für ihre eigenen Gefühle.«

Britta sah zweifelnd drein, während sie durch ihr schwarzes Haar bürstete.

»Ein Unfall mit Todesfolge hier im Stadtgebiet?«

»Das glaube ich eigentlich nicht. Die beiden Frauen lagen wohl längere Zeit bewusstlos im Auto. Die Sache geschah im Januar. Grit hatte ziemlich starke Unterkühlungen. In der Stadt hätte doch sofort jemand den Rettungswagen gerufen.«

»Was für Visionen hatte Ida denn?«, fragte Britta neugierig.

Katinka spielte mit dem Badeschaum.

»Sie sah Fratzen.«

»Fratzen?«

»Ja, solche, wie man sie auf den Hauswänden in unserer Gegend findet. Neidköpfe, Schutzgeister, Gorgonenhäupter.«

»Du meinst diese magischen Abwehrgesichter, die die Hausbewohner vor Dämonen und so weiter beschützen sollen?«

»Genau, oder die den Neid der Zeitgenossen fernhalten. In Bamberg gibt es viele davon. Sie reißen ihre Mäuler auf, strecken die Zunge raus und blecken die Zähne. Ziemlich furchterregend, wenn du mich fragst.« Katinka strich sich den Rest Shampoo aus dem Haarschopf. »Gleich bei der Oberen Pfarre, an dem gelben Haus, prangt eine tolle Fratze. Mit Zahnlücke. Wir sind nur schon zu sehr an die Häuser gewöhnt und gucken nicht so richtig hin. Lass doch mal wie ein Tourist deinen Blick an den Fassaden hochgleiten.«

Britta seufzte.

»Ich verstehe das richtig, dass du bei Hasseberg geblufft hast, oder? Du hast Idas Tagebücher selbst geklaut, wenn man so will.«

»Geliehen.«

»Vergiss es. Hasseberg hast du eingeredet, seine Tochter im Verdacht zu haben.«

»Ich habe ihm weisgemacht, Ida hätte die Kladden vermisst, und es sei einer ihrer letzten Gedanken vor ihrem Tod gewesen, herauszufinden, wer sie weggenommen hat. Versteh doch, ich will rauskriegen, wie Zuneigung und Abneigung in dieser Familie verteilt sind.«

»Du schreckst ja vor nichts zurück!«, stöhnte Britta. »Dabei wäre für dich doch entscheidend, ob in den Tagebüchern ein Hinweis auf ihren Mörder auftaucht, oder?«

Katinka sah missmutig drein.

»Laut Polizei darf ich natürlich nicht. Aber Alina Faber, Hassebergs Exfrau, hat mich beauftragt, rauszukriegen, was in ihrer Familie so abgeht. Das beschäftigt mich. Und ihr Ehemaliger beschimpft sie als Alkoholikerin.«

»Auch eine beliebte Masche«, sagte Britta. »Klappt meistens bei Scheidungen. Ich gehe mal und setze Tee auf.« An der Badezimmertür sah sie noch einmal zurück: »Hast du dir schon mal überlegt«, begann sie, »wenn der Bamberger Reiter in Idas Garten echt war, dann waren vielleicht auch die Fratzen echt?«

Als Katinka später im Taxi nach Hause saß, war sie so müde von dem Grog, den Britta ihr gebraut hatte, und ausgezehrt von dem Abenteuer in Hassebergs Pool, dass sie sofort ins Bett kroch und sich an Toms heißem Körper weiterwärmte. Er schlief schon tief und fest. Aber in der Nacht schwärmten die Albträume aus. Fratzengesichter, leuchtend hell wie der Mond, kamen geglitten und streckten ihr die Zunge heraus, verhöhnten sie mit silbrigem Singsang und ließen schmatzend die Reißzähne aufeinander krachen. Eine Fratze sah aus wie Hasseberg. Statt Haaren wuchsen Knochen aus seinem Kopf.

Katinka schreckte hoch. Weit riss sie die Lider auf und versuchte, die grauen Schatten im Schlafzimmer, den Kippspiegel in der Ecke, den schwachen Schein der Straßenlaterne draußen über die Beklemmung zu blenden. Wenn sie Ida nur hätte beschützen können. Wenn sie noch lebte. Wenn wenn wenn. Katinka tappte in die Küche und trank ein großes Glas Leitungswasser. Dabei fragte sie sich, ob die Beschäftigung mit Idas Fall womöglich unliebsame Reaktionen in ihr selbst hervorgerufen hatte – und noch hervorrufen würde. Selbst Gespenster zu sehen … Sie legte die Stirn in Falten und blickte hinaus auf die Straße. Eine hauchfeine Mondsichel baumelte am Himmel. Bald würde der Erdtrabant gar nicht mehr zu sehen sein. Dunkel klebte die Nacht über den Dächern. Sie sah Hassebergs konzentrierten Gesichtsausdruck, wie er auf die Schlitterspur in seinem Schwimmbecken starrte. Hasseberg, dachte sie. Könnte Hasseberg seine Tante umgebracht haben? Aber weshalb? Der Anwalt schwamm im Geld, das war unübersehbar, und das Erbe seiner Tante würde er ganz bestimmt nicht benötigen.

Sie musste Grit ausfragen. Wenn der Mord an Ida Schenck mit dem Unfall vor einigen Monaten zu tun hatte, dann war die Großnichte vielleicht die richtige Adresse. Katinka fuhr mit dem Finger über das eiskalte Fensterglas. Da hatte es einen Prozess gegeben, weil Grit jemanden totgefahren hatte. Einen Prozess, über dessen Ausgang Ida nichts notierte.

Grit, dachte Katinka. Grit kommt morgen dran. Und ich sollte die Tagebücher zurückgeben. Im Waffenschränkchen lagen sie zwar ganz gut, aber sie gehörten der Familie. Um zu begründen, warum sie mit Katinkas neuem Auftrag zu tun hatten, würde sie außerdem ein paar clevere Umwege brauchen.

Sie stellte ihr Glas weg und schlich zurück ins Schlafzimmer. Tom schlief wie ausgeknipst.

9. Töchterchen Grit

Katinka stand vor dem Haus Lange Straße 15. Sieh mal einer an, dachte Katinka, das Mädel führt den Nachnamen der Mutter. Sie wollte gerade auf die Klingel mit dem Namensschild *Grit Faber* drücken, als ihr Handy klingelte.

»Palfy hier?«

»Und hier Uttenreuther. Es läuft eine Anzeige gegen Sie.«

»Bitte?« Katinka hustete.

»Sind Sie krank?«

»Ich habe mich an meiner eigenen Luft verschluckt.«

Katinka war tatsächlich nicht krank geworden, trotz der Kältekur in der vergangenen Nacht. Vermutlich Brittas Grog-Rezept, dachte sie, aber dann wurde ihre Aufmerksamkeit vollkommen von dem in Anspruch genommen, was Hauptkommissar Harduin Uttenreuther eben gesagt hatte.

»Anzeige?«

»Mal ehrlich, Palfy: Wozu treiben Sie sich am Abend auf dem Grundstück eines Rechtsanwaltes herum?«

Katinka überriss blitzschnell ihre Lage. Gäbe sie alles zu, stünden ihre Chancen schlecht. Anwalt Hasseberg konnte nichts gegen sie in der Hand haben, es sei denn, er hatte heimlich Fotos geschossen. Sie war sicher, er hatte nicht. Überwachungskameras hatte sie auch keine gesehen. Kurzentschlossen spielte sie das Unschuldslamm.

»Ich war gestern bei Hasseberg, habe artig an der Tür geklingelt, er ließ mich rein, wir redeten maximal 15 Minuten. Danach marschierte ich ebenso brav wieder weg.«

Uttenreuther sagte nichts. Doch Katinka kannte seine Technik, durch Schweigen seinen Gesprächspartner zum Weiterreden zu veranlassen. Also hielt sie den Mund. Nach einer Weile kam es von Uttenreuther:

»Hasseberg behauptet, Sie seien in sein Grundstück eingedrungen, hätten Zweige von der Hecke geknickt, einen jungen Buchsbaum umgetreten und Spuren in seinem Pool hinterlassen.«

Katinka zuckte die Schultern, straffte sich und sagte:

»Das unterstellt er mir, weil ich für seine Frau arbeite.«

»Ach, tun Sie das?«

»Ja, aber keine Panik, Hardo, das hat alles mit dem Mord nichts zu tun. Ihr Sohn heiratet am Samstag, sie ist nicht eingeladen, und nun will sie soviel wie möglich über ihre Ex-Familie wissen.«

»Sie können von Glück reden, wenn Sie da rauskommen«, sagte Hardo.

»Hasseberg hat keine Beweise«, sagte Katinka und war sich bewusst, dass der Kommissar ihr Grinsen am anderen Ende der Leitung würde hören können.

»Ich will sehen, was ich tun kann, aber nehmen Sie einen Rat von einem alten Hasen im Geschäft an: Halten Sie sich in nächster Zeit von Hassebergs Einflussbereich fern.«

Er legte ohne ein weiteres Wort auf. Katinka blies sich die Ponys aus der Stirn und drückte endlich auf die Klingel. Der Türsummer ging fast sofort. Katinka steckte das Handy weg und trat in das dunkle Treppenhaus. Im ersten Stock lehnte Grit Faber lässig am Türrahmen. Ihre fröhliche Miene wandelte sich, als sie Katinka sah.

»Ach, Sie?«

»Grüß Gott. Spenden Sie mir eine halbe Stunde Ihrer Zeit?«

»Ich wüsste nicht, weshalb ich das tun sollte«, sagte Grit schnoddrig.

»Ihre Mutter hat mich beauftragt …«

Katinka redete vor Erstaunen nicht weiter. Als sie die Mutter erwähnte, löste sie einen erneuten Wandel aus.

»Kommen Sie rein.«

Grit hielt Katinka die Tür auf. Katinka war sich noch nicht im Klaren, wie sie vorgehen sollte. Sie hatte sich zweigleisig vorbereitet. Entweder würde sie die Wahrheit sagen, von dem genauen Auftrag Alina Fabers berichten, oder die Geschichte mit den angeblich gestohlenen Tagebüchern herauskramen.

»Ich bin erst vor kurzem eingezogen«, sagte Grit entschuldigend. Die Wohnung war ein einziges Chaos. Kartons, noch nicht ausgepackt, teilweise zerschlissen, stapelten sich neben einem Sofa, auf dem zusammengeknuddeltes Bettzeug lag. Grit warf es einfach auf den Boden. »Wollen Sie was trinken?«

Katinka folgte ihr in die Küche. Ein schmales Fensterchen gab den Weg auf einen engen Hinterhof frei, fast nur ein Schacht. Eine gelbe Glühlampe, die über einem breiten Holztisch baumelte, kämpfte erfolglos gegen die Düsternis an.

»Warum sind Sie bei Ihrer Tante ausgezogen?«

»Ich will eben mein eigenes Leben leben«, sagte Grit cool. »Machen Sie mir keine Vorwürfe, dass ich sie nicht beschützt habe. Das ist nicht meine Aufgabe.« Wie sie so mit dem Teekessel am Gasherd hantierte, kam sie Katinka verbraucht vor. Sie mochte gerade Anfang zwanzig sein, ihre Kleidung wirkte jugendlich, die Frisur mit den hochgesteckten blonden Fransen flippig. Aber emotional schien sie leergepumpt, als sei alle innere Kraft entwichen wie die Luft aus einem Ballon.

»Sie studieren doch, oder?«

»Ich habe mich zum Wintersemester hier an der Uni eingeschrieben. Literaturwissenschaft. Mein Vater findet das Scheiße, aber ein Semester Jura hat mich total fertiggemacht. Das Zeug ist trocken wie Dung. Völlig lebloser Quatsch.«

»Und Ihre Mutter …«

»Meine Mutter hat mit Ihnen gesprochen, hat sie mir schon gesagt«, erwiderte Grit. »Ich habe da so verschiedene Probleme, aber die kann ich Ihnen nicht schildern. Alles hat mit der Hochzeit meines lieben Bruders zu tun; Philipp Hasseberg und Kathrin Brettschneider geben sich die Ehre. Am Samstag ist es soweit. Ja, meine Mutter ist nicht eingeladen, aber Tante Ida und ich haben versucht, zu vermitteln. Keine Chance.«

Grit balancierte auf einem Hocker, um die Teedose aus dem oberen Fach zu bugsieren. Die Turnschuhe sind das Fröhlichste an ihr, dachte Katinka, und betrachtete die quietschbunte Musterung an den Fersen.

Der Teekessel pfiff. Grit goss das brodelnde Wasser in eine Kanne. Katinka fragte sich, ob die Buschtrommeln zwischen Vater und Tochter genauso flott funktionierten wie die zwischen Mutter und Tochter. Wenn er ihr gesteckt hat, was ich ihm gestern vorgeflunkert habe, überlegte Katinka, dann Grüß Gott, du schöne Gegend.

»Warum ist das eigentlich so?«

»Papa und Mama können sich nicht ab. Nicht mehr. Und Philipp, mein Bruder, steht auf Papas Seite. Er lebt genau das Leben, das unser Vater für ihn ausgesucht hat. Jura studiert, Job gefunden, Karriere gestartet, Frau zur Hochzeit überredet. Naja.« Sie schob Katinka eine Tasse zu.

»Und Sie? Welches Leben leben Sie?«

»Ich kann für mich selbst entscheiden.«

»Haben Sie das Ihrem Vater gesagt?« Katinka nippte an ihrem Tee. Er schmeckte nach Rosen.

»Geht Sie das was an?«

»Ihre Mutter … zu der haben Sie wenig Kontakt?«

»Bei der Beerdigung … da hat sie mir sehr leid getan«, sagte Grit. »Ich habe sie am Tag darauf angerufen. Vielleicht kommen wir uns wieder näher. Ein bisschen wenigstens. Nur Papa wird das nicht mögen.«

»Ida Schenck stand mehr auf der Seite Ihrer Mutter, oder?«

Grits Gesichtsausdruck veränderte sich wieder.

»Das ist unerheblich. Meine Mutter hat nicht viel getan, um gute Beziehungen wenigstens zu Philipp und mir hinzukriegen. Sie säuft wie ein Loch, da ist ihr die Vernunft schon ein bisschen abhanden gekommen.«

Katinka runzelte die Stirn. Mal spricht sie für Mama, mal für Papa, dachte sie verwirrt.

»Sie kommt also tatsächlich nicht zur Hochzeit?«

»Papa würde sie nicht reinlassen.«

Katinka rührte im Tee. »Wie sieht die Braut Ihres Bruders denn diese Sache?«

Grit verzog die Lippen zu einem Grinsen. Erst wirkte es höhnisch, dann ehrlich mitleidig.

»Die Arme, sie wird schon noch merken, wie der Hase läuft. Ich kann ihr nur wünschen, dass sie bald schwanger wird, denn dann ist Papa beruhigt. So soll es laufen. Bloß, dass keine Frau mitmischt. Das verträgt er nicht.«

»Wer ist eigentlich Tosia?«

Grit starrte sie an. Etwas Überraschtes lag in ihrem Blick, eine Vorsicht, als könne ihr Katinka unerwartet gefährlich werden.

»Die Haushälterin meiner Tante Ida. Sie kommt aus Polen, lebt aber den Sommer über in Bamberg. Ich glaube, sie hat auch einen Freund hier.«

»Der Unfall«, begann Katinka.

Es klingelte. Grit stand auf und ging zum Telefon.

»Hallo Papa!«, rief sie. Ihre Stimme klang ganz weich. Sie lachte und schäkerte. Eben war sie über den Vater und seine Lebenseinstellung hergefallen, nun gebärdete sie sich wie seine Liebhaberin.

Das Gespräch der beiden war schnell beendet. Grit kam in die Küche zurück.

»Gehen Sie. Na los, hauen Sie schon ab.«

Katinka war für einen Moment völlig von den Socken. Als wüsste sie nicht, was Grit meinte, starrte sie sie an.

»Mein Vater hat mir gerade erzählt, dass Sie bei ihm rumspioniert haben. Die Polizei wird sich schon noch um Sie kümmern.«

Sie sagte das kalt, ohne eine Spur von Ironie.

Katinka stand auf. Sie nahm ihren Rucksack und sagte:

»Nur eins noch: Ida Schenck erzählte mir an einem ihrer letzten Tage, dass sie ihre Tagebücher vermisst, diejenigen der vergangenen Monate. Haben Sie die?«

Grit wurde blass.

»Selbst, wenn ich sie hätte, würde ich Ihnen das nicht sagen. Verschwinden Sie endlich.« Sie sah aus, als wolle sie jeden Moment nach einem Gegenstand greifen, um ihn Katinka an den Kopf zu werfen.

»Na dann. Schöne Hochzeitsfeier.«

Katinka musste sich konzentrieren, um die Treppe

nicht im vollen Galopp zu nehmen. Draußen atmete sie auf. Grits Aggressivität hatte sie völlig verrückt gemacht. Am Ende nimmt sie auch irgendwelche Drogen, dachte Katinka. Sie machte sich auf den Weg in die Hasengasse. In Gedanken legte sie sich einen ersten Bericht für Alina Faber zurecht, aber als sie von der Austraße in die kleine Gasse abbog, sah sie ihre Auftraggeberin schon unruhig vor der Detektei auf- und abgehen.

»Grüß Gott«, sagte Katinka freundlich. Sie zückte den Türschlüssel.

Alina Faber schoss auf sie zu wie ein Habicht.

»Und? Was haben Sie herausgefunden?«

Katinka orgelte im Schloss herum.

»Kommen Sie doch erstmal rein.«

Sie roch Alina Fabers Alkoholfahne überdeutlich.

»Nichts, wie?« Alina Faber erregte sich sichtlich. »Wer ist das Mädchen, das meinen Sohn heiraten will, verflucht noch mal?« Ihre Stimme schallte wie eine Schalmei zwischen den Häusern Schande über Schande, dachte Katinka.

»Ich zahle mehr Geld!«, trompetete Alina Faber. »Arbeiten Sie, Tag und Nacht!«

»Spätestens in einer Stunde maile ich Ihnen einen ersten Bericht zu!«, versprach Katinka.

»Damit können Sie sich den Hintern abwischen! Ich will keinen aufgeblasenen Bericht. Ich will wissen, was los ist, alles!«

Alina Faber zerrte zwei Hundert-Euro-Scheine aus ihrer Brieftasche und schleuderte sie auf Katinkas Füße. Dann drehte sie sich um und stakste Richtung Austraße davon. Sie streckte die Arme aus und torkelte vorwärts, sich rechts und links an den Hauswänden abstützend.

Katinka bückte sich und sammelte die grünen Scheine ein. Nachdenklich trat sie ins Büro und setzte sich an den Schreibtisch. Ihr Herz jagte. Die Geldscheine vibrierten in ihren Fingern. Sie sah Uttenreuther vor sich, wie er Idas Augen schloss.

Um sich zu beruhigen, begann sie mit Routine. Sie schrieb eine Quittung für Alina Faber, checkte das Faxgerät, füllte den Wasserkocher und schloss dann die Zwischentür zu dem kleinen Nebenraum. Energisch sperrte sie das Waffenschränkchen auf. Unschuldig lagen Ida Schencks Tagebücher darin. Rasch packte sie sie in ihren Rucksack und trat wieder in ihr Büro. Sie klebte das Bin-gleich-wieder-da-Schild an die Scheibe und machte sich auf den Weg zum Copyshop.

Woran der Mensch hängt, erweist sich in seinem Verlust.

Du liebst Vater und Mutter wie dein morgendliches Marmeladenbrot, bis du sie verlierst und erkennst, was sie waren und wie du sie brauchtest. Ich sah in meinem Leben wenige Möglichkeiten, sexuellen Ausgleich zu suchen. Ich beschreibe diese Seiten und frage mich, ob ich ein Durchschnittsmensch bin, einer, der's schnell mal zwischendurch mit jemandem treibt, ohne auf das Danach zu lauschen. Sex als Tröster ist so abwegig wie die Flasche Wein oder das Tütchen Schnee als Tröster. So liegen die Dinge in der Welt nicht. Man kann aber durchaus die Frage aufwerfen, ob Sex ähnlich wie Alkohol und Dope zu Abhängigkeit und schließlich zu innerer Zerrüttung führt. Ich denke es nicht. Ich weiß es aber auch nicht. Wollte ich ein Bild bemühen, so sähe ich die Abhängigkeit wie einen Sattelschlepper in Überbreite auf mich zurasen, auf einer Straße, die gerade breit genug für den Laster ist und von zwei Mauern links und rechts gesäumt wird. Es gibt kein Entkommen, und du weißt es.

10. Das traute Paar

Während sie Seite um Seite aus Idas Tagebüchern auf die Glasplatte legte und den grünen Knopf drückte, die Augen gegen die schmale Leiste gleißenden Lichts zusammenkniff, die aus dem Gerät hervorblitzte, beobachtete Katinka mit klopfendem Herzen die anderen Kunden. Die Fratzen aus ihrem Albtraum beschäftigten sie. Brittas Ahnung, ob der vermeintliche Reiter Ida nicht noch mit anderen Maskeraden einen Streich gespielt hatte … ob da etwas dran war? Das Umdrehen der Seiten, Zuklappen des Deckels, alles das machte mit seiner ganzen Monotonie Katinka so schläfrig, dass ihr Blick aus dem Fenster fiel, in den Blumenkästen mit den verrotteten braunen Stengeln hängen blieb und Gedanken von Farbe und Sommer in ihr aufstiegen wie Abendnebel.

Als sie den blonden Lockenkopf sah, erschrak sie so heftig, dass sie sich in voller Länge über den Kopierer warf. Grit und ihr Freund standen am Kopierer gegenüber! Katinka sah den pummeligen jungen Mann noch vor sich, wie er auf dem Friedhof mit rührender Hilflosigkeit versucht hatte, sein Mädchen zu trösten. Katinka rutschte ab und riss beim Fallen das Ausgabekästchen von der Maschine ab. Die Plastikschale landete scheppernd auf dem Boden.

Unsanft kam Katinka auf dem Hüftknochen auf, genau auf dem blauen Fleck, den sie Hassebergs Schwimmbad zu verdanken hatte. Scheiße, dachte sie, rappelte sich hoch und starrte in die belustigten Gesichter eines Pärchens, das mit einem dicken Wälzer bewaffnet vor dem Kopierer gegenüber stand und zu ihr herübergrinste. Beide waren sie blond, die Frisur des Mädchens ähnelte Grits hochgesteckten Strähnen, die Locken des Mannes erinnerten an die ihres Freundes, aber die beiden waren völlig Unbeteiligte, die nichts über Idas gruselige Erscheinungen wissen konnten.

»Was is' bassiert?«

Eine Angestellte zupfte Katinka am Ärmel. Sie half ihr, die verstreuten Kopien einzusammeln. Katinka nahm sie ihr so schnell wie möglich aus der Hand.

»Entschuldigung, ich …«, begann sie, aber die Frau winkte ab und montierte mit geschickten Händen das Ausgabefach wieder an.

»Da sin Sie nedd die Erste, die hier am Kobierer einschläft, das kann ich Ihna aber sogn«, trompete sie. »Was ihr Studendla so mitmachen müssd…«

Katinka fuhr sich durchs Haar. Der Blondgelockte grinste noch mal rüber.

Sie packte die Tagebücher zusammen, wickelte um die losen Papiere ein Gummiband und nahm den Zähler aus dem Gerät.

In der Hasengasse verstaute sie die Bücher im Waffenschränkchen, legte die Papiere oben drauf und schloss gerade zu, als die Bürotür ging.

»Hallo?«, rief eine Stimme, die sie spontan nicht erkannte, aber in ihrem Kopf driftete die Information hin und her, dass sie sie schon einmal gehört hatte.

»Komme!«, rief Katinka und ging hinüber.

Vor ihr stand Philipp Hasseberg, im Anzug, blankgewienerten Schuhen und einem schicken hellen Mantel. Er war riesig, noch größer als sein Vater.

»Grüß Gott«, sagte Katinka, bewahrte Fassung, deutete auf einen ihrer Besuchersessel und setzte sich hinter ihren Schreibtisch.

»Wir brauchen uns nicht zu viel Zeit zu nehmen«, sagte Philipp Hasseberg gönnerhaft. Ein feiner Schweißfilm bedeckte sein Gesicht. Er wirkte übermüdet. Dunkel lagen seine Augen in ihren Höhlen. »Ich möchte Sie von Herzen bitten, meine Hochzeit nicht zu stören. Auch die Vorbereitungen nicht. Kathrin, meine Fr… – meine Braut ist sowieso schon aufgeregt genug.«

Katinka starrte verwundert zu ihm hoch. Er stand immer noch, wie der Mast eines altertümlichen Segelbootes, völlig deplatziert in ihrem Büro.

»Wie kommen Sie auf die Idee, dass ich Ihre Hochzeit stören könnte?«, fragte Katinka.

Er zuckte zusammen und winkte ab. »Lassen wir das.« Seine Hand schnellte zu seiner Nase und tastete vorsichtig über sie hinweg.

Katinka runzelte die Stirn. Er sah aus, als habe er Schmerzen.

»Sagen Sie, der Unfall, den Ihre Schwester …«

Philipp Hasseberg explodierte. Der Ausbruch begann unscheinbar, als öffne sich irgendwo nur ein winziger Spalt, durch den nach und nach immer mehr Rauch entwich, bis die Eruption total war.

»Das meine ich ja gerade«, schrie er. »Lassen Sie meine Schwester in Frieden, lassen Sie meinen Vater in Frieden. Und sollte Ihnen irgendetwas einfallen, was Sie am Samstag anrichten, dann tun Sie es am Ende der Welt.« Wieder wanderten seine Finger zu seiner Nasenwand.

»Was Ihre Mutter betrifft, wollen Sie mir keine Verhaltensregeln mitgeben?«, fragte Katinka sarkastisch.

Philipp Hasseberg starrte sie an.

»Meine Mutter ist Alkoholikerin im letzten Stadium! Sie hatten wohl noch nie mit dieser Spezies zu tun – die wickeln Unbedarfte eben leicht um den kleinen Finger. Das geht Sie alles nichts an.«

»Idas Erbe«, begann Katinka. »Wie viel kriegen Sie eigentlich davon?«

»Ich?« Er starrte wie eine Kuh. »Ich?«

»Wer bekommt das Haus? Sie? Oder Ihre Schwester?«

Er grinste überlegen. »Wenn Sie auch nur den Hauch einer Ahnung hätten«, begann er, dann überlegte er es sich anders, drehte sich um und ging.

»Und Sie«, rief Katinka ihm nach, »trauen Ihrer Großtante tatsächlich zu, dass sie über die Verteilung ihres irdischen Eigentums nicht wenigstens nachgedacht hat?«

Philipp Hasseberg blieb vor der Detektei einen Moment stehen und wickelte sich seinen Schal um den Hals. Bestimmt ein sehr teurer Schal aus erlesenen Materialien und von einem berühmten Designer. Sie hielt schon den Telefonhörer in der Hand und hatte kurz darauf Kathrin Brettschneider am Apparat. Sie wollte sich gerne mit Katinka treffen, ja, sofort ginge gut, sie käme in einer halben Stunde ins *Café Müller*.

Katinka legte auf, ging zum Fenster und knickte den Saugnapf vom Bin-gleich-wieder-da-Schild ab. Gerade wollte sie es innen an ihre Türklinke hängen, als ihr Blick auf einen Fetzen Papier fiel. An der Scheibe klebte etwas. Sie kratzte darüber. Es klebte von außen. Katinka trat auf die Gasse und fuhr zusammen: Ein Aufkleber pappte am Fenster, viereckig, ein bisschen schief, in der Größe eines Fotos. Es zeigte ein grässliches Fratzengesicht, mit steil aufragenden Augenbrauen, Hakennase und einem Schlund wie der Kamin eines Vulkans. Seine Zunge schlängelte sich Katinka entgegen, ihr Ende war fast so breit wie das Kinn. Katinka presste eine Hand auf ihren Mund. So eines war heute Nacht durch ihre Träume gestrichen, geduckt und böse. Ihr Zeigefinger setzte am rechten oberen Ende an. Sie kratzte. Es ging schwer ab. Wie Altöl klebte das Foto fest. Kleine weiße Fetzchen blieben an der Scheibe haften. Katinka ging hinein und suchte ihr Taschenmesser. Vorsichtig schob sie die Klinge unter die Klebefolie. Mehrmals riss die Fratze ein.

Katinka nahm die Restbestände mit ins Büro und presste sie auf ein Blatt Papier. Jemand hatte ihr eine Fratze auf das Fenster geklebt. Jemand, der wusste, dass Katinka wusste, dass Ida Fratzenvisionen gehabt hatte. In ihrem Kopf kreiste es. Von diesen Spukerscheinungen stand einiges in Idas Tagebüchern.

Katinka starrte dem Maulaufreißer in die Augen. Sein Blick war nicht ganz lotrecht, aber er schielte auch nicht. Vielmehr schienen seine Augen genauso drohend auf Katinka gerichtet zu sein wie sie leer waren – wie Brunnen, in die man einen Stein hineinwerfen konnte, ohne jemals seinen Aufschlag zu hören.

Katinka steckte das ausgefranste Bild in einen Briefumschlag, schnappte sich ihren Rucksack und schloss ab. Sie hatte keine Ahnung, wie lange die Fratze schon an ihrer Fensterscheibe klebte. Heute Morgen war sie nicht dagewesen, aber Katinka konnte sich täuschen. Es passierte ihr oft genug, dass sie eine Veränderung nicht sofort bemerkte. Wie bei Freunden, die mehrere Wochen eine neue Brille tragen, bevor man es feststellt, dachte sie.

Kathrin Brettschneider kam zeitgleich mit Katinka zum *Café Müller*. Rund und gemütlich schob sie sich durch den Windfang. Sie ergatterten den letzten freien

Tisch. Katinka bestellte Milchkaffee. Der Fratzenaufkleber hatte sie aus dem Konzept gebracht. Was wollte sie hier, und was wollte sie mit Philipp Hassebergs Verlobten? Sie flehte um ihre Intuition. Immerhin, dachte sie, sollen diese Fratzen ja Schutzgeister sein, die das Böse vom Haus und seinen Bewohnern abhalten.

»Kannten Sie Ida Schenck eigentlich gut?«

»Schon, ja«, kam es von Kathrin Brettschneider, die bald Hasseberg heißen würde. Sie sah übernächtigt aus, das rotblonde Haar, feucht vom Nieselregen, wirkte stumpf. Sie trank eine Cola.

Katinka wartete.

»Ida ist eine echt nette Frau gewesen«, sagte Kathrin. »Gar nicht so tantenhaft. Sie wirkte ja nach außen ziemlich konservativ, so mit Kostümchen und so. Aber so war sie nicht.«

»Nein?«

»Sie war sehr …«, Kathrin suchte nach Worten, und das dauerte ziemlich lange. Sie passte nicht zu Philipp Hasseberg, nicht die nachlässigen Klamotten, die pummeligen Formen, nicht das Phlegma. Ihre freundliche, offene Art auch nicht.

»… sehr aufgeschlossen«, kam es nun. Mehr hatte Kathrin Brettschneider nicht zu sagen. Sie wickelte ihren Wollschal ab. Katinka kannte das Muster: Karstadt, 9 Euro 99.

»Ich weiß, Sie heiraten ja am Samstag«, sagte Katinka. »Ich will Sie deswegen auch gar nicht aufhalten, aber …«

»Ach, ich bin sowieso viel zu aufgeregt«, sagte Kathrin. Für ihre stoischen Verhältnisse entwickelte sie sogar so etwas wie Temperament. »Ich kann nicht mehr schlafen. Jede Ablenkung tut gut.« Sie änderte ihre Meinung und wand den Schal wieder um ihren Hals.

Katinka dachte an Philipp Hassebergs fahle Gesichtsfarbe und fragte:

»Ihr Verlobter ist wohl auch ziemlich aufgeregt.«

»Nein, eigentlich nicht. Er hat nur viel zu tun. Viel Arbeit diese Woche noch. Naja, und dann die ganzen Vorbereitungen für das Fest …«

»Sie fahren mit einer Kutsche …«

»Genau!« Kathrins Gesicht wurde düster. Sie schien sich gar nicht zu fragen, woher Katinka das wusste. »Die Trauung ist in der Michaelsbergkirche und dann bringt uns die Kutsche in die Stadt, wo wir im Hotel *Residenzschloss* den Sektempfang geben, Kaffee und Kuchen und so weiter. Am Abend feiern wir auf der Altenburg. Im Rittersaal.«

»Sie freuen sich gar nicht, scheint mir«, bohrte Katinka.

»Kutsche, bei dem Wetter. Ich bin doch so verfroren.«

»Dann lassen Sie die Kutsche eben weg!«

Kathrin starrte Katinka an, als habe sie vorgeschlagen, den Mond vorübergehend aus seiner Umlaufbahn zu heben.

»Die Kutsche ist bestellt«, sagte sie.

Schlagendes Argument, dachte Katinka verzweifelt. Laut fragte sie:

»Von Ihrem Schwiegervater, oder?«

Kathrin antwortete nicht.

»Warum ist eigentlich Ihre Schwiegermutter in spe nicht eingeladen?«

»Philipp versteht sich nicht mit ihr«, brummte Kathrin Brettschneider. Sie fummelte an ihren Ohrhängern. »Ich meine, Ida wollte noch vermitteln, sogar Grit hat sich eingesetzt, aber Philipp und sein Vater sind da absolut entschieden: Alina kommt nicht.«

»Tatsächlich? Grit hat sich für ihre Mutter eingesetzt?«

»Grit hasst ihren Vater«, sagte Kathrin überzeugt und nuckelte an dem Trinkhalm. Fauchend schoss der Rest Cola mit einer gewaltigen Menge Luft aus dem Glas.

Katinka staunte nicht schlecht. Grit hasste ihren Vater?

»Wieso?«

»Woher soll ich das wissen!«, seufzte Kathrin. »Ich habe so oft mit ihr darüber geredet, aber seit dem Unfall … Ja, ich glaube, sie ist seit dem Unfall ihrem Vater gegenüber noch steifer geworden.«

»Seit dem Unfall?«

Katinka musste sich anstrengen, um ihre Aufregung unter Kontrolle zu halten. Nun sag schon, feuerte sie Kathrin im Stillen an, sag schon.

»Also, Grit und Ida kamen, um mit Philipp zu reden, er hat es mir nur erzählt, ich war nicht dabei. Sie gerieten auf der Rückfahrt in Blitzeis. Ihr Vater wollte sie noch warnen. Es wurde den ganzen Abend und in der Nacht im Radio vor den extrem glatten Straßen gewarnt. Fahren sollte nur, wer unbedingt musste.«

»Blitzeis?«

»Urplötzlich auftretendes Glatteis. Auf der B 4. Letzten Winter. Philipp wohnte noch in Coburg.«

»Ach was.«

»Inzwischen sind wir in eine Wohnung am Schiffbauplatz gezogen.«

»Was halten Sie denn von Alina?«

Kathrin sah Katinka in die Augen und gleich wieder weg. Sie spielte mit ihrem Colaglas. Na los, rede schon, dachte Katinka.

»Eigentlich tut sie mir leid. Aber …«

»Aber dann doch nicht?«, bohrte Katinka.

»Ach, das ist schwierig.«

Kathrin schien sich wirklich zu quälen, sie fuhr sich übers Haar, schnappte sich die Speisekarte, legte sie zurück. Katinka wartete ab.

»Sie ist … ein guter Typ. Sensibel. Abgestürzt. Wissen Sie was? Alina und Roland hatten Gütertrennung. Das hat sie bei der Scheidung schlechter gestellt. Roland zahlt sie trotzdem großzügig. Sie kann sich schon einiges leisten. Aber das tut er freiwillig.« Roland Hassebergs zukünftige Schwiegertochter nuckelte an ihrem Trinkhalm.

Großzügig, dachte Katinka, mir kommen die Tränen.

»Ich meine, er könnte ihr das Geld ja auch jederzeit entziehen«, fügte Kathrin hinzu, als habe sie Katinkas Gedanken gelesen.

»Wer erbt eigentlich Idas Haus?«

»Ach, das könnten wir schon gut brauchen«, lachte Kathrin. Endlich lösten sich ihre Lippen von dem Trinkhalm. Dann sah sie Katinka unsicher an. »Entschuldigen Sie, das habe ich jetzt nicht so gemeint. Ich … Philipp sagt, es wäre durchaus wahrscheinlich, dass wir das Haus haben können. Soweit ich weiß, hat er öfter mal mit Ida gesprochen, ob sie vielleicht auszieht und uns das Haus überschreibt. Sie hätte auch in die Mansardenwohnung ziehen können. Darüber wollte sie nachdenken, hat sie Philipp versprochen. Aber später hat sie es sich anders überlegt.«

»Und danach haben Sie die andere Wohnung gemietet.«

»Gekauft.«

»Gekauft also. Wann?«

»Wir waren erst vor zwei Wochen beim Notar.«

Katinka löffelte den Rest Milchschaum aus ihrer Tasse. Philipp Hasseberg spukt um Idas Haus, damit sie vor lauter Angst und fertig mit den Nerven auszieht und ihm und seiner Zukünftigen die Villa überlässt. Es klappt nicht, also bringt er sie um. Aber warum bringt er sie um, wenn er schon die Wohnung gekauft hat? Zudem hatte Sieglinde Unruh so getan, als sei sie ganz sicher, dass Grit das Haus erben würde.

»Sagen Sie, was denken Sie eigentlich über die Geschichten, die Ida erzählte: Über die Spukereien und so?«

»Ach, das«, winkte Kathrin ab. »Ich denke, viele alte Leute sind ein bisschen merkwürdig, sehen Dinge, die nicht existieren ... oder jedenfalls Dinge, die andere nicht sehen.« Sie zückte ein Portemonnaie. »Ich muss allmählich los«, sagte sie. »Tut mir echt leid, dass ich Ihnen nichts Nützliches sagen konnte.«

»Stimmt das eigentlich, dass bei dem Unfall damals, ich meine ...«, druckste Katinka herum. Die Rechnung ging auf. Während Kathrin Brettschneider der Bedienung ein saftiges Trinkgeld verabreichte, sagte sie: »Ja, es stimmt. Eine junge Frau ist umgekommen in jener Nacht. Aber es war nicht Grits Schuld. Etwa auf gleicher Höhe auf der Bundesstraße sind Grits Wagen und das Auto der anderen von der Fahrbahn abgekommen. Grit konnte nichts dafür. Es war das Blitzeis.«

Katinka bewunderte Kathrins Dickfelligkeit und schämte sich dafür.

»Wer war denn die andere Frau?«, fragte sie, legte ein paar Münzen auf den Tisch und sagte »stimmt so.«

»Keine Ahnung. Aber wohl die Tochter von jemandem, mit dem mein Schwiegervater manchmal zu tun hatte. Es war alles ein großes Trara.«

»Ein Mandant vielleicht?«

»Jedenfalls jemand, den er nicht leiden mochte. Ich muss los. Tschüss dann.«

»Augenblick noch!« Katinka kramte den Umschlag aus ihrem Rucksack und zeigte Kathrin das Fratzenfoto. »Sagt Ihnen das was?«

Freundlich interessiert warf Kathrin einen Blick auf die 10x15 cm eingerissener, dünngeschabter, knittriger Folie.

»Ein Gesicht«, sagte sie.

»Sagen Sie, hat Philipp – ihr Verlobter, hat er einen Farbdrucker?«

»Klar«, sagte Kathrin.

»Drucken Sie Ihre Fotos selbst aus – oder er seine, meine ich?«

Kathrin schüttelte den Kopf. »Ich weiß nicht, wie es geht«, sagte sie, »Technik ist nicht so meins. Und Philipp hat für so was gar keine Zeit.«

»Schöne … Feier«, stammelte Katinka und sah Kathrin Brettschneider nach, wie sie einen grünen Parka um ihre mollige Figur wickelte und durch den nassen Grauschleier aus Oktoberregen davonging.

11. Die beste Freundin

»Ich frage mich«, sinnierte Katinka, während sie von ihrem Tee nippte, »warum jemand vom Kaliber eines Philipp Hasseberg eine Frau wie Kathrin heiratet – und umgekehrt. Hm, das Gesöff ist ungemein scharf! Was hast du da reingetan?«

»Pfeffer, Nelken, Kardamom, Ingwer«, antwortete Tom. Er stand am Herd, eine Schürze mit der Aufschrift *Raushalten!* umgebunden, und buk Pfannkuchen. »Eine halbe Stunde köcheln lassen, und du hast den würzigsten Wintertee, den du dir vorstellen kannst.«

Katinka schmatzte anerkennend.

»Ich kann dir schon sagen, warum Kathrin Philipp heiratet – und sogar für die umgekehrte Frage gibt's eine Antwort«, sagte Tom.

»Schieß los!« Katinka machte es sich auf dem Küchenbüfett bequem und schnappte Tom den ersten fertigen Pfannkuchen weg. Weich wie Seide lag er in ihrer Hand. Flugs rollte sie ihn zusammen und biss hinein. »Hm, Li-La-Leckerland.«

»Klar wie Kloßbrühe: Für Kathrin ist es ein immenser gesellschaftlicher Aufstieg. Sie ist Grundschullehrerin, oder? Die Unschuld vom Lande, mit wenig Schönheit und keinem Temperament gesegnet, heiratet einen reichen Städter aus renommierter Familie, der einen Job hat und genug Kohle lockermachen kann, um termingerecht zur Eheschließung eine Wohnung zu kaufen.«

»Aber Tom«, zweifelte Katinka. Sie schenkte sich Tee nach und beobachtete Vishnu, der auf den Tisch sprang und provozierend in die andere Richtung sah. »Wir leben im neuen Millennium. Frauen stehen nicht mehr auf ...«

Energisch schippte Tom den nächsten Pfannkuchen auf einen Teller.

»Doch. Frauen wollen Macht, Ansehen, Geld. Wenn sie nicht selbst imstande sind, sich das Gewünschte anzueignen, brauchen sie einen Mann, der genau das hat.«

Katinka war baff. Tom konnte unmöglich so was glauben. »Also ich ...«

»Du bist natürlich aus anderem Holze geschnitzt«, grinste Tom und fuhr mit seinen mehligen Händen durch Katinkas Wuschelhaar. Feine weiße Staubkörnchen schwebten auf ihren Pulli. Der erste Schnee in diesem Herbst. »Du verschaffst dir das alles selbst. Aber das, was du mir von dieser Kathrin erzählt hast, finde ich ziemlich deutlich: *Ich will keine Schokolade, ich will lieber einen Mann ...*«

»Ich denke, die gute Kathrin hat schon jede Menge Schokolade gewollt und auch bekommen«, sagte Katinka nachdenklich. »Aber wo bleibt die Liebe?«

Schwungvoll goss Tom einen neuen Schöpfer Teig in die Pfanne: »Pah, Liebe! Philipp kriegt eine Frau, die vor lauter Dankbarkeit über ihren sozialen Aufstieg die Klappe hält und ihn weitermachen lässt wie bisher.«

Die Küche war erfüllt vom Duft nach Vanille, nach Butter, nach Gewürzen. Plötzlich fühlte sich Katinka schläfrig.

»Wenn du meine Meinung wissen willst«, fuhr Tom fort, »und du willst sie wissen, damit du gleich anschließend über mich herfallen kannst ...«

»… gar nicht!«

»… aber dieser neue Fall ist ziemlich sonderbar.«

»Ach was!«, fuhr Katinka auf. »Jedes Mal, wenn ich einen neuen Fall anbringe, hat Herr Tom Thiele ein Problem damit.«

Sie biss sich auf die Zunge. Immerhin hatte Tom seine Mäkelei in Sachen Gefährlichkeit eingestellt.

»Was habe ich gesagt? Die Attacke folgt sogleich.« Tom grinste und jonglierte einen frischen Pfannkuchen in Katinkas freie Hand. Sie warf die runde Scheibe hin und her. »Mensch, das ist heiß!«

Ungerührt arbeitete Tom weiter.

»Egal. Der Fall ist sonderbar, weil du eigentlich etwas suchen sollst, was offensichtlich ist. Alina Faber will alles über ihre Familie wissen? Du weißt doch schon alles. Sie sind sich nicht grün. Die Männer haben Alina abgehakt, Grit versucht einen Spagat. Die zukünftige Schwiegertochter ist doof wie Brot.«

Katinka verschluckte sich an dem Pfannkuchen.

»Und weißt du, was ich glaube?«, fügte Tom hinzu und wendete den nächsten Pfannkuchen geschickt. »Im tiefsten Herzen weiß Alina Faber das. Sie hat dich beauftragt für die Illusion, dass noch was zu machen sei. Dass es etwas zu finden gebe, was ihre Enttäuschung auffangen kann, was die ganze Geschichte noch mal rumreißt. Sie träumt von einer Familie, die sie liebt. Wenn nicht der Mann, dann wenigstens die Kinder. Und wenn nicht beide Kinder, dann wenigstens eins.«

Toms Worte gingen Katinka unerwartet zu Herzen. Wie in einer antiken Tragödie marschierten die Hassebergs vor ihr auf der Bühne eines Amphitheaters auf, mittendrin lag Ida mit einem Schwert in der Brust. Katinka zuckte zusammen und ließ den Pfannkuchenrest fallen.

»Ich glaube, du hast recht«, sagte sie zu Tom. »Bloß, wie soll ich sie loswerden? Sie hat mich bezahlt. Mitten in der Hasengasse wirft sie mir zweihundert Euro buchstäblich vor die Füße.«

»Klar, sie kauft sich, was es nicht zu kaufen gibt. Anteilnahme zum Beispiel.«

Katinka stellte die Teetasse in die Spüle und nahm sich ein Bier aus dem Kühlschrank.

»Glaubst du, Philipp hat seine Großtante aus der Villa treiben wollen, indem er als Bamberger Reiter rumspukte?«

»Andere Frage«, sagte Tom. »Wie viel wusste die Familie von den Erscheinungen, die Ida hatte?«

»Hasseberg drückte sich so aus, als hielte er Idas Geschichten für Spökenkiekereien. Mit Grit konnte ich darüber nicht vernünftig reden, sie warf mich raus.« Katinka tastete auf der Ablage nach dem Flaschenöffner. Das sanfte Zischen, als sich der Kronenkorken hob, beruhigte ihre Nerven. »Philipp predigte, ich sollte die Familie in Ruhe lassen. Und Kathrin …«

Tom stellte die Herdplatte ab und schob die Pfanne weg. Nachdenklich nahm er Katinka die Bierflasche aus der Hand und trank. »Was hat sie gesagt?«, fragte er.

»Irgend so was wie: Alte Leute würden oft Dinge sehen, die gar nicht da sind.«

Tom zuckte die Schultern. »Ich kann mir nicht vorstellen, dass einer von den Hassebergs die Tante umgebracht hat«, sagte er. »Sie haben alle Geld wie Heu. Das Erbe brauchen sie gar nicht.«

Katinka stellte sich noch einmal das Amphitheater vor, in dessen Mitte sich die Familie Hasseberg in Szene setzte. Ganz am Rande sah sie vor sich eine Frau mit kurz geschnittenem, grauem Haar.

»Sieglinde Unruh!«, rief sie.

»Hm?« Tom reichte ihr die Bierflasche.

»Da war noch eine Frau auf der Beerdigung. Idas Freundin – angeblich. Und die …« Katinka verstummte. Sie wollte Tom ungern erzählen, dass sie mit Sieglinde Unruh und Grit Faber gemeinsam in einem Zimmer festgesteckt hatte – unter dem Sofa.

»Was?!«

»Ach, nichts.« Katinka zupfte an dem Etikett der Bierflasche. Es zerriss sofort bei dem Versuch, es abzuziehen. Sie dachte an das Fratzenfoto.

Tom wischte sich die Hände an den Jeans ab und ging in sein Arbeitszimmer. Als er zurückkam, hielt ermehrere Blätter, eng bedruckt, in den Händen.

»Hier, du wolltest doch die Liste mit Anbietern von Film- und Theatermasken haben. Ich habe ausgedruckt, was ich finden konnte.«

O weh, dachte Katinka. Wie soll ich die alle abtelefonieren.

»Keiner hier aus der Gegend?« Katinka überflog die Zeilen.

»Bisschen viel Info, oder?«, sagte Tom. Er nahm sich ein neues Bier aus dem Kühlschrank.

»Da stehen mindestens hundert Firmen«

»Das ist das Dumme am Internet – du hast einfach alle Möglichkeiten. Ob jemand die Maske in Los Angeles bestellt oder in Bamberg, ist vollkommen egal.«

Katinka faltete die Blätter zusammen. Die Liste musste warten.

»Was machen wir jetzt eigentlich mit den vielen Pfannkuchen?«, fragte sie.

»Abkühlen lassen, mit Crème Fraiche als Mörtel und gefrorenen Beeren als Zwischenetagen zu einem Turm aufschichten. Nennt sich Pfannkuchentorte.«

»Ich bin tief beeindruckt«, versicherte Katinka.

Katinka traf Sieglinde Unruh vor ihrem Haus. Sie wohnte in der Pödeldorfer Straße, schräg gegenüber vom *Café Abseits*. Katinka war selten in dieser Gegend.

»Ach, die Frau Privatdetektivin.«

»Kommen Sie oder gehen Sie?«, fragte Katinka.

»Ich komme. Aber bei mir gibt's nichts zu trinken und nichts zu essen, und ich hab noch nicht gefrühstückt. Gehen wir ins *Abseits*. Ein Salatteller, um den Tag anzufangen.«

Katinka folgte der anderen über die Straße. Sie bewegte sich wie ein Wiesel in ihren Turnschuhen, joggte zwischen zwei heranjagenden Autos über die Fahrbahn und stieß die Tür zum Café auf.

»Setzen wir uns ans Fenster, ja?« Sieglinde Unruh hatte schon Platz genommen. Nomen est omen, dachte Katinka. Sieglinde schüttelte eine Schachtel *Benson & Hedges* auf dem Tisch aus und schnappte sich eine Zigarette.

»Ich bin vollkommen süchtig. Zwei Kaffee! Oder wollen Sie was anderes?«

Die Bedienung verschwand.

»Sie wollen mit mir über Ida sprechen. Unterhalten wir uns lieber über die Hassebergs. Interessanter Haufen. Nicht um alles in der Welt möchte ich mit denen verwandt sein.«

»Haben Sie eigentlich mal mit Ida gearbeitet?« Katinka mochte es nicht, wenn ihr das Thema diktiert wurde.

»Sozusagen!«, sagte Sieglinde Unruh. Sie öffnete den

Reißverschluss ihrer Lederjacke. »Aber ich bin nicht so weit gekommen wie sie. Mit 18 bekam ich ein Kind. Der vielanalysierte Karriereknick. Ida wusste schon, warum sie sich das nicht antat.«

Sie blies Katinka den Rauch mitten ins Gesicht.

»Sie waren Idas beste Freundin.«

»Die Weisheit haben Sie von Alina. Meine Güte, die reinste Waschküche da draußen!« Sieglinde warf einen genervten Blick aus dem Fenster auf die graue, öde Straße. Energisch fuhr sie sich mit beiden Händen in das nasse Haar. Gebannt beobachtete Katinka die glimmende Zigarette zwischen ihren Fingern. Nach allen Seiten standen die grauen Strähnen ab. »Aber es ist schon korrekt«, sagte Sieglinde und drückte die Kippe aus. »Ida und ich haben uns immer gut verstanden.«

»Wissen Sie was über die verschwundenen Tagebücher?«, fragte Katinka. Sie meinte, ein Grinsen um Sieglindes Lippen schleichen zu sehen.

»Verschwunden? Was Sie nicht sagen.«

»Ida erzählte mir, dass sie die Tagebücher der letzten Monate vermisst«, spulte Katinka ihre Lügengeschichte ab.

»Unmöglich. Sie hat sie bombensicher aufbewahrt. Nicht mal die CIA hätte sie gefunden.« Mit Daumen und Zeigefinger nahm Sieglinde eine neue Zigarette auf. Sie betrachtete sie, als hielte sie ein seltenes Insekt mit einer Pinzette fest.

»Hätte sich denn die CIA dafür interessiert?«, fragte Katinka.

»Sie sind ganz schön couragiert«, sagte Sieglinde Unruh. »Wenn ich die Zeichen richtig deute, haben Sie sich schon mit der Familie Hasseberg angelegt, und Sie werden die Quittung bekommen, verlassen Sie sich drauf.«

Endlich kam der Kaffee. Katinka polkte das Töpfchen mit der Kondensmilch auf. Eigentlich mochte sie nur Kuhmilch. Das Feuerzeug klickte.

»Könnte Grit die Tagebücher genommen haben?«

»Was bezwecken Sie mit Ihrer Fragerei?«, entgegnete Sieglinde, inhalierte und spülte den Rauch mit einem großen Schluck Kaffee in den Magen. »Sehen Sie mal, es ist noch nicht mal Mittag und schon wieder dunkel. Grit hat die Tagebücher nicht.«

»Wie war das denn mit dem Unfall?«

»Traurige Sache. Eine ganz junge Frau kam dabei um. Die Wahrheit kam meiner Meinung nach nie ans Licht. Vor Gericht trumpfte ein Staranwalt auf, den Hasseberg wie das Eichel-As aus dem Ärmel gezogen hat. Grit konnte gar nichts nachgewiesen werden. Sie und Ida waren bewusstlos. Beide hatten eine Gehirnerschütterung abbekommen. Gedächtnis ausgelöscht. Bei Grit richtig schlimm. Sie wurde im Klinikum gefragt, welcher Tag sei, und sie nannte das Datum vom Tag zuvor.«

»Und Ida?«, fragte Katinka mit angehaltenem Atem.

»In etwa das Gleiche. Aber Ida war zäh. Sie erholte sich schneller. Auch seelisch.« Es zischte, als die Glut den Zigarettenfilter erreichte. Draußen begann es, heftig zu regnen. Die Tropfen klatschten angriffslustig gegen die Scheibe. Das Geräusch erinnerte Katinka komischerweise an Sommer – an Insekten, die an der Windschutzscheibe eines Autos zerbarsten. Sie wunderte sich. Hatte sich Ida tatsächlich schneller als Grit wieder aufgerappelt? Wenn sie an die Tagebücher dachte, war sie sich nicht besonders sicher.

»Manchmal gewinnt man sein Gedächtnis zurück«, fuhr Sieglinde fort. »Plötzlich kommen Bruchstücke wieder, irgendwelche Details, Wahrnehmungen, Gedanken, die mit dem verlorenen Tag zusammenhängen.«

Katinka erinnerte sich. *Wissen Sie, wenn man sein Gedächtnis verliert, sei es nur für einen Tag, dann fragt man sich immer, was an jenem Tag eigentlich passierte.* So in etwa hatte Ida sich ausgedrückt.

»Sie war nicht mehr dieselbe.« Sieglinde studierte die Speisekarte. »Ach, irgendwie ist mir der Appetit vergangen.« Zu Katinkas Erstaunen traten Tränen in ihre Augen. Sie war vermutlich die Erste und Einzige, die um die echte Ida Schenck weinte. Während Sieglinde Unruh um Fassung rang, beschäftigte sich Katinka mit dem runden Tropfdeckchen auf ihrer Untertasse.

»Wer war denn die junge Frau, die bei dem Unfall starb?«

»Sie hieß Sybille. Hatte einen komischen Nachnamen. Ihr Vater arbeitet bei der Polizei.«

Katinka sah hoch. Mit einem schrillen Klick schob sich das Bild von Harduin Uttenreuther zwischen sie und die Wirklichkeit. Es surrte einfach heran, wie von einem kolossalen Katapult abgeschossen. Sie sah Uttenreuthers Finger, wie er schnell und geschickt fauliges Laub von einem Grab ohne Namen klaubte.

»Vielleicht Sybille Uttenreuther?«

»Kann sein, kann auch nicht sein. Ich habe kein bemerkenswertes Namensgedächtnis, Mädel.«

Katinka speicherte das innere Bild ab. Es konnte ein Zufall sein. Sie würde es später klären. Jetzt brauchte sie all ihre Konzentration, um mehr aus Sieglinde Unruh herauszubekommen.

»Ida hatte also ihre Erinnerung an den Unfall vollkommen verloren?«, fragte sie schnell. Ihr Herz klopfte schmerzhaft gegen ihre Rippen.

»Hat sie. Soweit ich weiß. Auch der Tag selbst war wie ausgelöscht. Bei Grit kam das Gedächtnis stückweise zurück. Sie und Ida fuhren nach Coburg, wo Philipp damals noch wohnte. Es ging um die Hochzeit. Die Hassebergs planen immer sehr langfristig. Schon witzig. Ich habe niemals auch nur irgendeine Kleinigkeit geplant.«

Diese Lebenseinstellung war Katinka sympathisch.

»Auf dem Rückweg geschah der Unfall?«

»Ja. Es gab Blitzeis. Das war hauptsächlich der Grund, weshalb man Grit nichts anhängen konnte. Innerhalb von Sekundenbruchteilen verlor sie die Kontrolle über das Auto. Sie schleuderte in den entgegenkommenden Wagen hinein. Grit konnte nichts machen. Zwei Sachverständige haben das bestätigt. Die Fahrerin erlitt schwerste Verletzungen. Aber niemand war in der Nähe, um zu helfen. Grit und Ida waren bewusstlos. Alle drei müssen mindestens eine Stunde in den zertrümmerten Autos gelegen haben. Bei Eiseskälte. Ida zog sich im Winter immer an wie ein Polarforscher. Grit lag in ihren dünnen Teenie-Klamotten da … Sie hatte starke Unterkühlungen.«

Sieglinde Unruh spielte mit ihren Zigaretten Mikado. »Im Radio kamen ständig Durchsagen, dass man bloß nicht auf die Straße sollte, wegen Glatteis. Naja, endlich kam dann wohl doch ein Auto. Der Fahrer hat gleich die Polizei gerufen. Für das andere Mädchen kam aber jede Hilfe zu spät.«

»Seit diesem Unfall also hatte Ida Visionen?«

»Das waren keine Visionen. Ihr Gehirn war vollkommen durcheinandergeschüttelt. Irgendeine Furche in den tiefen Schichten dieses geheimnisvollen Organs hat ihr Filme vorgespielt.«

»So was lässt sich sicher medizinisch erklären.«

»Na klar.« Es klang sarkastisch. Sieglinde Unruh sah auf ihre Armbanduhr. Katinka kannte das Modell. Vor einiger Zeit für knappe fünf Euro bei *Burger King* zu haben. »Ida war schon immer ein fantasievoller Mensch. Die konnte sich Sachen ausdenken, da wären Sie fasziniert gewesen!« Sie zuckte die Schultern. »Aber die Träume nach dem Unfall waren nicht mehr nur bunt und tropisch, sondern furchteinflößend. Naja. Glauben Sie wirklich, dass Mediziner jemals eine einleuchtende Erklärung für eine menschliche Reaktion abgegeben haben? Amnesie kommt doch häufig vor nach Unfällen. Ich versuchte Ida damit zu trösten, dass sie nicht die Einzige ist, die ihr Gedächtnis verloren hat. Aber es schien sie etwas zu quälen, das schlimmer war als die abgetauchte Erinnerung. Es war eine Sache, die ihr wichtig war. Sie sprach aber nicht darüber. In den Tagebüchern könnte was stehen.«

Sie fixierte Katinka mit zusammengekniffenen Lidern. Katinka hielt dem Blick stand, während sie fragte: »Haben Sie den Bamberger Reiter auch für eine Halluzination gehalten?«

»Ja!«

Und jetzt bereuen Sie es, wollte Katinka noch anfügen, aber sie ließ es bleiben. Reue und Schuldgefühle in Sieglinde Unruh waren mit Händen zu greifen.

»Fotografieren Sie gerne?«

»Nein. Wieso?«

»Haben Sie vielleicht einen Farbdrucker? Ich müsste ein paar Fotos ausdrucken, aber meiner ist kaputt«, bluffte Katinka.

»Sorry, Mädel, aber technisch bin ich nicht gut ausgestattet.«

»Wissen Sie, wer Idas Haus erbt?«

»Wir werden mal die Testamentseröffnung abwarten.«

»Aber Sie wissen es.«

Sieglinde Unruh starrte in ihre Kaffeetasse.

»Natürlich weiß ich es.«

Katinka wartete eine Weile. Ihre Gedanken vibrierten in ihren Fingern. Sie krallte sie in ihre Oberschenkel und zwang sich zu schweigen.

»Ida war nach dem Unfall so besorgt. Einesteils um Grit. Dann überwarf das Mädchen sich auch noch mit dem Vater. Meiner Meinung nach wurde es Zeit. Sie musste sich endlich abnabeln, er lenkte sie wie ferngesteuert. Aber Ida machte sich wirklich Sorgen um sie. Also zerriss sie ihr bisheriges Testament und entwarf ein neues.«

»Sie haben Ida … beraten?«

»Habe ich.« Sieglinde Unruh bestellte sich noch einen Kaffee. Sie ließ den Löffel auf ihrem Zeigefinger wippen und sah aus dem Fenster, ins Nichts. Als der Kaffee vor ihr abgestellt wurde, nahm sie einen tiefen Schluck, verzog die Lippen und redete weiter.

»Sie wollte von mir wissen, ob sie Grit einen größeren Teil ihres Vermögens vermachen sollte. Ida war wirklich außerordentlich begütert, ihre Eltern waren reiche Geschäftsleute und sie die einzige Erbin. Ich riet ihr zu. Obwohl Grit nicht mein Typ ist. Wir mögen uns nicht. Ich kann keine Leute ab, die sich bei anderen einschleimen. Grit schimpft wie ein Rohrspatz über ihren Vater, aber simultan spielt sie Schoßhündchen. So kann's ja nun nicht gehen.« Wieder balancierte Sieglinde Unruh den Löffel auf ihrem Zeigefinger, bis er aus dem Gleichgewicht geriet und in die Kaffeetasse platschte. Braune Spritzer verteilten sich auf dem Tisch. Sieglinde wischte sie weg.

»Da war noch die Sache mit Norbert Einwag. Ich bin mir nicht sicher, wie der junge Mann Grit beeinflusst hat, was ihr Verhältnis zu Ida betraf. Ida hatte nämlich auch eine spitze Zunge, so wie ich. Und sie erkannte gleich, dass Norbertchen von Papa Hasseberg ausgesucht war.«

Sieglinde rauchte gierig die nächste Zigarette an. Wie ein Vakuum saugten ihre Lippen. Die Glut der Zigarette leuchtete in dem schummrigen Dunkel des Cafés wie das Rücklicht eines Autos.

»Ida hat ihm mal klar und deutlich gesagt, was sie davon hält.«

»Wovon?«

»Dass er einem Mädchen den Hof macht mit der Absicht, sich einen Job in der Kanzlei ihres Vaters zu sichern.«

Katinka starrte sie an: »Wie …«

»Wie er reagierte?« Höhnisch zog Sieglinde Unruh die Lippen hoch. Sie sah aus, als wolle sie lachen. »Er zog den Schwanz ein und zuckelte von dannen. Grit ist danach über Ida hergefallen wie eine Hyäne. Sie hätte sich erstmal ganz vorsichtig an Norbert rangetastet, und sie fände es zum Kotzen, dass gleich die ganze Familie ihren Senf dazugäbe. Ich verstand, was das Mädchen meinte. Ida weniger. Sie hatte zwei Affären in ihrem Leben, die ihr beide zu stressig waren. Männer sind einfach nicht ihr Hauptthema gewesen. Ihres?«

Katinka dachte an einen Mann, mit dem sie eine Weile zusammengelebt hatte, der sie schikaniert und gedemütigt hatte. Sie wusste genau, wie schwer es war, zu gehen. Noch viel schwerer, als etwas Neues zu beginnen. In ihren Fingern juckte es. Sie würde sich jetzt gerne eine von Sieglindes *Benson & Hedges* greifen.

»Also nein«, gab sich Sieglinde Unruh selbst die Antwort. »Vernünftig. Auf mich trifft das leider nicht zu. Ich bin süchtig nach den Kerlen. Habe auch entsprechend Lehrgeld gezahlt. Bitte, nehmen Sie sich ruhig eine.«

Katinka ließ sich die Zigarette von Sieglinde Unruh anzünden. Sie verzog das Gesicht. Der Rauch biss in ihre Mundschleimhäute wie Gerbsäure und schmeckte nach toter Ratte.

»Ex-Raucherin?«

»Tja …«, machte Katinka. »Norbert Einwag hätte ein Motiv, Ida umzubringen. Sie hat die Frau seiner Träume zur Rebellion angestiftet.«

»Kurz zusammengefasst trifft das durchaus zu.«

Katinka musste sich zwingen, weiterzurauchen. Gekonnt versperrte sie dem Qualm den Weg in ihre Lungen. Am liebsten hätte sie den Glimmstängel sofort ausgedrückt. So täuscht man sich, dachte sie. Auf die Gier folgt die Ernüchterung.

»Noch mal zu dem Testament. Grit bekommt also …«

»Sie bekommt das Haus und wird mit einem warmen Geldregen gedüngt. Reicht, um ihr Traumstudium abzuschließen.« Sieglinde knibbelte an ihren Fingernägeln herum.

»Sie wohnen in einer kleinen Wohnung da drüben, oder?«, fragte Katinka.

»Sie sind ganz schön unverschämt«, sagte Sieglinde Unruh, aber sie grinste dabei. »Ja, ich lebe in einer kleinen Wohnung, in der ich mich sehr wohl fühle. Ich reise viel. Mehr Platz brauche ich nicht für mich und meine Erinnerungen.«

Wir bewegen uns ganz schön intensiv im Nebel der Erinnerung, dachte Katinka.

»Und mich um ein Haus dieser Größe zu kümmern –

dazu fehlt mir die Geduld. Ich muss mir keine Gedanken übers Blumengießen und die Gartenpflege machen. Ich brauche keinen Hausdrachen zum Saubermachen.«

»Wusste Roland Hasseberg auch, dass Ida ihre Großnichte zu mehr Selbständigkeit ihm gegenüber veranlasste?«

»Ich nehme es doch an.«

Katinka stülpte endlich ihren Daumen über die Kippe. Sie trank den braunen Rest aus ihrer Tasse. Die Mischung aus Rauch und kaltem Kaffee ließ sie schaudern. Schnell fragte sie: »Ida Schenck hinterlässt aber sicher noch mehr Geld?«

»Sie können mich mal, Frau Palfy«, sagte Sieglinde Unruh. »Elke, das geht auf meinen Zettel«, rief sie der Bedienung zu. »Ich habe Sie eingeladen. Legen Sie sich nicht mit den Hassebergs an. Wenn einer mit dem Schlachtermesser auf Sie einsticht, ist es zu spät!«

»Wie viel bekommt Alina?«, versuchte es Katinka.

Sieglinde Unruh stopfte die Zigaretten zurück in die Schachtel, ließ sie in ihrer Lederjacke verschwinden und verließ das *Café Abseits*.

Komisch, dachte Katinka. Jemand, der gerne reist, macht doch auch gerne Fotos.

Sie beobachtete, wie Sieglinde Unruh sich durch den Verkehr über die Straße schlängelte. Der Regen schien sie nicht zu stören.

Selbstverständlich haben wir alle Schuld auf uns geladen.

Die zentrale Frage ist nicht die nach der Schuld, sondern die nach der Sünde. Sünde begreife ich als die Wertigkeit der Schuld vor einem bestimmten ideologischen System. Nun frage ich mich jedoch, ganz rational, in welchen Kontexten der Begriff ›Sünde‹ nicht mehr greift, weil man sich dem System entzogen hat oder ihm durch äußere Umstände entzogen wurde. Der Genuss von Alkohol beispielsweise kann dazu führen, dass eine Person, die eine Straftat begangen hat, nicht vollständig schuldfähig ist. Darüber habe ich mir den Kopf häufig zerbrochen. Aber andere Zustände mildern die Sünde: Extreme Erregung sexueller Art und auch andere, wie Hass, extreme Angst, dann die Tatsache, selbst angegriffen zu sein. Was ist mit Bewusstlosigkeit? Und was ist mit Gedächtnisverlust? Schützen sie uns wirklich vor Verfolgung? Nicht nur durch die Strafbehörden, sondern auch durch die des inneren Richters? Ich weiß nicht, für wie tragfähig ich den Begriff ›Sünde‹ halten soll, und ebenso wenig den Begriff ›Schuld‹. Nicht eingerechnet ist Kalkül. Das Kalkül, etwas zu tun, was Schuld bedeutet. Die Entschlossenheit, es durchzuführen und die anschließende Tat.

12. Sybille

»Haben Sie Zeit?«

»Nein«, knurrte Hardo. »Aber wir können trotzdem telefonieren.«

»Wie geht es mit den Ermittlungen in Sachen Ida Schenck?«

»Wohnt der Stubentiger noch bei Ihnen?«

»Lassen Sie mich raten: Sie haben Roland Hasseberg festgenommen.«

»Ich täte nichts lieber. Ich würde ihn dann allerdings an ein afghanisches Gefängnis überstellen lassen.«

»Trinken wir mal ein Bier?«

»Heute Abend. 20 Uhr.«

Er legte auf.

Katinka steckte das Handy weg. Sie verließ das *Café Abseits*, zog die Regenjacke über und radelte ins Zentrum zurück. In ihrem Rucksack schlummerten Idas Tagebücher. Sie hatte eigentlich vorgehabt, die Kladden wieder an Ort und Stelle zurückzulegen und auch den Hausschlüssel abzugeben, aber je näher sie der Villa in der Hainstraße kam, desto unangenehmer wurde ihr der Gedanke. Statt dessen klingelte sie bei den Nachbarn. Die hießen Brühl und erweckten nicht den Eindruck, als hätten sie Freude am Leben.

»Kommen Sie rein. Aber ich kann Ihnen nichts erzählen, was nicht auch schon die Polizei wüsste«, sagte Brühl. Sein Hemdkragen stand weit offen. Seine Frau war neben ihn getreten. Sie trug ein Wollkleid und Birkenstocklatschen. Im Haus roch es nach abgestandenem Zigarettenrauch.

»Ich wollte nur wissen – haben Sie in den Wochen und Monaten vor dem Mord irgendwas beobachtet?«

Beide schüttelten synchron den Kopf.

»Sie war schon ein bisschen komisch, die Frau Schenck«, sagte Frau Brühl und wackelte mit den Zehen.

»Wieso?«

»Sie dürfen sich setzen!«, sagte Brühl. »Rauchen Sie? Nein? Also, sie hatte ja diesen Unfall und während sie im Krankenhaus war, sahen wir, meine Helga und ich, ab und zu in ihrem Haus nach dem Rechten. Blumen gießen, Katze füttern.« Er spielte mit einem Feuerzeug herum.

Katinka wartete.

»Aber danach, da war sie nicht mehr dieselbe. Sie grübelte unheimlich viel.«

»Bestimmt war sie auch zuviel allein«, fügte Helga Brühl an. »Die Nichte zog ein und bald wieder aus. Schade.«

»Was meinen Sie damit, sie war nicht mehr dieselbe?«

Brühl klimperte mit den Fingern. In seinen Augen lag etwas Verbrauchtes, als frage er sich, was er hier, in diesem Haus, mit diesen Menschen ausgerechnet jetzt tat.

»Die Gehirnerschütterung scheint lange Nachwirkungen gehabt zu haben. Wissen Sie, Ida litt an Kopfschmerzen. Erst Monate später sagte sie, das war schon im Hochsommer, als es so heiß wurde, dass sie endlich mal wieder schmerzfrei wäre.«

»Wir haben uns darüber gewundert«, fiel seine Frau

ein. »Bei der Affenhitze hatten alle normalen Leute Kopfschmerzen. Aber Ida ging es dann besser.«

»Jedenfalls, das waren nicht nur die Kopfschmerzen, die sie quälten. Sie wanderte oft nachts durch den Garten. Ziellos, wie ein Gespenst. Helga und ich, wir haben uns oft überlegt, ob sie vielleicht ein bisschen verrückt geworden war. Man weiß ja nicht, was in so einem Gehirn abgeht«, sagte er und tippte sich an den Schädel.

»Hatte irgendjemand von der Familie eine besondere Beziehung zu Ida? Oder gab es etwas anderes, das Ihnen aufgefallen wäre?«, insistierte Katinka, obwohl sie selbst wenig Ahnung hatte, was das sein sollte. Außer ein als Bamberger Reiter verkleideter Mörder.

»Ach, sie hatte schon ab und an mal Besuch.« Brühl tastete nach Zigaretten. Seine Frau sah ihn böse an. Er stand auf, entdeckte endlich eine Schachtel im Bücherregal. »Der Anwalt kam so einmal die Woche. Und auch Frau Faber. Die war ja immer sehr nett zu Ida. Und nahm sich soviel Zeit.«

Katinka nickte.

»Kam auch ihre Freundin häufig?«

Die Brühls sahen sich unsicher an.

»Eine Dame mit einem burschikosen Kurzhaarschnitt, etwa in Ida Schencks Alter. Sie fährt einen *Austin Mini.*«

»Ja, so ein Auto habe ich schon ab und zu gesehen«, sagte Brühl. Er klebte mit einer entschlossenen Bewegung ein paar abstehende Haarflusen wieder an seinen Kopf. »Rauchen Sie? Ach, habe ich ja eben schon gefragt. Ist auch so ungesund. Meine Frau versucht, aufzuhören.« Brühl grinste schief. Helga marschierte im Stechschritt zur Terrassentür und riss sie auf. Der scharfe Herbstwind fuhr herein. Katinka fröstelte. Ihre Jeans waren oberhalb der Knie durchnässt. Von ihrem Platz aus erkannte sie deutlich Idas Terrasse. Hätten die Brühls in der Mordnacht aus dem Fenster gesehen, wäre der Bamberger Reiter direkt vor ihren Augen durch die zerborstene Scheibe in Idas Haus eingedrungen.

Katinka zog das zerschlissene Fratzenfoto aus dem Rucksack und legte es vor den Brühls auf den Tisch. Beide betrachteten es mit dem Gesichtsausdruck von Reihern, die nach Essbarem suchen.

»Woher haben Sie das denn?«

»Wenn ich das wüsste«, tat Katinka unschuldig. »Was ist das, was meinen Sie?«

»Irgend so eine Maske aus Idas Sammlung«, überlegte Helga Brühl.

»Nein, Helga, so eine Maske hat Ida nicht.«

»Du kennst ihre Sachen aber gut.« Das klang scharf. Brühl wurde unnötigerweise rot.

»Ich … interessiere mich sehr für, naja, für andere Kulturen.« Er betrachtete seine halb aufgerauchte Zigarette, als überlegte er, sie auszudrücken. Dann entschied er sich dagegen. Seine Frau stöhnte theatralisch. »Aber meine Helga verreist nicht gern.«

»Also, ich bitte dich …« Zornig rupfte Helga Brühl Fusselknötchen von ihrem Wollkleid.

Katinka stand auf.

»Kennen Sie sich mit Computern aus?«

»Also, so was kommt uns nicht mehr ins Haus«, befand Helga Brühl.

Katinka legte ihre Visitenkarte auf Brühls Zigarettenschachtel. »Falls Ihnen was einfällt. Schönen Tag noch.«

Die Brühls beobachteten Katinka, wie sie aufs Fahrrad stieg und losfuhr. An Idas Gartentor hielt sie an und musterte intensiv die Haustüre. Ein rechteckiger Aufkleber verunzierte den Holzrahmen. Katinka wischte die Brille sauber. Sie war sich sicher. Dieselbe Fratze riss darauf ihr Maul auf. Aus den Augenwinkeln sah sie die Brühls zu ihr hinüberblicken. Kein Gedanke, jetzt bei Ida einfach aufzuschließen. Aufmerksame Nachbarn sind was wert, dachte Katinka seufzend. Wie hieß das Sprichwort? Gute Zäune machen gute Nachbarn. Oder so ähnlich. Sie stieg ab, besah sich das Foto. Es war genau so eines wie ihres. Mit der Handykamera machte Katinka ein Bild, dann schwang sie sich wieder aufs Rad und fuhr davon.

Sie hatten keinen Treffpunkt ausgemacht, so dass für das Treffen mit Hauptkommissar Harduin Uttenreuther nur das *Spezial* in der Königstraße in Frage kam. Seine Lieblingskneipe. Katinka umfing ein Aggregatzustand aus brodelnder Wärme, Zigarettenqualm und unglaublichem Lärm. Ihre Brille beschlug. Mit zusammengekniffenen Augen schob sie sich durch den großen Raum in das Nebenzimmer. Harduin Uttenreuther saß auf seinem angestammten Platz. Hier hatten sie sich vor gut einem halben Jahr kennen gelernt. Er hatte einen Krug vor sich stehen. Seine grauen Augen scannten aufmerksam den gesamten Raum. Als er Katinka erblickte, hob er kurz die Augenbrauen. Sie war sich sicher, für einen bescheidenen Moment ein winziges Lächeln in seinen Mundwinkeln schweben zu sehen. Energisch klopfte sie auf die Tischplatte.

»Palfy«, sagte er als Begrüßung.

»Guten Abend wünsche ich.«

Uttenreuther bestellte ihr bereits ein Bier.

»Setzen Sie sich.«

Im nächsten Moment stand der Krug schon vor Katinka. Sie stießen an. Hardo sagte nichts weiter. Er fixierte

Katinka, ließ seinen Blick durch den Raum schweifen und sah sie wieder an.

»Gibt's was Neues?«, fragte Katinka.

»Wenn Sie wissen wollen, wie weit unsere Ermittlungen gediehen sind, muss ich Sie enttäuschen. Oder Ihnen einen inneren Reichsparteitag bereiten. Wir stecken fest.«

»Wie sieht es mit den Finanzen der Familie aus?«

»Nichts Auffälliges.«

»Und Alibis?«

Hardo lachte. »Wie sollte ich mich Ihrem zurückhaltenden Charme entziehen. Aber Sie halten die Klappe, ja? Also: Roland Hasseberg: kein Alibi, war angeblich zu Hause. Philipp Hasseberg und seine Braut waren beide zu Hause. Keine sonstigen Zeugen. Alina Faber war zu Hause. Grit Faber ebenfalls und Sieglinde Unruh auch. Norbert Einwag, Grits Freund, war mit zwei Studienkollegen im Kino und anschließend in der Kneipe. Immerhin einer fällt schon mal raus.«

Katinka drehte den Bierkrug.

»Am Telefon sagten Sie, Sie würden Anwalt Hasseberg gerne verhaften.«

Uttenreuther lachte auf. Es war nur ein kurzes Schnauben.

»Diese Intention hat nichts mit dem gegenwärtigen Fall zu tun.«

»Sondern mit Sybille?«

Katinka erschrak selber über die Wirkung, die ihre Frage auf Uttenreuther hatte. Sein rosiges Gesicht verlor alle Farbe. Ein weicher Schimmer trat in seine Augen, als hätte jemand die Iris mit einem Mixer verquirlt. Dann hatte er sich wieder in der Gewalt. Er nahm seinen Bierkrug auf und leerte ihn mit wenigen Schlucken.

Es stimmte also. Katinka wurde heiß. Mit einer Hand fuhr sie sich unter den Rollkragen. Sie hatte keine Ahnung, wie sie jetzt weitermachen sollte. Du Hornochse, surrte ihre Kontrollstimme bösartig. Katinka schien, als sirre das ›s‹ von *Hornochse* in immer engeren Kreisen um ihren Kopf. Sie wischte sich mit der Hand die Ponys aus dem Gesicht.

»Sie machen Ihrem Berufsstand alle Ehre!«, sagte Hardo. Zorn schwang in seiner Stimme. »Als Schnüffelnase.«

Er winkte der Bedienung. Katinka war sich sicher, er würde zahlen und gehen. Statt dessen bestellte er noch ein Bier. Stand auf und verschwand. Katinka blieb sitzen, ihr Herz hämmerte. Er kam zurück und wirkte ruhig wie immer. Als er seinen Bauch wieder hinter den Tisch geklemmt hatte, sagte Katinka:

»Ich habe nicht danach gesucht. Ich habe es herausgefunden. Zufällig.« Sie hielt inne und dachte an das herbstliche Grab, die fauligen Blätter darauf und den Geruch nach Erde. Es dauerte eine ganze Weile, bis er sich räusperte zu erzählen begann.

»Sybille war meine Tochter. Sie verunglückte im vergangenen Januar tödlich, und die Tochter von Hasseberg war daran beteiligt. Anscheinend schuldlos. Hat jedenfalls das Gericht so gesehen.«

Er wartete ab, dass seine Gedanken sich klärten. Katinka jonglierte mit dem Bierdeckel. Soweit kannte sie die Geschichte. Nur Uttenreuthers Beteiligung daran war neu.

»Ich habe gelernt, zu akzeptieren, dass es einfach ein Unglück war. Grit Faber ist selber verletzt worden. Ihre Großtante auch. Bei Blitzeis ist man ziemlich machtlos, wenn man in einem Metallkasten auf Rädern sitzt. Und in diesen winzigen Eierkartons von Kleinwagen …«

»Das Grab …«, begann Katinka.

»Wir haben noch keine Schrift auf dem Stein, weil meine Frau und ich uns nicht einigen können. Wie üblich.«

»Ihre Frau?« Katinka hörte ihre eigene Stimme fremd klingen. Was wäre daran so besonders, wenn er verheiratet wäre, dachte sie.

»Meine geschiedene Frau. Wir haben uns schon vor mehr als zehn Jahren getrennt.« Diesmal war es ein Grinsen, das für einen kurzen Augenblick in seinem Gesicht anhielt. Katinka fuhr sich durchs Haar. Die Situation war ihr peinlich. Harduin Uttenreuther hatte von seinem Privatleben noch nie irgendetwas preisgegeben. Als verberge er es hinter seinem Bierbauch. Oder darin. Nun kam sie sich vor, als habe sie sich in seinem Schlafzimmerschrank versteckt. In ihrem Magen kochte das Bier.

»Und Hasseberg …«

»Der Herr Anwalt hat sich ziemlich schofel verhalten. Typische Rechtsverdrehermentalität, arrogant, besessen von der eigenen Omnipotenz. Die Kerle wissen, dass es ihnen nicht um Gerechtigkeit geht, sondern darum, die Perspektive so zurechtzurücken, dass ihre Partei gewinnt. Ich würde seine Tochter nicht kriegen. Hat er gesagt. Wörtlich.« Hardo zuckte die Schultern.

»Er meinte damit …«

»Er meinte, ich würde ihr nichts nachweisen können. Das sagte er mir schon beim ersten Zusammentreffen. Unfälle mit Todesfolge rufen den Staatsanwalt auf den Plan. So kam eins zum andern, und im Klinikum lief ich plötzlich Hasseberg über den Weg.«

Katinka trank einen Schluck. Hardo wedelte mit der Hand nach der Bedienung und bestellte Bratwurst mit

Sauerkraut. Katinka winkte ab. Sie konnte nichts essen. Allein der Gedanke an Essen hob ihr die Eingeweide bis zum Hals und knotete sie um ihre Kehle.

»Wenn Ihnen gerade gesagt wurde, dass das Liebste, was Sie haben, der einzige Mensch, zu dem Sie eine wirkliche Beziehung pflegen, nicht mehr ist«, sagte Uttenreuther, und Katinka war sich sicher, ein feines Flirren in seiner Stimme zu hören, »dann sind Sie eben, was Ihre Umgangsformen betrifft, nicht unbedingt im grünen Bereich.«

»Ich kann's mir vorstellen.«

»Vielleicht.« Er musterte Katinka abwartend. »Soviel also zu meinen Ambitionen, Hasseberg zu verhaften. Aber es gibt keinen Grund. Noch nicht.«

Katinka nickte. Sie zog ein Taschentuch hervor und putzte sich die Nase, nur um ihre Hände zu beschäftigen. Die übliche Flapsigkeit zwischen ihnen war mit einem satten *BLUBB* untergegangen.

»Es tut mir so leid«, sagte Katinka leise.

»Ich glaube es Ihnen«, antwortete Hardo.

Katinka dachte erst, er meinte es sarkastisch, aber als sie ihm ins Gesicht sah, blickte ihr Offenheit entgegen. Sein Blick kreuzte ihren ruhig und besonnen.

Jetzt verstehe ich das, dachte Katinka. Ich bin nur wenig älter als seine Tochter. Seine Unterstützung für mich, für die Detektei. Wie er mit mir umgeht. Seine Fürsorge, die er immer zu verstecken versucht, was ihm schlecht gelingt. Die Belohnung im letzten Sommer. Sie wollte nicht daran denken, aber das Bild kam ganz von allein: Uttenreuther trug sie, als sie bei der Lösung ihres ersten Falles zusammengeschlagen wurde, durch den Regen zum Krankenwagen. Sie wusste nicht recht, ob ihr der Gedanke gefiel.

»Wie haben Sie davon erfahren?«, fragte er in einem entspannt interessierten Tonfall, als sprächen sie über Fußballergebnisse.

»Ich … es war Zufall.«

»Klar. Sie wollen Ihren Informanten nicht preisgeben. Das ist Berufsehre.« Er grinste.

Katinka zippte ohne nachzudenken ihren Rucksack auf. Sie sah sich rasch um, nahm eine von Idas Kladden heraus.

»Ich wollte sie eigentlich der Familie zurückgeben. Aber wenn Sie …«

Uttenreuthers Gesichtsausdruck schwankte zwischen genervt und überrumpelt. Er nahm das Notizbuch und schnalzte das Gummiband beiseite. Lange brauchte er nicht, um sich ein Bild zu machen.

»Palfy, ich muss schon sagen.« Er pfiff durch die Zähne. »Dass Sie durchtrieben sind, weiß ich. Aber Sie tun mir den Gefallen und erzählen mir nicht, woher Sie das haben.«

»Es gibt mehr davon.« Katinka grinste. »Ich gebe Ihnen nachher die Bücher mit.«

Seine Bratwürste kamen. Uttenreuther reichte die Kladde an Katinka zurück.

»Mag sein, dass ich Interesse zeige.«

Er machte sich über sein Essen her. Das Sauerkraut wickelte er wie Spaghetti um die Gabel. Katinka trank ihr Bier aus. Kaum hatte sie den Krug abgestellt, bestellte er ihr ein zweites.

»Vielleicht sollte ich lieber nicht«, begann sie. Ohne, dass sie es wollte, schmeckte sie seinen salzigen Kuss vom vergangenen Sommer. Sie sah zu, wie er Senf auf die Bratwurst spachtelte wie Ölfarbe auf eine Leinwand.

»Mittelscharfer Senf«, grummelte er dabei, »ist eine Unsitte. Entweder scharf oder süß, aber mittelscharf …«

Ein Bierkrug wurde vor Katinka auf den Tisch gehieben, dass der Schaum überschwappte und von der Platte auf ihre Jeans troff. Katinka verdrehte die Augen. Hardo grinste. Er zurrte die Augenbrauen hoch, immer höher, wie an einem Flaschenzug. Katinka begann zu lachen.

»Deswegen liebe ich diese Stadt«, sagte er. »Hier herrscht Klartext. Keine Subtilitäten. So einfach ist das.«

»Wie sieht's eigentlich mit der Anzeige aus?«, fragte Katinka, als sie später auf der Straße standen. Sie schloss ihr Rad auf. Unterhalb ihres Zwerchfells revoltierte etwas. Ihr Magen knurrte. Ich hätte doch etwas essen sollen, dachte Katinka. Gleißend leuchtete die Mondsichel vor einem tintenschwarzen Himmel.

»Nur die Ruhe«, erklärte Hardo. »Wir haben ja schon eine Akte von Katinka Palfy.«

»Die Demo damals, das stimmt nicht. Ich habe keinen bayerischen Beamten vermöbelt.«

Uttenreuther machte eine wegwerfende Handbewegung. Aus den Tiefen seiner Jacke fummelte er eine Stofftasche mit Sparkassenlogo heraus. Katinka packte Idas Tagebücher hinein. Sie schulterte den fast leeren Rucksack. Dann fiel ihr das Fratzenfoto ein.

»Was halten Sie davon?«

Hardo nahm ihr den Umschlag aus der Hand und befühlte das Bild.

»Hochglanz-Fotopapier. Gibt es in jedem Schreibwarenladen. Woher haben Sie das?«

»An Idas Haustür pappt auch so ein Zungestrecker«, sagte Katinka. »Derselbe.«

»Ich will es lieber nicht wissen, aber ich muss Sie fragen: Waren Sie heute dort?«

»Vorbeigeradelt.«

»Mir kommt die Fratze bekannt vor.«

»Mir auch«, betonte Katinka. Sie wickelte sich den Schal fester um den Hals. »Wahrscheinlich grinst sie von einem Bamberger Haus herunter, aber ich habe keine Ahnung, von welchem.«

Der Wind frischte plötzlich auf und fetzte dem Kommissar beinahe das krümelige Foto aus der Hand.

»Und?«, fragte er.

»Es klebte an meiner Fensterscheibe in der Hasengasse.«

Sein Blick war kühl.

»Schon wieder«, sagte er. »Immer kriegen Sie mysteriöse Botschaften. Gleichsam aus einer anderen Welt.«

Jetzt sagt er gleich wieder, dass er mich nach Hause begleiten will, seufzte Katinka im Stillen.

»Sie meinen, wie im vergangenen Sommer die Zettel?« Sie kramte in ihrem Rucksack. »Fast hätte ich es vergessen. Tom hat mir mal Hersteller von Masken für Film und Theater aus dem Internet rausgesucht. Wollen Sie die Liste haben?«

Er nahm sie.

»Ich lasse sie abgleichen mit den Listen, die meine Leute gecheckt haben«, sagte er.

»O.k.«

»Passen Sie auf sich auf.« Hardo nickte ihr zu, berührte kurz ihre Schulter und ging.

Ich weiß nicht mal, wo er wohnt, dachte Katinka.

13. Hochzeit

Mehrmals in den folgenden Tagen versuchte Katinka, Alina Faber zu erreichen, aber erfolglos. Sie hinterließ etliche Nachrichten auf dem Anrufbeantworter, ohne den versprochenen Rückruf zu erhalten. Am Samstag, dem Tag, an dem Philipp Hasseberg und Kathrin Brettschneider heiraten wollten, fuhr Tom zu einem Kunden nach Nürnberg. Er hatte das in Auftrag gegebene Programm endlich fertig gestellt und sollte es gleich dort auf dem Rechner installieren und vorführen. Katinka langweilte sich den Vormittag über. Sie kam nicht richtig in die Gänge, wollte mit Vishnu spielen. Der göttliche Kater beachtete sie nicht. Schließlich machte sie sich auf den Weg in die Stadt, lieh sich in der Stadtbücherei ein paar Bildbände aus und schleppte sie gerade nach Hause, als sie auf Britta stieß.

»Hej, Katinka. Stell dir vor. Ich nehme an einer Studienreise teil. In ein paar Tagen starten wir.«

»Wohin geht's?«

»Florenz. War ein totaler Zufall. Jemand fiel in letzter Minute aus. Glück für mich, Urlaub habe ich sowieso noch massenweise übrig, der würde für eine Weltreise reichen.«

»Gib nicht so an!«, grinste Katinka.

Britta zuckte lachend die Schultern. »Trinkst du einen Kaffee bei mir?«

Katinka folgte ihr in die Luitpoldstraße. Als sie darauf

wartete, dass Britta endlich ihren Hausschlüssel fand, blickte sie an der Fassade nach oben. Sie zuckte zusammen.

»Was ist?«, fragte Britta »Hat dir eine Taube auf den Kopf gemacht? Du kennst doch den alten Sponti-Spruch: Halte London sauber, iss eine Taube am Tag. Würde auf Bamberg auch passen.«

Katinka atmete langsam aus. Sie spürte, wie sich ihr Herzschlag schon wieder beruhigte.

»Ich habe nur ... da oben die Fratzen ...«

Britta folgte ihrem Blick.

»Das sind Löwenköpfe, keine Fratzen«, sagte sie. »Siehst du Gespenster?«

»Mag sein.« Während sie zu Brittas Wohnung hinaufstiegen, erzählte sie ihrer Freundin von dem Fratzenfoto.

»Das gleiche hängt an Idas Haustür?« Britta schnickste ihre Schuhe weg.

»Exakt das gleiche.«

»Was hat das wohl zu bedeuten!«

Katinka folgte Britta in die Küche.

»Das ist es ja – ich weiß es nicht. Als ich zum Copyshop ging, war der Aufkleber noch nicht an meinem Fenster. Glaube ich jedenfalls. Dann kam ich zurück. Achtete nicht darauf. Plötzlich platzte Philipp herein. Ich stand hinten im Nebenzimmer.«

Britta hantierte mit der Kaffeemaschine. Das luxuriöse Gebilde aus Chromnickelstahl erinnerte Katinka entfernt an ein Ufo. Allerlei Knöpfe blinkten in Rot und Grün.

»Also könnte er das Foto hingeklebt haben.«

»Bloß – wozu?« Katinka setzte sich. »Es ist so unheimlich.«

Britta kniff die Augenbrauen zusammen.

»Ich weiß nicht recht. Kommt mir eher wie ein dämlicher Scherz vor. Außerdem sind es doch Schutzgeister.«

»Eben. Jemand hält es offensichtlich für nötig, dass ich von einem Geistwesen vor Schlimmem behütet werde.«

Britta wiegte den Kopf.

»Natürlich sehen wir als kluge Mädchen gleich einen Zusammenhang mit Ida Schencks Halluzinationen, stimmts?« Mit einem lang gezogenen Fauchen spie die Kaffeemaschine das duftende Gebräu in die Porzellantassen. »Wobei ich mich frage, wer wissen kann, dass du von den Fratzengesichtern weißt.«

»Eigentlich niemand.«

»Und uneigentlich?«

»Britta, ich weiß es nicht. Hm, wunderbarer Kaffee.«

»Ja, ein großer Brauner, wie du ihn magst«, lachte Britta. »Ich weiß, womit man eine Wienerin glücklich macht.«

»Ich sehe mich nicht als Wienerin«, wimmelte Katinka ab. »Ich bin eine Mixtur aus allem Möglichen.«

Sie tranken schweigend den Kaffee. Britta stand auf und holte eine Packung *Walkers Shortbread* aus dem Schrank.

»Als ich die Moleskine-Bücher an mich nehmen wollte«, sagte Katinka langsam, »tauchten Grit und Sieglinde Unruh auf. Aber sie haben mich unmöglich bemerkt.«

»Du könntest dich täuschen!«

»Wieso?« Katinka verschluckte sich an einem Kekskrümel.

»Eine von den beiden mag gesehen haben, wie du dich aus dem Haus geschlichen hast.«

»Unmöglich.«

»Sagst du jetzt.« Britta war nicht überzeugt. »Außerdem hast du bei Hasseberg genau wie bei seiner Tochter darüber geredet, dass Ida einige ihrer Tagebücher vermisste. Du hast damit vielleicht ungewollt die Aufmerksamkeit auf dich gelenkt. Die Bücher sind wirklich weg. Entweder verdächtigen sich die Hassebergs alle gegenseitig, oder sie riechen, dass Frau Privatdetektivin Palfy dahintersteckt.«

Katinka runzelte die Stirn. Sie fand Brittas Gedankengang nicht überzeugend. Aber irgendetwas setzte sich in ihrem Inneren fest. Ein Zweifel. Eine Unsicherheit. Das Fratzenfoto. Sie wunderte sich, wie unruhig und nervös es sie machte.

»Alina Faber ist auch abgetaucht«, sagte sie. Ihre Stimme klang in ihren eigenen Ohren hohl und ausgelaugt.

Britta löffelte den Rest Zucker aus ihrer Tasse.

»Ich sage dir was: Die ist nicht abgetaucht, die hat voll getankt, aus Trauer und Entsetzen darüber, dass ihr Sohn heiratet und sie nicht dabei ist.«

Nachdenklich nickte Katinka. »Du könntest recht haben.«

»Ich habe nicht nur recht. Es ist logisch. Sie kann gar nicht auf deine Anrufe reagieren, weil sie besoffen ist. Aber womöglich hat sie sich ja jetzt zusammengerissen, um heute Abend das Fest aufmischen zu können.«

»Oder um den Sektempfang implodieren zu lassen.«

Sie lachten beide.

»Es ist eigentlich nicht lustig«, überlegte Katinka dann. »Ich glaube, ich schreibe den Bericht über das Liebesleben in ihrer Familie, sauge mir was auf den Fingern und zahle ihr das Geld zurück. Dieser Fall ist sowieso Quatsch. Ich hätte mich nie drauf einlassen sollen, irgendwelche Beziehungskisten umzuräumen.«

»Schau dich doch heute Abend mal um. Hochzeitsfeier im Rittersaal auf der Altenburg. Mamma mia!«, posaunte Britta. »Vom Feinsten. Könnte doch sein, dass auch deine Auftraggeberin aufkreuzt.«

Katinka glaubte nicht daran, aber die Idee, auf der Hassebergschen Hochzeit ein wenig zu kiebitzen, gefiel ihr.

»Wenn Tom heute Abend noch nicht zurück ist, dann schaue ich dort oben vorbei«, sagte sie.

Britta grinste. In ihren schwarzen Augen blitzte es.

»So gefällst du mir, Kat the Catey«, sagte sie.

Am Nachmittag fegten Regenschnüre über die Stadt. Wer rausging, wurde sofort nass wie unter der Dusche. Selbst Regenschirme nützten nichts, weil das Wasser von der Seite und sogar von unten zu kommen schien. Katinka starrte aus dem Fenster und war sich ziemlich sicher, dass die Kutschfahrt, vor der Kathrin Brettschneider sich so gefürchtet hatte, nicht stattfinden konnte. Jetzt Kathrin Hasseberg, geborene Brettschneider, dachte Katinka schnippisch.

Nachdem sie lustlos die Bildbände durchgeblättert hatte, richtete sie sich einen Gurkensalat und verputzte ihn zur Hälfte ohne rechten Appetit. Nachher stieß ihr der Essig unangenehm auf. Tom rief an, dass irgendwas mit der Installation der Software nicht klappte, und dass es spät werden würde.

Als sollte es so sein, dachte sich Katinka. Sie zog eine saubere schwarze Jeans an, einen schwarzen Pullover und entschied sich für eine Halskette mit einem ansehnlichen Geflecht aus Granatsteinen, die sie vor Jahren in

Wien auf dem Flohmarkt erstanden hatte. Ihre Stiefel waren unbrauchbar. Sie schlüpfte in schwarze Turnschuhe. Tom wie auch Britta hätten die Augen verdreht, aber für sie war ihr Aufzug ganz in Ordnung. Bei Ermittlungen braucht man eben gutes Schuhwerk, rechtfertigte sie ihre Klamotten vor sich selbst, als sie sich von Vishnu verabschiedete, der sie geflissentlich übersah, und den Schlüssel im Schloss zweimal umdrehte.

Der Regen hatte aufgehört. Ein kalter Wind pustete Fetzen von Altpapier vor sich her, das irgendjemand zu spät rausgestellt und dann nicht mehr ins Haus geholt hatte. Die Temperaturen mochten beinahe auf 0 Grad gefallen sein. Katinka fühlte nach zwei Minuten ihre Hände nicht mehr. Sie schienen am Lenker festgefroren. Sie radelte die Altenburger Straße hinauf, spürte die eisige Luft in ihren Lungen und begann zu husten. Erkältungszeit, schoss es ihr durch den Kopf. Sie schwitzte von der Anstrengung. Der Berg war steiler, als sie ihn in Erinnerung hatte. Irgendwo links ging es in den Weinbergweg. Am Tag beschaulich, in der Nacht zum Gruseln, dachte sie und erinnerte sich schaudernd an ihren Ausflug dorthin im Zuge der letzten Ermittlungen. In Höhe des unteren Parkplatzes stieg sie ab und schob das Fahrrad ein Stück. Aus dem fast blätterlosen Wald echoten die Antworten auf die Windböen. Die blicklose Fratze tauchte neben Katinka auf und spuckte Häme. Sie reflektierte in den schwarzen Bäumen. Aus ihrem weit aufgerissenen Maul tönte ein Heulen. Katinka zuckte zusammen. Sie rutschte auf einem Haufen nasser Blätter aus und fiel hin. Ihr Fahrrad kippte um und landete klappernd auf der Straße.

Katinka atmete durch. Das faulige Laub pappte an ihren Jeans, als sie sich aufrappelte und nach dem Fahrrad griff. Ein Auto kam von oben. Viel zu schnell. Raste um die Kurve. Katinka ließ das Rad fallen und sprang zur Seite.

»He, Idiot!«, schrie sie.

Der Wagen machte einen Schlenker, einen Augenblick sah sie im grünen Schimmer des Armaturenbretts den Fahrer und sein erschrockenes Gesicht. Um Haaresbreite rutschte er an ihrem Rad vorbei, bekam den Wagen wieder in den Griff und jagte davon.

Während Katinka abwartete, dass sich ihr Herz beruhigte, richtete sie das Rad auf. Irgendwas in ihrem Mund schmeckte metallisch. Sie starrte hinauf zur Altenburg. Die leuchtete in sattem Gelb. Katinka wischte die Blätter von ihrer Hose. Die Burg kam ihr wie eine Miniaturausgabe ihrer selbst vor, wie sie Eisenbahnfreaks für ihre Modelllandschaften zusammenbauten. Sie fühlte sich fiebrig, genau in dem Zustand, in dem man gleichzeitig schwitzte und fror. Die Windstöße ließen die nassen Stellen an ihren Beinen beinahe gefrieren. Energisch stieg sie in die Pedale und strampelte das letzte steile Stück hinauf. Dann hatte sie den höchsten Punkt erreicht. Sie stand vor der Brücke, die über den Burggraben führte, und schloss ihr Rad ab.

Der Parkplatz war über und über voll mit Autos. Sie erkannte Hassebergs BMW, für den heutigen Tag mit weißen und rosa Rosen geschmückt. In der herbstlichen Tristesse sah der auf Hochglanz polierte Wagen aus wie aus einer anderen Galaxis. Ein einziges verkrüppeltes Ahornblatt hatte sich auf das leuchtende Bouquet gesenkt. Katinka pickte es auf. Es blieb an ihren Fingern kleben. Sie schüttelte ihren Arm. Das Blatt fiel herunter und versank in der Dunkelheit. Katinka wandte sich um und schrak zusammen. Auf der Brücke stand jemand, ein dicker Kerl in einem schwarzen Anzug, ein Bier in der Faust, und starrte in den Burggraben. Der weiße Kragen schien in der Dunkelheit zu fluoreszieren. Wie der Schaum auf dem Pils. Der Typ war eben noch nicht dagewesen.

Katinka schob die Schultern zurück. Sie klopfte den letzten Rest Dreck von ihren Jeans und trat auf die Brücke.

»Guten Abend. Herr Einwag, oder?«

Grits Freund schrak zusammen.

»Äh«, begann er und starrte Katinka an. Dann nahm er in seiner Hilflosigkeit einen großen Schluck Bier.

»Katinka Palfy. Wir sind uns auf der Beerdigung von Ida Schenck begegnet.«

»Ach ja«, sagte er lahm.

Katinka lehnte sich neben ihn an das Geländer.

»Wie läuft das Fest?«

»Wie? Äh, gut«, murmelte Norbert Einwag. Er stellte das Pilsglas auf das Geländer. Katinka bewegte sich vorsichtig. Das Glas wackelte. Ein wenig Schaum schwappte über und rann außen am Glas herunter.

»Sie scheinen ja nicht gerade in Feierlaune zu sein.«

Er antwortete nicht. Katinka hatte den Eindruck, der Prozessor in seinem Hirn suche fieberhaft nach irgendetwas, was er sagen könnte, bliebe aber hängen. Trotz der Kälte lief Einwag der Schweiß übers Gesicht.

»Ich … wusste nicht, dass Sie auch eingeladen sind«, sagte er. »Aber Sie sind ziemlich spät dran. Sie verpassen ja das Essen.«

»Berufliche Verspätung«, sagte Katinka leichthin. Eine Windbö fegte durch das Vorhaus. Sie schauderte. Einwag griff nach dem Bier, als könne der Sturm es ihm forttragen. Die Bäume neigten sich gefährlich weit zu Boden und rissen die Kronen zurück in die Nacht. »Im übrigen tanze ich ohnehin viel lieber als dass ich esse.«

Katinka wurde rot. Sie hatte völlig unbeabsichtigt auf sein Gewicht angespielt. Einwag grinste. Er wies auf Katinkas Turnschuhe und sagte:

»Sie tanzen eher Rock 'n' Roll, oder?«

Katinka lachte.

»Wie geht's Grit?«

»Naja, es ist die Hochzeit ihres Bruders. Sie amüsiert sich.«

Etwas Resigniertes blockierte seine Stimme. Er starrte wieder in den Graben hinunter.

Katinka wickelte ihre Jacke fester um sich. Sie fragte:

»Sie amüsieren sich nicht so, oder?«

»Ich mache mir nichts aus Hochzeitsreden«, sagte er.

Katinka fragte sich, ob wirklich Roland Hasseberg ihn zu Grits Freund bestimmt hatte, wie Sieglinde Unruh behauptet hatte. Die flippige Grit passte tatsächlich nicht zu diesem Brummbären.

»Sind Sie auch Jurist?«

Einwag nickte.

»Knapp vor dem zweiten Staatsexamen. Ich bin nervös. Das erste war o.k., lief aber nicht so optimal, wie ich mir das vorgestellt hatte.«

»Ich habe mal gehört, es wäre schon ein Riesenerfolg, überhaupt zu bestehen«, sagte Katinka.

»Kann man so sagen. Aber …« Er griff wieder nach seinem Pils, trank, stellte das Glas ab.

»Ich habe … ein Jobangebot. Aber dafür brauche ich das zweite Staatsexamen.«

Er fuhr sich über seine blonden Locken. Sie klebten vom Schweiß, in seinem Nacken kräuselten sie sich vor Nässe.

Katinka startete noch einen Versuch.

»Hasseberg wird Sie in seine Kanzlei übernehmen, nehme ich an?«

Es war ein Schuss ins Schwarze. Einwag machte eine fahrige Bewegung vor Schreck. Das fast leere Glas beschrieb einen glänzenden Bogen durch die Nacht, schlug einen Salto und tauchte in den Burggraben. Die nächste Sturmbö fraß das Geräusch seines Aufpralls weg.

Katinka lächelte, und Einwag grinste zurück.

»Tanzen Sie mal mit mir?«

»Natürlich«, sagte Katinka. »Ich komme gleich nach. Ich brauche noch ein wenig frische Luft.«

Einwag tigerte davon. Katinka wartete ab. Immerhin etwas, das sie ihrer Auftraggeberin zutragen konnte. Norbert Einwag, Jurist, würde in Hassebergs Kanzlei aufgenommen. Sie konnte sich vorstellen, wie die Gesamtkonstellation aus der Vogelperspektive aussah. Norbert Einwag als geplanter Ehemann für Töchterchen Grit, ausgesucht vom Vater. Katinka lief ein wenig auf und ab, um sich aufzuwärmen. Dass Hasseberg so einen Teddy aussuchte. Es gab bestimmt knackigere Juristen, die das zweite Staatsexamen bestanden. Typen, wie Roland Hasseberg selber einer war. Allerdings, schoss es Katinka durch den Kopf, wären die echte Konkurrenten. Sie erinnerte sich wieder daran, wie Grit neulich mit ihrem Vater am Telefon umgegangen war. Mochte sie auch zuvor über ihn hergezogen sein, sobald sie ihn an der Strippe hatte, gurrte sie wie ein Täubchen.

Katinka warf einen letzten Blick in den Burggraben. Plötzlich war ihr unheimlich zumute. Die Schwärze dort unten, die Windstöße, die aufbrüllten wie angriffslustige Raubkatzen … Sie machte, dass sie durch das Vorhaus in den Burghof trat.

Eine Stimmung von Festlichkeit, Frohsinn und Sektlaune empfing sie. Fackeln und Kohlepfannen waren aufgestellt worden. Die tanzenden Schatten an den Wänden wanden sich wie Bauchtänzerinnen. Aus dem Rittersaal drangen Licht und Wärme. Klaviermusik spielte. Katinka näherte sich langsam, wie gefangen von der Atmosphäre, die zwischen Märchen und Fantasy-Film oszillierte.

Donnerwetter, dachte Katinka. Sie dachte dabei weniger an den Spaß, den das Brautpaar auf einem solchen Fest haben würde, als vielmehr an die Last, die sie förmlich an ihrem eigenen Hals baumeln spürte. Gäste zufrieden stellen, glücklich aussehen, den Blicken ausgesetzt sein, den Erwartungen entsprechen, die Norm erfüllen oder besser übererfüllen … Katinka schüttelte sich.

»Ihre Einladungskarte, junge Frau?«

Sie überlegte, ob sie mit ›alter Mann‹ antworten sollte. Der Livrierte stand am Eingang zum Rittersaal. Security Service in alten Trachten, schoss es Katinka durch den Kopf.

»Ich bin eine alte Freundin von Kathrin … von der Braut.«

»Schön für Sie, aber ohne Einladungskarte kein Einlass. Nur geladene Gäste.«

Er rollte mit den Augen.

»Ich wollte nur kurz gratulieren«, versuchte es Katinka und spähte an dem Kerl vorbei. Er rutschte zur Seite und versperrte ihr die Sicht komplett. Von drinnen hörte sie die gedämpften Geräusche einer Festmahlzeit, sacht klirrende Sektgläser, das Geklapper von Besteck, Stimmensummen.

»Dann wenden Sie sich an Anwalt Hasseberg«, sagte Katinka. »Mein Name ist Palfy, Katinka Palfy.« Während ihr der Satz herausrutschte, ahnte sie, dass sie sich damit selbst aus der Burg katapultiert hatte. Hasseberg würde sie in die Folterkammer verbringen und auf der Streckbank zurechtlegen, aber bestimmt nicht auch nur einen Turnschuh in den Festsaal setzen lassen. Zu ihrem Erstaunen drehte sich der Livrierte um und verschwand im Rittersaal. Nun hatte Katinka freie Sicht. Sie sah Kathrin in einem champagnerfarbenen Kleid, süß geschminkt, mit einem winzigen Schleier. Die Brautausstattung hatte vermutlich ein Vermögen gekostet, stand ihr aber hervorragend und hob ihre kindlichen, weichen Züge angenehm hervor. Sie suchte nach Philipp, erkannte Grit, sehr schick, ganz in Schwarz. Mindestens hundert Personen saßen an der Festtafel. Alina Faber war nicht dabei. Natürlich nicht.

»Ich hab's doch geahnt.«

Philipp Hasseberg ragte hinter ihr auf wie der Mast eines Segelschiffs. Katinka zuckte zusammen.

»Hauen Sie ab, o.k.? Hauen Sie einfach ab.«

Seine Augen glänzten. Katinka schwankte zwischen wortlosem Rückzug und der Frage, wie es ihm ginge.

»Wie geht es Ihnen? Haben Sie Spaß?«

Er wischte sich über die Stirn.

»Hausfriedensbruch, Klappe die zweite«, schnarrte er. Im glänzenden Licht des geschmückten Saales erkannte Katinka seine geweiteten Pupillen. Er schien sich diebisch zu freuen. Wie jemand, der jede neue Fliege auf dem Fliegenfänger mit Genugtuung begutachtet. Er grinste. Leise schwankend hielt er sich am Türrahmen fest.

Der Saalwächter rückte heran, in seinem Kielwasser Roland Hasseberg. Katinka sah Philipp in die Augen und sagte:

»Schönen Abend dann noch.«

Sie trat in den Burghof hinaus, ehe Hasseberg einen Ton sagen konnte.

»Sorgen Sie dafür, dass sie den Burghof verlässt«, hörte sie die Stimme des Anwalts.

Saftarsch, dachte Katinka. Sie spürte, dass sie auf diesem Weg keine Chance haben würde. Und ebenso drängend wurde das Gefühl, dass sie sich hier ohnehin zu purer Sinnlosigkeit verurteilt aufhielt. Was sollte sie schon sehen oder entdecken?

Ich war neugierig, ob nicht Alina doch auf dem Fest ist, gestand sie sich ein und grinste. Sie überquerte die Brücke. Schob die Hände in die Taschen ihrer Jeans. Zog die Schultern hoch. Blickte zurück.

Der Livrierte war nicht mehr zu sehen.

Katinka zwang sich, eine halbe Stunde abzuwarten. Sie schloss ihr Rad auf, schob es über den Parkplatz und an der Burg entlang, legte es unterhalb des Südwestturms ins Gras. Sie beobachtete den großen Zeiger ihrer Armbanduhr, hüpfte ein bisschen auf und ab, um sich warm zu halten. Starrte auf die dunkle Landschaft jenseits des Bergs, die schmutzgelben Lichtflecken der Dörfer. Nach genau 29 Minuten kehrte sie um, überquerte vorsichtig die Brücke. Der Saalwächter hatte wohl die Lust am Kampf mit den Windstößen verloren und sich ins Warme zurückgezogen. Katinka hielt sich im Schatten des Vorhauses und bewegte sich langsam um den Palas herum. Nun stand sie auf der Rückseite. Niemand bemerkte sie. Die Musik klang fern und unwirklich. Sie fragte sich, ob da ein Live-Pianist am Werk war oder ob das Klavierkonzert vom Band kam. Eine einzelne Bö nahm die Musikfetzen mit und streute sie über der fernen Stadt aus.

Katinka schlich an der Ringmauer entlang. Der Boden war schmierig vom Regen. Bambergs Lichter strahlten herüber. Der Himmel glänzte schwarz. Von der dünnen Mondsichel der letzten Nächte war nicht einmal mehr ein Streifchen geblieben. Neumond, dachte Katinka. Heiraten bei Neumond. Was sagt uns das.

Sie ging weiter, lehnte sich an den Brunnen. Wieder fegte ein Windstoß über den Burghof. Ihr wurde kalt. Und noch ein anderes Gefühl regte sich. Hunger. Der Gurkensalat schien ihr lange her, und er hatte ihr nicht geschmeckt. Da drinnen verspeisten sie nun Lachsgratin an Brunnenkresse. Sie grinste. Morgen war Sonntag. Und Toms bevorzugter Küchentag. In Gedanken ging Katinka ihre Lieblingsspeisen durch. Sie trat an die Brüstung der Ringmauer. Wolkenfetzen, in der Dunkelheit beinahe unsichtbar, jagten über den Himmel. Hier ging es mindestens 15 Meter in die Tiefe. Vorsichtig spähte Katinka ins Schwarze. Den Boden konnte sie gar nicht erkennen, die Nacht und die blattlosen Bäume hatten ihn verschluckt. Schwindel durchfuhr sie. Ihre Hände berührten den kalten, feuchten Stein der Ringmauer. Ob Tom schon zu Hause war? Sie fummelte in der Innentasche ihrer Fleecejacke herum. Mit den Fingerspitzen berührte sie ihr Handy, da hörte sie das Geräusch. Sie nahm es nicht wirklich wahr. Es war einfach nur da und irritierte ein paar Gedankenschichten tief drin im Kopf. Wie das Schmatzen eines Saugnapfes. Statt des Handys bekam Katinka eine halb leere Tüte *Fisherman's Friend* zu fassen. Wieder dieses saugende Geräusch. Es war jetzt ganz nah. Als Katinka sich umdrehen wollte, spürte sie den Stoß.

14. Meisterdetektivin

Zuerst war alles wie freies Fliegen, wie Segeln. Katinka breitete die Arme aus und spürte ihre offene Jacke flattern. Dann ein heftiger Schmerz an ihrem Fuß, sie wusste nicht, ob am rechten oder linken. Sie sauste durch einen Tunnel aus Schwärze. Ihre Hände bekamen klammen Stein zu fassen. Unter ihren Fingern fühlte er sich weich und moosig an. Neben sich erkannte sie die Ringmauer. Die Brüstung lag einen halben Meter über ihr. Das Entsetzen ließ einen Augenblick nach. Ein Vorschlaghammer bohrte immer nur ein Wort in ihr Hirn: Festhalten.

Sie hing 15 Meter über der Erde an einem steinernen Wasserspeier. Wenn sie ihr linkes Bein bewegte, berührte sie die Mauer. Ihre Jacke und ihr Pullover waren hochgerutscht. Der Wind biss in ihre nackte Haut. Schon gehörte sie nicht mehr wirklich zu der Welt da oben, wo die Leute mit zwei Beinen auf festem Boden standen. Sie berechnete kalt und klar ihre Chancen. Wenn es ihr gelänge, sich mit ihrem linken Fuß an der Mauer abzustützen, könnte sie sich vielleicht aus eigener Kraft hochziehen. Ich müsste schreien. Der Gedanke verglomm in der Nacht. Sie schrie nicht, ohne zu wissen, warum nicht. Sie öffnete den Mund, aber es kam kein Ton. Stattdessen hörte sie immer noch das Klavier klimpern.

Sie rührte mit dem linken Bein wie in einer Küchenschüssel. Die Mauer war uneben. Sie bohrte die Zehen in einen Mauervorsprung. Rutschte ab. Versuchte es noch mal. Achtete nicht auf den stechenden Schmerz im Fuß. Spürte ihre Finger taub werden. Griff mit einer Hand nach. Rutschte ein Stück über den bemoosten Stein.

Ihr linker Fuß fand Halt. Ihre Hände zitterten. Sie hatte das Gefühl, ihre Arme würden sich von selbst aus den Schultergelenken hebeln.

Sie strengte die Zehen an, versuchte, sich so zu halten und ein Stück hochzuziehen. Ihre Armmuskeln brannten. Der Blick in die Tiefe war ein Fehler. Mit einem Mal nahm das Dunkel da unten das Aussehen eines weichen Polsters aus Luft an. Die Versuchung, einfach loszulassen und die Schmerzen zu vergessen, wurde übermächtig.

Katinka kämpfte. Ihr Knie presste sich gegen die Mauer, gab ihr zusätzlichen Halt. Die Anstrengung war übermenschlich. Sie konnte sie nicht durchhalten. Spürte schon, wie ihre rechte Hand wegrutschte. Ihr Willen war stark und befahl der Hand, festzuhalten, die Finger um den Rand des Wasserspeiers zu krampfen. In der Mitte vertiefte er sich zu einer Rille. Das war ein Vorteil. Da war der Wille, und da war die Erschöpfung. Sie sah sich von außen zu, wie sie da hing, wie die Fingerkuppen über den Stein schrappten. Wie Blut unter den Fingernägeln hervortrat.

Das linke Bein hatte sich festgehakt, für den Moment unlösbar. Sie schob sich ein Stück höher, umklammerte den Wasserspeier mit beiden Armen, spürte den kalten Stein unter ihren Achseln.

Während ihr rechter Arm ins Leere rutschte, schrie Katinka aus Leibeskräften. Sie konnte ihrer Stimme nachschauen. Wie ein grauer Vogel flog sie in die Nacht hinaus. Sie schaukelte, festgehalten von ihrem linken Arm und ihrem linken Bein. Die Rechte ruderte im Nichts.

»Hilfe!«

Niemand würde sie hören. Im Festsaal klapperten Messer und Gabeln, klirrten Weingläser, tönten Reden. Ferne Pianomusik driftete wie Nebelschwaden an ihr vorbei.

Ihr linker Fuß kippte aus dem Turnschuh. Ganz allmählich. Sie spürte es, und sie konnte nichts tun. Ihre Ferse löste sich unbeirrbar aus dem Schuh. Sie hörte ihn tief unten aufkommen, mit einem sachten *BAFF*. Nur ihre Zehen hielten sich noch an der Mauer, wie angedübelt.

Als sie das nächste Mal schrie, glaubte sie ein schwaches Echo zu hören. Ihr rechter Arm orgelte immer noch durch die Luft, ohne zum Wasserspeier zurückzufinden. Das Atmen tat plötzlich weh. Als hätten ihre Lungen für immer die Eingänge verschlossen.

Dann hörte sie eine Stimme. Jemand sprach, ganz in der Nähe.

»Hilfe«, keuchte Katinka. In ihren Bronchien knisterte es. Die Kraft ihres linken Armes war aufgebraucht. Sie rutschte ab. Langsam. Konnte sich selbst dabei zusehen.

»Hilfe!«

»Wo sind Sie!«

»Hier!«, schrie sie zurück, und hatte den Eindruck, ihre Stimmbänder würden zerfetzt. Ihr Fuß begann zu zittern. Mit aller Konzentration gelang es ihr, die rechte Hand wieder um den kalten Stein zu klammern.

»Hier. Am Wasserspeier. Schnell!«

In der feindlichen Nacht da oben auf dem Burghof war jemand. Hoffnung. Katinka biss die Zähne zusammen. Sie herrschte ihre Muskeln an, sie zu halten. Jemand war dort oben. Wenn es nicht derjenige war, der sie in die Tiefe gestoßen hatte, dann war es jemand, der sie retten würde. Sie schloss die Augen. Der Fuß glitt aus dem Mauervorsprung.

Aus, dachte Katinka.

Jemand griff in ihren Hosenbund. Ein Arm legte sich um ihre Schulter. Ein anderer um ihren Bauch. Noch einer um ihre Beine. Sie schrie auf.

»Wir haben Sie.«

Katinka verspürte den heißen Wunsch, sich gegen die Umklammerung zu wehren. Um sich zu schlagen. Zu toben und zu brüllen. Sie bewegte das Bein.

»Wir haben Sie. Lassen Sie los.«

Ihre Finger klebten am Wasserspeier wie angeschweißt. Die Muskeln reagierten nicht. Für die Ewigkeit hielten sie den Stein umklammert.

»Lassen Sie schon los, Palfy!«

Unter Aufbietung aller Konzentration löste sie die Finger. Schlaff fiel ihr Arm ins Nichts. Ihr Oberkörper kippte ein Stück nach unten. Sie schrie auf und hörte, wie jemand redete, Anweisungen erteilte, dann zerrte ein vielarmiges Wesen sie über die Ringmauer. Ihr nackter Bauch wurde über den Stein geschleift. Sie stöhnte vor Schmerz, als ihr Kinn gegen die Mauer schlug.

»Vorsicht. Vorsicht, Dütsch.«

Ein Arm griff unter ihre Rippen und richtete sie auf, damit sie nicht mit dem Gesicht gegen die Brüstung stieß.

Als ihre Füße den Boden berührten, spürte sie zuerst die Nässe, die den linken Socken durchdrang. Dann den Anflug von Übelkeit. Ihre Hände stießen sich ganz von selbst von der Brüstung ab. Sie taumelte und schlug um sich. Sie wollte weg. Nur weg von der Mauer und dem Abgrund.

»Katinka!« Harduin Uttenreuther ließ sie los. Er

gab dem Polizisten neben ihm ein Zeichen. Katinka sah sein rotes Haar, die schiefgerückte Polizeimütze. Urban Dütsch. Polizeiobermeister. Und der Hauptkommissar.

Der Schwindel riss sie beinahe zu Boden. Hardo fing sie auf. »Ganz ruhig.«

Er sagte etwas zu Dütsch. Der ging weg. Hardo nahm Katinka behutsam die Brille ab, verstaute sie in seiner Hemdtasche und nahm sie in die Arme. Sie hielten Katinka fest wie Stahlseile. Sie roch sein Aftershave. Ihr ganzer Körper zitterte, von der Kälte und von der Anstrengung. Der Brechreiz kam unvermittelt. Katinka riss sich los, stützte sich an der Brüstung ab und übergab sich. Geh weg, flehte sie still in Hardos Richtung. Er stand ungerührt neben ihr und hielt sie bei den Schultern.

»Schon recht. Nur raus damit. Dann ist es weg.«

Es kam ihr vor, als ginge seine Stimme einmal um sie herum. Errichtete einen Zauberkreis, der den Abgrund jenseits der Ringmauer weit wegrückte. Sie würgte und würgte, bis nur noch Galle kam. Hardo reichte ihr ein Taschentuch. Ein richtiges, eins aus Stoff. Sie vergrub ihr Gesicht darin.

»Wenn Sie hier halb nackt in der Kälte stehen, werden Sie mir noch krank.«

Katinka sah an sich herunter. Der Pullover war bis zum BH hochgerutscht. Die Fleecejacke hing nur noch an ihrem linken Arm. Desinteressiert richtete sie ihre Sachen. Ihre Schultern taten ihr weh. Sie schaffte es kaum, in den flatternden Jackenärmel zu schlüpfen.

»Tut mir leid, dass wir Sie so zugerichtet haben.«

»Hardo«, flüsterte Katinka. »Mir ist schlecht. Mir ist so beschissen schlecht.« Ihre Stimme hörte sich ganz zerkratzt an.

»Ich weiß. Das ist normal.« Er legte ihr seine Lederjacke um.

Sie spürte seine Wärme, als sie sich an ihn lehnte. Ihr eigenes Dasein kam ihr kalt, erstarrt und steinhart vor.

»Hören Sie, Katinka. Je schneller Sie mir sagen, was hier passiert ist, desto schneller können wir einschreiten.«

Er wartete einen Moment ab.

»O.k.«, flüsterte Katinka. Sie drehte sich um und sah auf die Stadt hinunter. Da waren sie noch, die gelben Lichter, das Leben, wenigstens das elektrische. Verschwommen, weil die Lichtstrahlen schon vor ihrer Netzhaut fokussierten. Aber egal. Sie selbst war noch da. Gerade noch.

»Wieso sind Sie eigentlich hier?«, fragte sie müde.

»Hasseberg hat die Polizei angerufen, weil ein ungebetener Gast die Hochzeit seines Sohnes aufmischen wollte.« Hardo lachte trocken. »Der Diensthabende hörte den Namen Palfy und schob mir diese Info zu. Er wusste nämlich, dass ich neulich … Sie wissen schon … mit Ihrer Anzeige zu tun hatte.«

Katinka starrte in das Schwarz hinaus.

»Hat Sie jemand gestoßen?«, fragte Uttenreuther.

Katinka wollte antworten, aber es ging nicht. Sie öffnete den Mund und schnappte, lautlos wie ein Fisch.

»Hat Sie jemand gestoßen«, wiederholte der Kommissar.

»Ja.« Ein dicker Klumpen aus Tränen und Rotz wollte raus.

Verzerrt sah sie vor sich Hardos Gesicht. Über sein Sprechfunkgerät bat er ein paar Kollegen an die Ringmauer.

»Die werden jetzt nach Spuren suchen«, sagte er.

»Hier sind allerlei Abdrücke, Ihre, aber auch die von Dütsch und mir. Wir müssen sehen, dass wir aufnehmen, was noch aufzunehmen ist.«

»Ich will niemanden sehen«, flüsterte Katinka. »Bitte, ich will niemanden sehen.«

»Kommen Sie.« Er nahm sie am Arm und führte sie ein Stück weg.

Sie hätte sich hier gerne neben den Palas gelegt, im Schatten des Brunnens, um einzuschlafen. Ihr fiel auf, dass kein Klavier mehr spielte. Besser, jetzt gleich mit Hardo reden, es hinter sich bringen. Dann würde sie mit dem Vergessen anfangen können.

»Jemand hat mich gestoßen«, begann sie. »Ich wollte bei der Hochzeit kiebitzen, aber der Security-Mensch hat mich nicht reingelassen. Die zwei Hassebergs tauchten auf und jagten mich zum Teufel.«

»Aber Sie sind im Burghof geblieben.«

»So ungefähr«, gab Katinka zu. »O.k., ich weiß, es war saublöd. Aber ich konnte doch nicht ahnen ... dass mich jemand umbringen wollte. Ich kann nicht mal sagen, warum ich zurückgeschlichen bin, das müssen Sie mir glauben, bitte.« Sie bemerkte, wie ihre Stimme immer schriller wurde, und schämte sich dafür.

»Ich glaube es.«

»Sie sind sauer, oder?«

Hardo drückte Katinka an sich. »Ich bin nicht sauer. Ich bin völlig mit den Nerven runter. Wenn ich mir vorstelle, ich hätte Ihre Überreste in den Blechcontainer löffeln müssen ... Verdammt, man muss Ihnen hinterherlaufen wie einem Welpen!«

Sie wartete auf eine Moralpredigt über Risiken und Unvernunft. Nichts. Er hielt sie nur fest. Spielte Windschutz gegen die Böen, die an ihren Haaren rissen.

»Ich habe wohl einen Schutzengel gehabt.«

»Das glaube ich auch.«

Vielleicht Ida, dachte Katinka.

»Ich ging hier hinten um den Palas herum, träumte vor mich hin. Schaute auf die Stadt. Als ich an der Brüstung stand, hörte ich … ein komisches Geräusch. Und dann hat mich jemand gestoßen.«

»Mit beiden Händen?«

»Ja.«

»In den Rücken?«

Katinka nickte. Hardos Umarmung wurde fester. Tränen wollten mit Macht raus. Sie biss sie weg.

»Und was für ein Geräusch war das?«

»Wie … ein Saugen. Ein Schmatzen. Irgendwie … glitschig.«

»Schuhe im Matsch?«

»Vielleicht.«

»Hat der Täter etwas gesagt? Haben Sie seine Stimme gehört?«

Katinka verneinte.

»Irgendwas gesehen?«

»Nichts.«

»Keinerlei Hinweise auf irgendjemand? Nicht den klitzekleinsten? Irgendetwas, das den Mann identifizieren könnte?«

Ein paar Tränen rannen Katinkas übers Gesicht. Sie wischte sie weg. »Nein!«

Ihr linker Fuß war nun völlig gefühllos. Ihre Zähne schlugen aufeinander. Selbst Hardos Jacke hielt sie nicht warm.

»Gut. Gut, Katinka.«

Er redete irgendwas, während sie sein Hemd vollweinte. Dann brachte er sie zu einem der Polizeiwagen.

Er stellte den Motor an und die Heizung auf höchste Stufe.

»Hören Sie, Katinka. Ich werde hier noch gebraucht. Am besten rufe ich Ihren Freund an, damit er Sie abholt.«

»Ich habe mein Fahrrad …«

Aus Uttenreuthers grauen Augen schossen gleißende Fontänen wie bei einem Feuerwerk. »Ihnen ist nicht mehr zu helfen«, sagte er. Er musterte sie angespannt, während er in seine Hemdtasche griff und ihr die Brille zurückgab. Dann stieg er aus und pfefferte die Tür zu.

Sie hörte ihn telefonieren. Jemand brachte ihr einen Kaffee. Katinka nagte an dem Becher und blickte über den Burghof. Kathrins und Philipps Hochzeitsfeier war definitiv eine der besonderen Art geworden. Blaulichtblitze zuckten über die alten Mauern. Musik war keine mehr zu hören. Sie ahnte, dass die Party gelaufen war. Ob der Livrierte sie gestoßen hatte?

Sie trank den Kaffee aus. Er schmeckte ekelhaft, aber wenigstens war er heiß.

Im Rückspiegel sah sie Toms *Fiesta* vorfahren. Er bremste das Auto direkt vor der Brücke und stürmte in den Burghof. Uttenreuther trat ihm in den Weg. Tom gestikulierte aufgeregt. Das ist Endzeit, dachte Katinka. Ab jetzt rückt er von der Gefährlichkeitsthese nicht mehr ab. Sie kurbelte das Fenster ein Stück herunter. Sofort brauste der Wind herein. Toms aufgewühlte Stimme wehte zu ihr herüber. Er redete auf Hardo ein. Sie musste sich nicht sonderlich anstrengen, um Wörter wie ›Risiko‹ und ›Irrsinn‹ aufzuschnappen. Dann hörte sie den Kommissar: »Ich an Ihrer Stelle würde mich glücklich schätzen!«

Katinka sah ihn zum Rittersaal davonstapfen. Ihr Magen krampfte sich zusammen. Sie kletterte aus dem Polizeiwagen.

»Na, Meisterdetektivin?«, empfing sie Tom.

Verdammung ist ein Wort, das wir wie so vieles den Römern verdanken.

Die kannten ›damnare‹, welches ›verurteilen‹ bedeutet. Meine Gedanken kreisen um die Frage, ob ich verurteilt bin oder verdammt. Beide Wörter kann man mit einem ›zu‹ ergänzen: Verdammt zur Einsamkeit, verurteilt zur Grübelei. Verdammt zum Leben in einer Höhle aus Erinnerung, die gepanscht ist mit einer Fata Morgana aus der Flasche, in der der berühmte Geist gewohnt hat. Eigenartig, dass Richter verurteilen, aber auch Mitmenschen, dass Gott verdammt, aber auch Mitmenschen dasselbe tun. Verdammen sie uns zur Einsamkeit, zur Selbstverachtung, dann fühlen sie sich stark. Sie verurteilen alle unsere Taten und Meinungen, bis wir beginnen, uns selbst auf einem Hackblock zu stutzen, um das Verurteilenswerte an uns zu entfernen. Ich denke viel über die Hoffnungslosigkeit von Strafen nach. Wem haben Strafen je genützt, außer dem archaischen Hass in unseren Seelen?

15. Depression und ein Schutzgeist

Katinka lag im Bett. Sie hörte die Türklingel, aber sie zog sich die Decke über den Kopf. In den letzten Tagen erlebte sie etwas völlig Neues, das es in ihrem bisherigen Leben nicht gegeben hatte, eine Art innere Versteinerung. Nachts stürzte sie wieder und wieder kopfüber in einen schwarzen Tunnel und ruderte mit den Armen, bis sie Tom auf die Nase schlug, und er sie weckte. Dann lagen sie beide lange wach beim Schein der Nachttischlampe und redeten. Einfach über irgendwas, nur um die morbiden Gedanken im Kopf durch Belanglosigkeiten zu überlagern.

Sie betrachtete ihre zerschundenen Hände. Die abgesplitterten Fingernägel hatte sie ganz kurz geschnitten und einige der aufgesprungenen Stellen mit Zinksalbe eingecremt und verpflastert. Ihre Schulter tat ihr immer noch weh. Wenn sie sich im Schlaf nach rechts drehte, wachte sie von dem stechenden Schmerz auf.

Britta war zu Besuch gekommen, um sich zu verabschieden, bevor sie nach Florenz fuhr, und hatte allerlei fiebriges Zeug von sich gegeben, aber Katinka hatte sich nicht besonders für sie und ihre Aufregung interessiert. Diese Indifferenz wiederum machte sie traurig. Sie quatschte sonst stundenlang mit Britta. Sie würde auch gern ihre Vorfreude auf die Reise teilen. Doch nun fühlte sie sich eingelullt in eine überdimensionale Gleichgültigkeit. Draußen drückte die spätnachmittägliche Dunkelheit gegen das Fenster. Presste die Handflächen dagegen und glotzte zu Katinka herein.

Tom schob seinen Kopf ins Schlafzimmer:

»Kat the Catey, dein Kommissarskollege ist da.«

Katinka stöhnte. Wenigstens sagte er nicht ›Kommissarsfreund‹. Ihr Magen zog sich zusammen.

»Was will er?«

»Fragen, wie es dir geht, vermute ich. Nachdem du nie den Telefonhörer abnimmst oder mich mit dem Telefon in der Hand wieder davonjagst … Außerdem hat er dein Fahrrad im Kofferraum.«

»Komme.«

Katinka kämpfte sich aus dem Bett. Ihr linker Fußknöchel war geschwollen. Sie musste unmittelbar vor dem Sturz über die Brüstung umgeknickt sein. Trotz Toms Drängen weigerte sie sich, zum Arzt zu gehen. Tom versuchte es mit Quarkwickeln. Katinka fühlte sich schofel, als sie daran dachte, wie rührend Tom sie umsorgte. Ihr war ganz und gar nicht klar, wie sie seine Fürsorge zurückgeben sollte, und er sagte wieder und wieder, dafür seien sie doch zusammen. Um füreinander da zu sein. Wahrscheinlich machte sie sich komplizierte Gedanken, wo nur stille Akzeptanz vonnöten wäre. Durch den Sturz und die Rettung in letzter Sekunde schien ihr, als sei ihr ganzes Leben auf den Kopf gestellt worden. Alles kam durcheinander, wie in einem schlampig gepackten Koffer, den man in alle Richtungen schüttelte, bis nichts mehr an dem Platz steckte, wo es zuvor gewesen war. Ein schlichtes, nichts sagendes Chaos. Dieses Gefühl war so übermächtig und bedrohlich, dass sie es vorgezogen hätte, überhaupt nichts mehr zu fühlen. Kurz dachte sie an Grit und Ida und an ihren Unfall. Ob sie genauso empfunden hatten? Ida konnte sie nun nicht mehr fragen.

Sie zuckte vor Schmerz zusammen, als sie aufstand.

In der Küche saßen Hardo und Tom in trauter Einigkeit, tranken Kaffee und aßen Kuchen.

»Hallo.«

Katinka erschrak über ihre eigene Stimme. Sie klang schlaff und müde. Irgendwo tief drinnen hoffte sie, alles würde sich einrenken und sie würde zu ihrer alten Form finden.

»Katinka«, sagte Hardo. Aus den Augenwinkeln sah sie Toms Grinsen. Sie wusste nicht einmal, wie Hardo ihrem Freund den Sturz erklärt hatte. Er musste die ganze Geschichte jedenfalls in einen sehr überzeugenden Plot eingekleidet haben, denn Tom hatte kein einziges Mal über die Gefährlichkeit ihres Jobs lamentiert. Das war neu.

Sie setzte sich mit an den Tisch. Die Stille erschreckte sie und legte sich um sie wie Metallspangen.

»Ich bin gekommen, um meine Jacke abzuholen«, sagte Hardo schließlich mit einem Lächeln, das von einem Mundwinkel zum anderen hopste und dann verschwand. »Allmählich ist es doch zu kalt, um«, er wies aus dem Fenster, »ohne zu gehen.«

»Ich habe gar nicht mehr dran gedacht«, sagte Katinka schnell. Ihr fiel auf, dass er über seinem üblichen karierten Hemd einen marineblauen Troyer trug. Sie stellte sich vor, wie in seinem Kleiderschrank ein ganzer Trupp Holzfällerhemden und Jeanshosen in Habachtstellung ausharrte. »Tut mir echt leid.«

Er warf zwei Handvoll von irgendetwas Unsichtbarem über seine Schultern, wie um zu sagen, halb so wild, sei's drum. Aus einer Plastiktüte fischte er ein Buch. »*Dr. Erich Kästners Lyrische Hausapotheke.* Vielleicht mögen Sie das.«

»Dankeschön«, sagte Katinka überrascht. Sie nahm den Band und blätterte. Die Buchstaben klebten wie zerdrückte Stechmücken auf den Seiten. Unsicher tastete sie nach ihrer Nase und vermisste die Brille.

Er winkte ab. »Interessiert Sie das Ergebnis der Spurentechniker?«

»Schon«, gab Katinka zu. Sie atmete tief durch und griff nach der Kaffeekanne. »Schießen Sie mal los.«

Es war anstrengend, Interesse zu zeigen, aber vielleicht wurde wieder Gewohnheit daraus. Sie wollte es wissen, sie wollte es nicht wissen, zu gleichen Teilen. Somit war es unerheblich, ob sie sich für oder gegen die Information entschied.

»Außer Ihren Abdrücken«, er hob eine Plastiktüte hoch, in dem Katinkas linker Schuh schwebte wie ein Goldfisch im Beutel der Zoohandlung, »und denen von Dütsch und mir haben wir noch Abdrücke von Turnschuhen gefunden. Der Boden war durch den Regen ja ziemlich aufgeweicht.«

»Was für Abdrücke?«, fragte Katinka.

Sie angelte sich ein Stück Herrentorte. Tom hatte sie selbst gebacken.

»Größe 40.«

Katinka bremste die Gabel, die das erste Stück Kuchen zum Mund führen wollte.

»40?«

»Wundert Sie das?« Es klang interessiert.

Katinka legte die Kuchengabel auf ihren Teller.

»Ziemlich … klein.«

»Das ist genau Ihre Größe«, sagte Uttenreuther.

Tom stand auf und setzte neues Kaffeewasser auf.

»Eben«, sagte Katinka. »Welcher Mann hat schon Größe 40.«

»Sie haben mit einem Mann gerechnet?«

»Ich weiß nicht«, sagte Katinka und sah Toms Bewegungen zu. Ganz ruhig spülte er die Glaskanne, reinigte den Stempel, gab frisches Kaffeepulver hinein.

»Der Stoß fühlte sich so kraftvoll an. Ich weiß nicht recht, wie ich es ausdrücken soll.«

Sie vertilgte das Stück Herrentorte und legte die Gabel wieder weg. Mit einem Küchentuch wischte Tom ein paar Kaffeekrümel fort.

»Wenn ich mir den Moment noch mal genau vorstelle«, sagte sie, »dann fühle ich einen Stoß, der ...« Sie brach ab. Hardo sah sie ruhig an. In seinem Gesicht sammelte sich die Spannung. Tom goss das brodelnde Wasser in die Glaskanne.

»Derjenige, der mich gestoßen hat«, sagte Katinka, »hat das ganz entschieden getan. Keine Sekunde gezögert. Wie ein Karatekämpfer vielleicht, der voller Konzentration darangeht, einen Stapel Ytong-Platten zu zertrümmern.«

»Und das traust du bloß einem Mann zu«, kam es belustigt von Tom.

»Vergiss es«, sagte Katinka und versuchte ein Grinsen. »Ich kann es mir für Hasseberg vorstellen, für den Türwächter, aber ...« Sie nahm sich ein neues Stück Kuchen.

»Philipp Hasseberg?«, fragte Uttenreuther. Katinka kam es vor, als hielte er in Lauerstellung inne.

»Nein.«

»Weshalb nicht?«

»Er ...« Katinka verstummte. Tom drückte den Stempel der Kaffeekanne nach unten. »Er wirkte so komisch. Nicht willenlos. Aber matt.«

»Hochzeiten scheinen anstrengend zu sein, oder?«, fragte Tom.

»Sind sie«, erklärte Hardo. »Ich weiß, wovon ich rede.«

Katinka schob Tom ihre leere Tasse hin.

»Ich kann es nicht erklären, aber irgendwas sorgt dafür, dass ich mir Philipp als … als denjenigen, der mich gestoßen hat, nicht vorstellen kann.«

Sie schwieg. Harduin Uttenreuther gab nach langen Jahren der Erfahrung in der Ermittlungsarbeit den Intuitionen eine gewisse Chance. Er wartete, dass Katinka noch irgendetwas hinzufügte, so schien es ihr, aber sie aß ihren Kuchen und dachte nach.

»Sicher haben Sie die Trägerinnen von Schuhgröße 40 schon ausfindig gemacht?«

»Es waren 121 Gäste eingeladen, gekommen sind 118. Dann noch die Bedienungen, die Küchenleute. Insgesamt kommen wir auf knapp 30 Personen mit Schuhgröße vierzig. Fast alle Frauen, aber auch ein erwachsener Mann und zwei Youngsters, 12 Jahre alt. Ich frage mich, wo die hinwachsen werden.«

»Wer ist der Mann?«

»Ein Kollege von Philipp. Er kommt als Täter kaum in Frage, denn er hat einen eingegipsten Arm, inklusive der Hand. Karpaltunnelsyndrom, er wurde operiert. Sie sagten, dass Sie zwei Hände gespürt haben, richtig?«

Katinka nickte. »Und die beiden Jungs …«

»… können wir erstmal ausschließen. Es ist allerdings interessant, dass sowohl die Braut als auch Grit Faber Schuhgröße 40 haben …«

Katinka zuckte zusammen.

»Mit Verlaub, aber die Braut stößt Katinka über die Ringmauer?« Tom schüttelte den Kopf. »Kann ich mir nicht vorstellen.«

»Und die Schuhe …«, begann Katinka.

»Eben«, sagte Uttenreuther. »Die Schuhgrößen sagen uns das eine, aber die entsprechenden Schuhe haben wir nicht gefunden. Es waren Turnschuhe. Das Modell kennen wir auch. Eine neue Variante von *Nike*. Teuer.«

»Die Braut hat vermutlich keine Turnschuhe getragen«, sagte Katinka und versuchte zu lachen.

»Niemand trug Turnschuhe außer einer Frau, die in der Küche aushilft. Sie hat Größe 40, aber eine andere Marke an den Füßen gehabt. Eine billige.«

»Also muss der Täter oder eben die Täterin die Schuhe gewechselt haben, mich gestoßen und wieder andere Schuhe angezogen haben«, sagte Katinka. Es war ihr mit einem Male, als spräche sie über ein Ereignis, das nichts mit ihr selbst zu tun hatte. »Und die Corpus-delicti-Latschen hat er oder sie versteckt.«

»So ist es logisch«, sagte Uttenreuther. »Aber wir haben die Burg abgegrast und keine Turnschuhe gefunden.«

Katinka betrachtete ihre schrundigen Finger. Sie zwang sich, nicht an den Hautfetzen herumzuzupfen.

»Wir haben gecheckt, wer von den Gästen und vor allem aus der Familie Hasseberg eine Zeit lang nicht gesehen wurde. Roland Hasseberg hielt eine ganz kurze Rede. Danach wurde nach einer Pause der Hauptgang serviert. Philipp ging herum und redete mit diesem und jenem. Er wurde beständig gesehen.«

»Das ist verdächtig«, sagte Tom. »Alle denken, sie hätten ihn gesehen, dabei hatte er zwischen den Plaudereien genug Zeit, rauszuschleichen und …«

»Nur, dass er nicht Größe 40 trägt«, sagte Hardo. »Hasseberg senior hat den Raum angeblich auch nicht verlassen. Ganz Platzhirsch stob er von Unterhaltung zu Unterhaltung, von Grüppchen zu Grüppchen.«

»Und Grit?«, fragte Katinka. Sie fühlte sich schwach und jämmerlich.

»Ihr Freund sagt, sie hätten die ganze Zeit nebeneinander gesessen und über die Gäste gelästert.«

Katinka schüttelte den Kopf. Das sah Grit ähnlich, aber eben nicht Norbert Einwag. Sie vergegenwärtigte sich seine Frustration. Wieder sah sie das Bierglas vor sich, das in einem hübschen Bogen im Burggraben verschwand.

»Katinka«, sagte Hardo, und sie fragte sich, ob er sie deshalb nicht beim Nachnamen nannte, weil Tom dabei war, »Sie haben in der Familie Hasseberg etwas ausgelöst, in Bewegung gesetzt, und nun rattern die Schusser über die Murmelbahn.«

»Was meinen Sie damit?«

»Jemand denkt, dass Sie Bescheid wissen.«

»Wer Ida Schenck umgebracht hat, meinen Sie?«

Toms Augen wurden ganz rund: »Sie denken, der Mörder ist in der Familie Hasseberg zu finden und er fühlt sich von Katinka entlarvt?«

»Offenbar.«

»Dann kann es nur Grit gewesen sein, wenn sie Schuhgröße 40 trägt, als Einzige in der Familie«, dachte Katinka laut nach. »Ich glaube, es wäre aufgefallen, wenn die Braut in ihrem Traum aus Tüll für eine Weile im Burghof verschwunden wäre.«

»Das leuchtet erstmal ein«, sagte Tom.

»Wir haben das Testament eingesehen«, sagte Uttenreuther weiter. »Grit Faber bekommt die Villa inklusive einer erheblichen Summe vom Geldvermögen. Sieglinde Unruh erbt ebenfalls einen beträchtlichen Teil, Geld, das als Wertpapiere und Schuldverschreibungen angelegt ist. Philipp kriegt ein paar Teppiche. Anscheinend was

Wertvolles.« Uttenreuther schnaubte. »Der Neffe geht auch nicht leer aus. Schenck hat ihm Bilder vermacht, von denen ich allerdings annehme, dass sie nicht viel wert sind.«

»Meinen Sie, Ida hat das aus Bosheit gemacht?«, fragte Katinka. »Um Hasseberg eins auszuwischen?«

»Ich könnte es mir vorstellen. Vielleicht nicht aus Bosheit. Sagen wir, sie war kaltschnäuzig. Wir haben die ganze Familie in die Mangel genommen. Doch was uns fehlt, ist ein plausibles Motiv. Die Tante wegen des Erbes umzubringen passt nicht zu einer Familie, die selbst außerordentlich begütert ist.«

»Und was ist mit Alina Faber?«

»Sie bekommt nur wenig, weniger als Sieglinde Unruh.«

»Erstaunlich«, murmelte Katinka.

Uttenreuther sah aus dem Fenster in die schwarze Nacht. Vishnu strich um seine Füße.

»Ob sich Philipp ärgert, dass seine kleine Schwester mit den Flausen im Kopf das Haus bekommt?«, fragte Katinka. Die Worte verklangen in der stillen Küche. Sie schwiegen, lauschten der Küchenuhr. Vishnu kratzte an Uttenreuthers Stuhl. Er beugte sich runter und packte den Kater am Genick. Ungewöhnlich genug, dass Vishnu sich so anbiedert, dachte Katinka. Behaglich streckte er sich auf dem Schoß des Hauptkommissars.

»Fahren die beiden Frischvermählten nicht in die Flitterwochen?«, wollte Tom wissen.

»Nein. Es gibt auch romantischere Jahreszeiten für so was.« Uttenreuther langte nach einem weiteren Stück Torte.

»Endlich mal jemand mit Appetit«, sagte Tom grinsend. »Meine Liebste hat in den letzten Tagen ja beinahe die Nahrungsaufnahme verweigert.«

»Oder Fernreisen«, gab Katinka zu bedenken. Allmählich dröselte sich die Motivlage in ihr auf. Jemand aus der Familie Hasseberg, mit dem sie bereits gesprochen hatte, war Idas Mörder. Und er oder sie fühlte sich ertappt, sah in Katinka eine Gefahr, und hatte die Gelegenheit, sie auszuschalten, beim Schopfe ergriffen. Sieglinde Unruhs Orakel kam ihr in den Sinn. *Wenn ich die Zeichen richtig deute, haben Sie sich schon mit der Familie Hasseberg angelegt, und Sie werden die Quittung bekommen, verlassen Sie sich drauf.* Doch es blieb immer noch bei der Frage, wer Ida getötet hatte. Und warum.

»Alina kann es nicht gewesen sein«, sagte Katinka. »Sie nicht.«

»Schmonzes«, sagte Uttenreuther. »Natürlich kann sie. Sie hat sogar ein überzeugendes Motiv.«

»Nämlich?«

»Klar wie Kloßbrühe«, mischte sich Tom ein. »Das wäre doch der Kniff, dich zu engagieren, um herauszufinden, wie viel du eigentlich weißt. Schließlich warst du in der Mordnacht bei Ida.«

Katinka zog den Kopf ein. Das klang ihr absolut logisch. Da wäre ich ja wirklich schön reingerasselt, dachte sie. Aber warum sollte Alina Faber Ida umgebracht haben?

Sie fragte laut. Die beiden Männer zuckten die Achseln.

Dann tauchte der Lockenkopf von Norbert Einwag vor ihr auf. Sie erzählte, wie sie ihn auf der Brücke getroffen hatte. Wie das Pilsglas in den Burggraben gesegelt war.

»Was denkt ihr?«

Tom schenkte Kaffee nach. Hardo starrte in die Ferne. Vishnu sprang von seinem Schoß. Keiner sagte etwas.

Katinka blinzelte durch die leergegessenen Kuchenteller hindurch. Plötzlich regte sich etwas in ihr. Ein Gefühl, das ihr während der letzten Tage abhanden gekommen schien. Hunger. Oder eher Appetit. Appetit auf etwas Deftiges.

»Sollen wir nicht was essen gehen?«, fragte sie.

Tom sah sie an mit Augen, fast so viereckig wie die Schnauze eines alten Volvo.

»Guck nicht so«, bat sie.

Hardo grinste.

»Ich werd nicht mehr«, sagte Tom. »Meine Freundin hat Hunger. Ich habe ja schon damit gerechnet, sie über kurz oder lang mit Astronautenkost ernähren zu müssen. O.k., super, gehen wir runter zum Nonno und zu Augustina und bestellen wir eine Pizza *Vier Jahreszeiten* für die Frau Detektivin.«

Tom und Katinka waren Stammgäste in der Pizzeria *La Piazza* im Erdgeschoss und gut befreundet mit der Kellnerin Augustina und dem Küchenchef, den alle nur den *Nonno*, den Großvater nannten.

»Nein, ich will was anderes«, sagte Katinka. »Ich will Schnitzel.«

»Dann darf ich wohl einen Vorschlag machen«, mischte sich Uttenreuther ein. »Gute und große Schnitzelportionen gibt's in der *Brasserie* am Pfahlplätzchen.«

»Na, dann los«, sagte Tom. Während er im Schlafzimmer nach seinen Schuhen suchte, sagte Katinka:

»Hardo, ich habe mich noch gar nicht bedankt. Dass Sie mich von der Ringmauer gepflückt haben.« Es fühlte sich sehr seltsam an, genau das zu sagen. Sie spürte die Röte in ihr Gesicht fluten.

»Gern geschehen«, sagte Hardo und nickte ihr zu. »Machen Sie sich keine Gedanken.«

»Doch«, sagte Katinka. »Immerhin …«

»Klappe!« Er grinste. »Ich möchte nicht noch mal in Gedanken durchspielen, dass Sie die zwanzig Meter heruntergeflattert wären und wir die Reste dann hätten zusammenkratzen müssen. Tatsächlich gehe ich lieber mit Ihnen essen als zu Ihnen auf den Friedhof.«

Sein Tonfall war flapsig, aber Katinka sah das Dunkle in seinen Augen. Sie kaute auf ihrer Unterlippe. Tom kam zurück.

»Gehen wir?«

Die kalte Luft tat gut. Katinka ließ sich von Schritt zu Schritt zuversichtlicher mitziehen. Ihr Fuß tat weh, doch es war auszuhalten. Sie würde ihn nachher hochlegen.

Dünn stand der Mond am Himmel. Eigentlich nur ein Streifchen von ihm, ein schmales Stück, wie ein abgeschnittener Fingernagel. Der Wind peitschte Wolken über die Stadt, schnell wie im Zeitraffer. Es wurde kalt in den Nächten. Niemand war unterwegs. Kein Wunder, dass Hardo seine Jacke hatte wiederhaben wollen, dachte Katinka. Sie musste grinsen. Er stapfte vor ihnen her, die Hände tief in die Taschen vergraben. Tom hatte den Arm um Katinka gelegt. Sie war froh drum, wenigstens heute.

Sogar die Altstadt lag wie ausgestorben. Wir müssen uns noch an diesen Wind gewöhnen, dachte Katinka. Sie war froh, zwischen den Häusern die Altenburg nicht sehen zu können. Ohnehin kam die Erinnerung viel zu oft ungebeten angeschwirrt. Nur positiven Input zulassen, mahnte sie sich. Die Autoren von Lebensberatern behaupteten, wer so seine Erlebnisse filterte, würde nur noch positive Dinge erleben. Sie hörte das Plätschern des Leschenbrunnens und wusste nicht recht, ob sie daran glauben sollte. Für einen Moment bremste sie ab. Tom wartete, während sie in die Grube hinunterblickte, wo das Wasser aus der Wand schoss und in das kleine Becken rauschte. Dann schlossen sie schnell auf. Hardo war schon fast am Eingang zur *Brasserie*. Katinka warf einen letzten Blick auf die Mondsichel. Dann schrak sie zusammen.

»Da ist sie ja«, flüsterte sie. Sie deutete auf die Fassade rechts von ihnen.

»Hm?«, fragte Tom.

»Die Fratze.« Katinka saugte ihre Unterlippe ein und biss so fest darauf, wie sie es gerade noch aushalten konnte. Nur nicht der Panik nachgeben. Nicht jetzt. Dazu war später Zeit.

Sie wies auf die Fassade und sagte:

»Siehst du die Fratze da, die Zweite von links?«

Tom blinzelte. Es war ziemlich dunkel, und der zweifellos als Schutzgeist intendierte Zungenstrecker war schwer zu erkennen.

»Hardo?«, rief Katinka.

Uttenreuther, der die Speisekarte studiert hatte, drehte sich um.

»Ich glaube, ich habe die Fratze entdeckt.«

Harduin Uttenreuther kam näher. Er sah an dem Haus hoch.

»Tatsächlich«, sagte er. »Das ist also die Visage, die …«

Er schwieg.

»Erklärt mir auch mal einer was?«, fragte Tom.

»Gleich.« Hardo zückte sein Handy und richtete das Kameraauge auf die Fratze.

»Das wird nichts. Zu dunkel«, wandte Katinka ein.

»Nur als Gedächtnisstütze.«

Er knipste. Katinka verlagerte ihr Gewicht auf den gesunden Fuß. Der Schmerz vom Knöchel fuhr ihr plötzlich durch das Bein hinauf bis zur Hüfte. Sie erinnerte sich an Alina Fabers Adresse. Pfahlplätzchen. Sie sah sich um. Hassebergs Ex-Frau musste gleich hier neben dem *Haus zum Krebs* wohnen. Sie öffnete den Mund, schloss ihn wieder. Es konnte einfach nur Zufall sein. Weshalb sollte Alina Faber ein Foto dieser Fratze an Idas Tür und das Fenster ihrer Detektei kleben? Nur, weil sie dem Maulaufreißer vermutlich täglich beim Gang aus der Haustür begegnete?

Aber wieso sollte irgendjemand das tun, überlegte Katinka.

Sie hakte sich bei Tom ein und humpelte zur *Brasserie* hinüber.

Das Lokal war brechend voll. Es wurde irgendein Fußballspiel übertragen. Die Gäste kommentierten lärmend die Vorberichterstattung.

Sie quetschten sich an das obere Ende eines Tisches zu einer Gruppe von Männern in den Zwanzigern, die Bayern-München-Fanschals um ihre Hälse geschlungen hatten und Bierkrüge umklammert hielten.

»Kriegen wir was zu essen?«, signalisierte Tom der Bedienung. »Dreimal Wiener Schnitzel. Und drei *Schlenkerla*. Ist doch o.k., oder?«

»Sicher«, sagte Hardo.

»Schon«, begann Katinka. »Aber …«

»Das Schnitzel in Wien ist ungeschlagen, das weiß ich, dagegen ist ja nichts einzuwenden. Wenn ich einen Privatjet hätte, würde ich dich direkt zu Figlmüller in die Wollzeile bringen, aber so müssen wir's halt in Bamberg essen.«

Katinka sah Hardo grinsen. Er blickte kurz auf, begegnete ihrem Blick und spielte dann auf seinem Handy herum. Wahrscheinlich sinnierte er über das Foto, das er von der Fratze geschossen hatte.

»Zum Wohl.« Das Bier kam. Sie tranken. Tom legte seine Hand locker auf Katinkas Oberschenkel.

»Bevor das Essen kommt«, sagte Hardo und drehte dem Fernsehgerät den Rücken zu, »würde ich gern noch die Sachlage besprechen. Natürlich nur, wenn ich bei Ihnen auf Interesse stoße.« Er blickte zuerst Tom, dann Katinka in die Augen.

»Klar«, sagte Tom.

»Schon«, sagte Katinka rasch. Ein fieses kleines Reptil in ihr wehrte sich und wollte nie mehr wieder mit Verbrechen, Polizei und Ermittlungen zu tun haben. Da war aber auch noch etwas anderes, wie ein Locken, ein Zwitschern. Sie spürte, dass diese Krise zu überwinden war und sie hatte den starken Verdacht, dass Hardo heute gekommen war, um sie aus dem Loch zu ziehen. Er scheint diese Zustände zu kennen, dachte sie, in denen man alles, was man bisher getan hat, für umsonst und sinnlos hält und davonkriechen möchte, am liebsten in die urzeitlichste und dunkelste Höhle am Platz.

»Wir haben zwei Verbrechen«, begann Hardo. Die dunkelbraune Flüssigkeit in seinem Bierglas nahm rasch ab. »Den Mord an Ida Schenck und den Anschlag auf Katinka Palfy.« Er schwenkte sein Bierglas, trank es leer und winkte der Bedienung damit.

Ich kann nichts dazu sagen, dachte Katinka, auch wenn er zwischendurch so lange den Mund hält, dass meine Zunge fast von selbst anfängt zu reden. Aber mir fällt nichts ein.

»Zuvor haben wir noch die Spukereien auf Schencks Grundstück. Wir können annehmen, dass der Mörder und der Geist identisch sind.«

»Ja, auf alle Fälle«, sagte Katinka. Das altbekannte Surren der Kontrollwespe mit ihren heimtückischen Suggestionen setzte ein. Lass die Finger davon, zischte sie. Du willst doch gar nicht mehr. Vergiss es einfach.

»Katinka Palfy hat während ihrer Ermittlungen offensichtlich etwas in Erfahrung gebracht, was dem Mörder riskant vorkommt. Er hat die Gelegenheit auf der Altenburg genutzt, die Detektivin zu beseitigen. Gelungen ist es ihm Gott sei Dank nicht. Das wäre die erste Theorie.«

Hardos zweites Bier kam. Neben ihnen brausten die Fans auf. Ein Spieler hatte eine todsichere Torchance verpasst.

»Die zweite Theorie wäre, dass Katinka kurz davor steht, die entscheidende Information zu ergattern.«

»Ich habe mich etwas gefragt, die ganze Zeit schon«, begann Katinka. »Warum hat er – oder sie – mich nicht … ich meine …« Sie räusperte sich. »Also. Ich hing an dem Wasserspeier. Er – oder sie – hatte die Möglichkeit, einfach auf meine Hände einzuprügeln. Der Wasserspeier liegt nur einen knappen Meter unterhalb der Brüstung. Dachte er, ich würde auf alle Fälle runterstürzen? Er musste doch damit rechnen, dass ich alles versuche, um am Leben zu bleiben. Dass ich schreie. Dass ein Hochzeitsgast auf den Burghof kommt, um frische Luft zu schnappen.«

Sie spürte, wie Tom ihr Knie drückte.

»Er könnte gestört worden sein«, gab Hardo zu bedenken. »Ein Mensch, der über einem Abgrund baumelt, entwickelt immense Kräfte. So schnell lässt sich eben niemand vernichten.«

»Denken wir mal weiter. Wenn also Idas Mörder mich gestürzt hat«, sagte Katinka, »dann war Idas Mörder kein Mann. Oder es war einer mit Schuhgröße 40. Und wen sollte ich durch meine Ermittlungen aufgeschreckt haben? Ich habe nur mit der Familie gesprochen.«

»Ich denke jedenfalls«, sagte Hardo, »dass dieses Natterngezücht von Familie schon ausreicht, um genügend Verdächtige zu liefern.«

»Könnte die Person, die Katinka gestoßen hat, auch größere Füße haben, sich aber als Tarnung in kleinere Turnschuhe gequetscht haben?«, fragte Tom.

»Eben«, rief Katinka. Sie bestellte sich auch ein zweites Bier. »Turnschuhe sind weich. Man kann sogar die Ferse runtertreten.«

»Ich habe daran gedacht. Meine Leute meinen, dass tatsächlich jemand mit größeren Füßen die Schuhe getragen haben könnte. Der Boden war durch den langen Regen aufgeweicht. Dadurch sind sowieso alle weit in den Matsch eingesunken.«

Katinka erinnerte sich mit Schaudern daran, wie der kalte Schlamm durch ihren Socken drang, nachdem Hardo und Urban Dütsch sie über die Brüstung zurückgezogen hatten. Sie sah in seine grauen Augen. Er erwiderte ihren Blick ruhig.

»Hat Hasseberg …?«

»Er trägt Größe 43.«

»Philipp?«

»Ebenfalls.«

»Die beiden sind mir unheimlich«, sagte Katinka. »Alles an ihnen ist identisch.«

»Ein Klon«, warf Tom ein.

»Katinka«, sagte Hardo leise. »Überlegen Sie sich mal gut, was Sie wen gefragt haben. Sie haben den Schlüssel zu dem Ganzen schon in der Hand. Irgendwas wissen Sie, ohne es zu wissen.«

Drei Teller mit Schnitzeln kamen. Endlich, dachte Katinka. Sie machte sich über das Essen her. Lebenskraft und Appetit hingen tatsächlich eng zusammen, das wurde ihr plötzlich klar. Vermutlich waren sie sogar identisch. Wie Philipp und sein Vater.

Katinka genoss ihr Essen, das Bier und die Kneipenatmosphäre. Sie drängte Ida und ihr schnelles Sterben weg, vergaß den Sturz, ignorierte das feine Pochen in ihrem verletzten Fuß. Sie sahen das Fußballspiel zu Ende an und die Nachberichte und die Kommentare. Tom regte sich unheimlich über eine Fehlentscheidung des Schiedsrichters auf.

Als sie die *Brasserie* verließen, war es fast Mitternacht. Katinka blätterte im Vorraum durch die Stapel Prospekte und Gratispostkarten.

»Guck mal«, sagte sie grinsend zu Tom. »Frisiersalon Venus – würdest du dir da die Haare schneiden lassen?«

Tom hakte Katinka unter und warf nur einen kurzen Blick auf den Flyer, den sie in der Hand hielt. Stattdessen steckte er ein paar Postkarten ein. Katinka drehte den Flyer um. Die Zeile stach ihr ins Auge wie helles Sonnenlicht. Sie erschrak bis in die Knochen.

»Ist was?«, fragte Tom.

»Mein Knöchel«, murmelte Katinka. Sie steckte den Flyer ein.

»Fahren wir mit dem Taxi zurück«, schlug Tom vor. Sie verabschiedeten sich von Hardo, der zu Fuß gehen wollte. Das Taxi war wenige Minuten später zur Stelle.

»Frierst du?«, fragte Tom.

»Hm«, antwortete Katinka. Die Nacht war kalt, der Wind pfiff unangenehm durch die Straßen. Aber das Zittern in ihrem Innern kam nicht von der Kälte, sondern von dem, was sie gerade gelesen hatte. Ganz unten, auf der letzten Seite des Flyers stand: *Layout & Satz: Sieglinde Unruh.* Kein häufiger Name, dachte Katinka. Eine Sieglinde Unruh jedenfalls hat mir verklickert, keinen Schimmer von digitaler Bildbearbeitung zu haben.

16. Der Schlamm der Erinnerung

Sie lag lange wach. In ihrem Fuß wurden Bleche plattgehämmert und Rundstücke gedengelt. Als Tom sich gegen sieben aus dem Bett quälte, stand Katinka mit ihm auf. Sie stellte sich unter die heiße Dusche. Das pladdernde Wasser auf ihren Schultern weckte zumindest das an Kräften, was sie noch nicht in den Fall Ida Schenck gesteckt hatte. Sie verband den Fußknöchel, fönte sich das Haar trocken und trank eine Tasse Kaffee. Tom nahm seine mit an den Rechner.

»Ich gehe mal kurz«, sagte Katinka.

Tom, der gerade den Scanner aktiviert hatte, starrte sie an.

»Du, Katinka«, fing er an.

»Ich weiß. Aber ich kann doch nicht in der Wohnung eingesperrt bleiben.«

»Wenn es irgendwas einzukaufen gibt, dann mache ich das.«

»Das ist lieb, Tom, aber ich will nur kurz was erledigen. Es dauert nicht lange. Ich versprech's.«

Sie ging und zog die Tür ins Schloss. Als sie ihr Rad auf die Straße schob und aufsaß, fühlte sie das Entsetzen der letzten Tage weichen. Jemand hatte ihr einen Denkzettel verpassen wollen dort oben, aber den hatte sie nun bekommen, und im Prinzip brauchte sie sich nicht mehr zu fürchten. Radfahren klappte ganz gut mit dem schmerzenden Fuß.

Als sie vor Sieglinde Unruhs Wohnungstür stand, war es kurz nach acht. Katinka drückte auf die Klingel und hob den *Fränkischen Tag* auf, der gewellt vom Regen auf der Fußmatte lag. Auf ihr zweites Läuten hin rührte sich etwas in der Wohnung. Die Tür wurde aufgerissen, und Sieglinde starrte missmutig zu Katinka heraus.

»Spinnen Sie? Was wollen Sie denn um diese Zeit!«

Sie trug einen karierten Herrenpyjama und hatte einen Schal um ihren Hals geschlungen. Ihr kurzes Haar stand in alle Richtungen ab. Katinka starrte auf ihre bloßen Füße.

»Ich habe ein paar Fragen ...«

»Na, dann kommen Sie mal rein, wenn Sie schon da sind«, knurrte Sieglinde Unruh und trat zur Seite.

Katinka ließ den Blick durch die Wohnung schweifen. Drei Zimmer, Küche, Bad. Das Schlafzimmer lag gleich neben der Wohnungstür. Sie sah das zerwühlte Bett und einen wüsten Kleiderhaufen auf dem Boden. Die beiden anderen Zimmertüren waren verschlossen. Über allem hing der Geruch von kaltem Zigarettenrauch.

»Kommen Sie schon.« Sieglinde ging an ihr vorbei in die Küche. Sie öffnete das Eisfach, knackte drei Eiswürfel in ein Wasserglas und goss sich eine gute Portion Wodka darüber.

»Denken Sie nicht, ich saufe. Aber irgendeine Kraftquelle brauche ich jetzt. Ich bin erst vor zwanzig Minuten eingeschlafen. Sie arbeiten wohl immer nur zu den genormten Zeiten, oder?« Sie nahm einen guten Schluck und fischte eine Schachtel Zigaretten vom Büffet. »Also, was wollen Sie zu nachtschlafender Stunde von mir?«

»Sagt Ihnen Frisiersalon Venus was?«

»Ja. Dort lasse ich mir die Haare schneiden. War das

alles?« Sie zog tief den Rauch ein. Der Geruch am frühen Morgen hob Katinka den Magen.

»Immer langsam.« Sie griff in die Innentasche ihrer Regenjacke und holte den Flyer hervor. Sie warf ihn auf den Tisch neben ungespülte Kaffeetassen und Brotkrümel. Ungeduldig sah sie Sieglinde ins Gesicht. Sag endlich was, dachte sie wütend.

Sieglinde schwenkte ihren Wodka. Leise klirrten die Eiswürfel, wie feines Glas, das im Schrank vibriert, wenn ein LKW vorbeifährt, dachte Katinka. Sie tippte auf die Zeile mit Sieglindes Namen. *Sorry, Mädel, aber technisch bin ich nicht gut ausgestattet*. Sieglindes Worte von neulich hallten noch in ihren Ohren.

Mit einem Klack stellte Sieglinde das Glas ab und nahm den Flyer in die Hand.

»Ist gut geworden. Finden Sie nicht?«

»Haben Sie mir nicht erzählt, dass Sie technisch schlecht ausgestattet sind?«

»Das bin ich auch.« Sieglinde grinste breit. »Für meine Zwecke.«

»Sie sind Layouterin?«

»Ich war Reisejournalistin. Wie Ida. Aber meine alten Knochen bewegen sich nicht mehr gerne auf tibetische Gipfel oder zu vergessenen Urwaldvölkern. Wenn ich heute reise, dann auf der Suche nach Luxus. Wissen Sie, was ich absolut liebe? Guten Zimmerservice. Für guten Zimmerservice könnte ich sterben. Also musste ich mir was Neues suchen, um die Finanzen zu sichern. Umsatteln ist ja in meinem Alter noch kein Problem.« Spöttisch verzog sie die Lippen.

»Warum haben Sie mir das nicht erzählt?«

»Sollte ich?« Sieglinde Unruh zog behände die Beine an und umklammerte ihre Knie. Sie wirkte locker und jugendlich. Katinka fuhr sich erschöpft durchs Haar. Ich dagegen bin ein Wrack, dachte sie. Gekapert, ausgeraubt und abgefackelt.

»Sie müssen eins wissen: In Gesprächen aller Art behalte ich die Oberhand. Und nur vor Gericht und auf hoher See ... aber den Spruch kennen Sie.«

»... sind wir in Gottes Hand«, vollendete Katinka. »Was sonst haben Sie mir verschwiegen? Umschifft? Weggelassen? Geschönt?«

»Ich habe mich Ihnen gegenüber nicht zu äußern, meine Liebe«, sagte Sieglinde. Sie stand auf. »Meine Arbeit als Layouterin ist mein Brotberuf, beziehungsweise der letzte Ausläufer meines Arbeitslebens. Ich gehe eben nicht in Rente. Nicht so wie die normalen Leute da draußen.« Sie kurbelte mit ihrem Arm. »Im Übrigen«, sagte Sieglinde Unruh und verzog die Lippen, »Sie schippern ja auch nicht immer in der legalen Fahrrinne.«

Katinka schluckte. Der plötzliche Verdacht stieg in ihr hoch wie Sodbrennen: Hatte Sieglinde sie neulich bemerkt, als sie in Idas Arbeitszimmer unter dem Sofa abwartete, dass die beiden anderen Frauen endlich abzogen? Uttenreuthers Worte leuchteten auf wie Leuchtreklame: *Überlegen Sie sich mal gut, was Sie wen gefragt haben. Sie haben den Schlüssel zu dem Ganzen schon in der Hand.* Ich habe nicht unbedingt etwas gefragt, dachte Katinka. Aber wenn Sieglinde sich an fünf Fingern einer Hand ausrechnet, dass ich die Tagebücher, DIE Tagebücher gelesen habe, dann hat sie ein Motiv, mich unschädlich zu machen – sofern sie mit dem Mord zu tun hat ... oder davon profitiert. Immerhin erbt sie einen Haufen Geld, womit sie ihre Reisen finanzieren kann.

»Haben Sie mir das Fratzenfoto ans Fenster geklebt?«

»Was für ein Fratzenfoto?«

»Und bei Ida? Das bei Ida an der Haustür?«

»Ich weiß nicht, wovon Sie reden.«

Sieglinde Unruh trank ihren Wodka aus und stand auf.

»Ich gehe jetzt rüber ins *Abseits*, frühstücken«, sagte sie. »Allein.«

Sie verließ die Küche.

Katinka sah auf das Glas, in dem die Reste der Eiswürfel zu einer Pfütze verschmolzen. Sie blickte durch die klare Flüssigkeit hindurch. Wo war Sieglinde Unruh am Samstag gewesen?

»Frau Unruh, wo waren Sie eigentlich am Samstagabend?«

Sie trat in den Flur. Sieglinde Unruh stand nackt in ihrem Schlafzimmer. Es kümmerte sie gar nicht, dass die Tür sperrangelweit offen stand. Ungerührt schlüpfte sie in Unterwäsche und Jeans.

»Vor dem Fernseher, mit meinen Stofftieren. Sonst noch Fragen?«

Katinka starrte auf die chaotische Ansammlung Schuhe auf dem Boden. Farbbekleckste Clogs, kniehohe Stiefel. Turnschuhe. Halbwegs schmutzig. Sie spähte ins Schlafzimmer. Sieglinde tauchte in einen schwarzen Rollkragenpulli. Katinka bückte sich, griff nach dem rechten Turnschuh. Nike. Größe 40.

Ihr Herz raste, als sie den Schuh in ihren Rucksack stopfte. Sie fühlte sich, als habe sie Fieber. Schweiß durchtränkte ihre Sachen. Sieglinde Unruh kam heraus, schlüpfte achtlos in die Clogs, nahm ihren Wohnungsschlüssel vom Haken. Katinka umfing ein seltsames Gefühl, als sie vor Sieglinde Unruh die Treppen hinunterging. Jemand hatte zugestoßen, voller Entschiedenheit und Konzentration. Wie ein Karatekämpfer. Das ungute Gefühl in ihrem Nacken nahm zu. Sie fuhr herum. Täuschte sie sich, oder …

»Trainieren Sie eigentlich Kampfkunst, Frau Unruh?«, fragte sie rasch und schluckte das Tremolo in ihrer Stimme weg.

»Nicht die Bohne«, sagte Sieglinde Unruh. »Ich schwöre auf Yoga.«

Sie traten vor die Tür. Katinka atmete auf. Ohne einen Gruß überquerte Sieglinde die Straße und verschwand im *Abseits*.

Katinka ignorierte den pochenden Schmerz in ihrem Fußgelenk. Sie schwang sich aufs Rad und sauste die Pödeldorfer Straße hinunter, bog ab und stand wenig später vor dem Polizeigebäude. Die meisten kannten sie schon und nickten ihr zu, als sie zu Harduin Uttenreuthers Abteilung marschierte. Sie klopfte.

»Ja!«

»Morgen.«

»Ach, Palfy. Sie sind aber früh unterwegs.«

»Sie auch.«

»In meinem Alter braucht man nicht mehr so viel Schlaf.«

Katinka grinste. Sie stellte ihren Rucksack auf Hardos Schreibtisch und zog Sieglindes Schuh heraus. Er pfiff leise durch die Zähne.

»Wo haben Sie den denn her?«

»Er gehört Sieglinde Unruh.«

»Sie sind aber nicht eingebrochen, oder?«

Es sollte sich wohl scherzhaft anhören, aber da lag durchaus Ernst in seinen Worten. Nachdenklich griff er nach dem ausgelatschten Sporttreter.

»Checken Sie das Profil«, bat Katinka. »Die Größe passt. 40. Das Fabrikat auch.«

Uttenreuther suchte eine Akte heraus und blätterte darin herum.

»Nein«, sagte er schließlich. »Stimmt nicht überein.«

Katinka sah auf den Computerausdruck. Ohne großen Vergleich konnte sie erkennen, dass die Schuhe ein völlig unterschiedliches Profil hatten. Enttäuscht ließ sie sich auf den Stuhl vor Hardos Schreibtisch sinken. »Sie kann ja auch noch andere Schuhe besitzen«, sagte sie lahm. »Oder?«

Hardo lächelte. »Ja. Mag sein.«

Katinka atmete tief durch und erzählte Uttenreuther von ihrem Gedankengang. Dass Sieglinde sie womöglich bemerkt hatte, als sie bei Ida im Arbeitszimmer unter der Couch gelegen hatte. Uttenreuther stützte die Ellenbogen auf die Papierhaufen vor sich auf dem Schreibtisch und barg sein Gesicht in den Händen.

»Ich weiß, ich sollte Ihnen ja nicht sagen, woher ich die Tagebücher habe, aber … ja, so könnte Sieglinde mich bemerkt haben.«

Hardo hob den Kopf und sah durch Katinka hindurch. »Mädchen, Mädchen«, war alles, was er sagte. Unruhig wartete Katinka ab. Sie hatte im Umgang mit dem Hauptkommissar gelernt, dass es sinniger war, linke Dinger auf sich beruhen zu lassen und sich nicht zu verteidigen. Das machte es meistens noch schlimmer.

»Palfy, wissen Sie eigentlich, was da draußen los ist?«

»So direkt nicht«, gab Katinka zu.

»Jemand wollte Sie umbringen«, sagte Uttenreuther brutal. »Schon vergessen?«

»Ja, äh … nein.«

»Und um Sie um die Ecke zu bringen, kann man ruhig auf der Nudelsuppe dahergeschwommen sein. So wie Sie durch die Welt walzen …« Er stand auf und spähte in das Büro nebenan. Katinka spürte, wie ihr das Blut aus dem Gesicht fiel und in ihren Knien stecken blieb. Sie sah, dass Uttenreuther auf ihre zerschundenen Hände blickte. Schnell schob sie sie unter ihren Rucksack.

»Was haben Sie eigentlich Tom erzählt«, murmelte sie. »Wie es zu der Szenerie auf der Altenburg kam, meine ich.«

»Das ist top secret. Kleine Abmachung zwischen Ihrem Liebsten und mir.« Er schob den Stuhl, auf dem sie saß, mit dem Fuß ein Stück zur Seite und stützte seine massigen Hände auf die Lehnen: »Sie sind in Gefahr, Katinka. Mehr als letzten Sommer bei der Ricingeschichte. Unser jetziger Täter hat was zu verlieren.«

Sein Gesicht schwebte ganz nah vor ihrem. Katinka dachte daran, wie er sie festgehalten hatte, als sie sich übergeben musste. Sie sah seine großen Hände das faulige Laub auf dem Grab seiner Tochter aufklauben. Plötzlich war ihr alles so peinlich, dass sie am liebsten durch den Abfluss einer Badewanne geflutscht wäre.

»Was ist mit dem Fratzenfoto?«

»Noch keine Anhaltspunkte.« Er stieß sich von Katinkas Stuhl ab. »Wie geht's Ihrem Fuß?«

»Tut weh.«

»Gehen Sie lieber mal zum Arzt. Eine Detektivin braucht zwei funktionsfähige Füße.«

»Und die Maskenanbieter? Gibt's da irgendwas Neues?«

»Wir sind dran.«

»Sie können doch die Kreditkarten aller Hassebergs überprüfen«, drängte Katinka. »Und aller Fabers.«

Uttenreuther klopfte nervös mit den Fingern auf seine Papierberge. »Wir wissen schon, wie Polizeiarbeit geht, Palfy.« Wenigstens grinste er dabei. Oder versuchte es. »Radeln Sie nach Hause. Und bleiben Sie dort. Bitte.« Er sah resigniert auf. »Wie ich Sie kenne, halten Sie sich nicht dran. Aber zur Abwechslung könnten Sie sich ja mal bewusst machen, dass Sie beim nächsten Mal kein Depp von Hardo abfischt, wenn Sie mit dem Sensenmann flirten.«

Katinka stand auf. Sie fühlte sich ganz kalt. Die scheußliche Angst von Samstag Nacht war zurückgekehrt und legte sich auf sie wie eine dicke, fettige Staubschicht. »Tut mir leid«, sagte sie leise. »Sie haben schon recht.« Sie nickte ihm zu und ging. Im Korridor hörte sie, wie er ihren Namen rief, aber sie kümmerte sich nicht darum.

Den Weg zum Pfahlplätzchen fand ihr Fahrrad alleine. Als sie an Alina Fabers Wohnung klingelte, konnte sie sich nicht erinnern, wie sie hierher gekommen war.

Alina Faber war zu Hause. Sie trug Jeans und einen Pullover mit tiefem Ausschnitt. Ihr Dekolleté war ganz glatt, ungewöhnlich für ihr Alter.

»Frau Palfy«, sagte Alina überrascht. »Kommen Sie rein.«

»Ich bin hier, um den Fall abzuschließen«, sagte Katinka. Sie folgte Alina ins Wohnzimmer. Der Raum schien trotz des immerwährenden Dämmerzustandes draußen von Licht durchflutet. Gut positionierte Lampen schimmerten warm und freundlich.

»Bitte. Ich habe es schon gehört. Gott sei Dank, dass Ihnen nichts passiert ist.«

»Woher …«

»Grit hat es mir erzählt.«

»Ach so«, sagte Katinka lahm. Sie sah sich im Zimmer um und musterte Alina Faber verstohlen. Sie brachte eine Flasche Apfelsaft und zwei Gläser.

»Oder möchten Sie was Warmes?«, fragte sie und hielt inne.

»Nein, danke«, sagte Katinka schnell. War das die Frau, mit der sie in *Jacques Weindepot* zwischen all den angebrochenen Flaschen gestanden hatte? Die für mehrere tausend Euro im Jahr Wein trank? Die angeblich Alkoholikerin im Endstadium war?

Katinka berichtete ihr, was Alina als ihre Auftraggeberin wissen musste, schilderte, wie Norbert Einwag die Beziehung zu Grit sah und schloss dann mit den Worten: »Wahrscheinlich ist wenig davon für Sie neu. Aber mehr gibt es nicht zu entdecken in Ihrer Familie.«

Alina Faber trank von ihrem Saft. »Stellen Sie mir die Restrechnung«, bat sie. Sie stand auf und beschäftigte sich mit dem CD-Spieler. Ein Chor erklang. *Kyrie eleison.*

»Valentin Rathgeber«, sagte Alina. »Seine Musik beruhigt mich. Besonders diese Messe. *Missa Sanctorum Apostolorum.* Sie ist so … zeitlos. Sie tröstet mich.« Sie wies auf das Fenster. »Das Grau da draußen saugt mir noch die letzte Energie aus dem Körper.«

Katinka betrachtete den niedrigen Tisch. Ein paar Zeitschriften und Prospekte lagen herum. *Christe eleison.*

»Wissen Sie, ich weiß, dass mein Ex-Mann meine Tochter in irgendeiner Weise an sich fesselt. Er beutet sie aus. Seelisch. Er hat da sehr subtile Methoden entwickelt, sein Leben lang. Aber Sie haben recht: Das ist kein Sachverhalt, den man beweisen kann, nicht wie einen Seitensprung oder so, wenn man ein Paar im Bett erwischt.« Sie schenkte Saft nach und wiegte den Kopf.

Katinka wollte ihr zustimmen und gehen. Aber sie blieb sitzen, eingelullt von der Musik. *Kyrie eleison*.

»Grit war gestern Nacht bei mir. Sie weinte und wimmerte und war völlig aus dem Häuschen. Jetzt, behauptete sie, würde sie das ganze Ausmaß des Unfalls damals erst begreifen. Und sie würde nie darüber hinwegkommen. Nie. Sie war völlig verzweifelt.«

»Sie meinen den Unfall, bei dem eine junge Frau …«

»Ja. Die Tochter des Hauptkommissars Uttenreuther. Ich habe mich bei dem Mann bis heute nicht … ja, ich meine nicht, dass ich mich entschuldigen müsste. Aber ich sollte mich doch irgendwie erklären. Er ist so tapfer. Was für ein grauenvolles Schicksal! Nun ist er ganz allein.«

In Katinkas Eingeweiden erwachte ein Wespennest zum Leben. Sie legte unwillkürlich die Hand auf ihren Bauch.

»Grit trifft keine Schuld. Aber sie ist gestern so … so entsetzt gewesen. Sie macht sich weiterhin Vorwürfe. Auch, dass es Ida so schlecht ging danach. Grit ist ein anständiger Kerl. Sie übernimmt die Verantwortung selbst da, wo die Verantwortung verweht ist. Wenn man mit einer schweren Gehirnerschütterung im eigenen Auto liegt, bewusstlos, kann einen doch keine Schuld treffen.«

»Es war das Blitzeis.«

»Ja!«, rief Alina Faber. »Was kann man da machen. Ich sagte ihr auch: Der einzige Grund, sich schuldig zu fühlen, wäre der, überhaupt gefahren zu sein. Ich wette, ihr Vater hat ihr diese plötzlichen Schuldgefühle eingetrichtert. Naja. Die beiden, also Grit und Ida, waren bei

Philipp in Coburg. Es ging um mich. Ach, verdammt. Schlimm genug.« Sie goss Katinka Saft nach. »Grit und Ida versuchten, Philipp umzustimmen. Er wollte mich aber partout auf der Hochzeit nicht dabeihaben. Ich bin die Schande der Sippe, so sieht es doch aus. Grit wollte sich damit einfach nicht abfinden, also sprang sie kurz entschlossen ins Auto und verschaffte sich zusätzliche Schützenhilfe durch Ida. Seine Großtante konnte selbst Philipp nicht so einfach abwimmeln. Wenn ich dran denke …« Sie legte die Hände vors Gesicht und murmelte: »Wegen mir musste das arme Mädchen sterben.« Sie ließ die Hände sinken und schüttelte den Kopf. »Wegen mir. Einer Quartalssäuferin. Außerdem war das Opfer völlig sinnlos: Ich wurde dennoch nicht auf die Hochzeit eingeladen.«

»Wo waren Sie denn am Samstag?«, fragte Katinka, obwohl es ihr eigentlich egal war.

»Ich war übers Wochenende bei einer Freundin in München. Ich hätte es nicht ausgehalten, hier zu sitzen und da oben auf dem Berg die Feier stattfinden zu wissen. Ich glaube, ich hätte mich aufgemacht und eine Rauchpatrone geworfen.« Sie stöhnte.

»Grit und Ida waren beide sehr schwer verletzt, oder?«

»Ja. Das Schlimme war die Gehirnerschütterung. Beide hatten die Erinnerung an den ganzen Tag verloren. Grit dachte sogar zuerst, wir hätten noch den 27. Januar. Der Unfall war aber am Abend des 28. Ihr fehlte ein ganzer Tag.«

»Und Ida?«

»Ähnlich. Sie erholte sich langsamer. Ein alter Mensch kommt eben nicht mehr so schnell auf die Beine. Selbst Ida, mit ihrer Konstitution wie eine Bärin … Aber Grit hatte auch noch eine schlimme Unterkühlung. Sie war so elend. Ich saß Tag und Nacht in dem Zimmer im Klinikum.«

Katinka meinte sich zu erinnern, dass Sieglinde Unruh genau das Gegenteil behauptet hatte. Ida sei zäher gewesen als Grit.

»Lagen die beiden im selben Zimmer?«

»Ja. Bot sich ja an. Quasi wie ein Familienkaffeeklatsch.« Alina Faber lachte trocken. »Natürlich habe ich mir damals auch Sorgen um Idas Geisteszustand gemacht. Aber heute denke ich … ich weiß nicht, was ich denke.«

»Dass Ida doch keine Halluzinationen hatte, meinen Sie das?«, fragte Katinka.

»Das habe ich ohnehin nie geglaubt. Aber sie wirkte auf mich anders als vorher. Mag ja nichts zu bedeuten haben. Außer, dass so ein Unfall eben eine Kerbe ins Leben schlägt, die sich nicht wieder ausbügeln lässt.«

Katinka schloss kurz die Augen und fühlte wieder die Schwerelosigkeit, als sie über die Brüstung stürzte. Sie griff schnell nach dem Glas Apfelsaft. Eine Kerbe. Eine neue Kerbe in ihrem eigenen Leben. *Grit hasst ihren Vater*, hörte sie Kathrin sagen. Neulich, als sie noch Brettschneider hieß. »Das müsste für Grit doch genauso gelten«, sagte sie.

»Schon.« Alina Faber sah in die Ferne. *Qui tollis peccata mundi.*

»Ist Grit anders geworden?«, fragte Katinka.

»Ja. Und nein. Sie versucht, sich entschiedener von ihrem Vater zu lösen. Wissen Sie, wie Sie mir vorhin alles berichteten, was Sie beobachtet haben, da dachte ich, der zentrale Konflikt in unserer Familie ist der zwischen Grit und ihrem Vater. Diese vermaledeite Abhängigkeit.«

Sie schob die Prospekte auf dem Tisch hin und her. Ihre Finger zitterten. »Wäre Grit losgelöst von ihm, dann wären Roland und ich vielleicht noch ein Paar. Er ist, alles in allem, nicht der Schlechteste.«

Ich werd' verrückt, dachte Katinka. Laut sagte sie:

»Das sagen viele Frauen, wenn sie bereuen, weggegangen zu sein.«

»Oh, ich bereue es nicht, nein«, sagte Alina entschieden. Sie rieb sich die Augen. »Ich musste weg, ich wäre sonst zugrunde gegangen. Nur meine Beweggründe stehen mir heute klarer vor Augen. Ich ging, weil ich es nicht sehen konnte, wie er Grit fesselte. Er band sie an seinen Karren wie einen Maulesel. Es bleibt ihr seither nichts anderes übrig, als erhobenen Hauptes nebenher zu laufen, durch jeden Dreck und Morast. Wenigstens strafft sie sich und lässt sich nicht einfach willenlos hinterherziehen. Wenigstens das.«

Katinkas Blick fiel auf einen der Prospekte auf dem Tisch. *Die Klinik Weizenkirchen versteht sich als moderne Rehabilitationseinrichtung bei Suchterkrankungen aller Art*, las sie. Holla, dachte Katinka. Hat Alina vor, eine Entziehungskur zu machen? Sie stand auf. *Et incarnatus est.*

»Bestellen Sie dem Kommissar meine verbindlichen Grüße«, sagte Alina Faber, als sie Katinka zum Abschied die Hand drückte. »Ich werde mich bei ihm melden.«

»Sagen Sie«, begann Katinka. »Gefallen Ihnen die Fratzen dort vorne, an der Fassade?«

»O, ja, sehr sogar. Wissen Sie was? Ich habe sie jahrelang nicht bemerkt, bis Philipp mich mal drauf aufmerksam machte. In seiner schäbigen Art. ›Mama, du bist ja so breit, dass du nichts mitkriegst. Hast du jemals die Gorgonenhäupter auf der Fassade da drüben gesehen?‹

Ich hatte keine Ahnung, was Gorgonenhäupter sind. Ich musste im Lexikon nachschlagen. Stellen Sie sich das mal vor.«

»Hat Ihr Sohn eine Digitalkamera?«

»Philipp? Er hat alles.«

Katinka verabschiedete sich. Sie blieb vor Alinas Haustür stehen und betrachtete die Fratzengesichter. Die Zweite von links war eindeutig diejenige, die am hinterhältigsten und bedrohlichsten aussah. Die Fratze, die jemand an ihr Fenster geklebt hatte.

Ich fahre mal zu Grit, dachte Katinka.

17. Benedictus qui venit

Katinka wollte gerade ihr Rad über die Lange Straße schieben, um bei Grit Faber zu klingeln, als deren Haustür sich öffnete. Grit wuchtete ein Fahrrad auf die Straße. Sie trug eine ausladende Umhängetasche und begann, in ihrem Briefkasten herumzuorgeln. Dabei förderte sie einen dicken braunen Umschlag zutage. Sie starrte ihn überrascht an und riss ihn auf. Fasziniert sah Katinka zu, wie Grit zu lesen anfing.

Der Text schien sie völlig aus der Bahn zu werfen. Immer wieder blätterte sie durch den Papierstapel. Sie ließ den Haufen sinken und starrte vor sich hin. Ihr Mund stand halb offen. Sie fuhr sich mit der Zunge ein paar Mal über die Lippen.

Es begann zu nieseln. Katinka zog ihre Kapuze weit ins Gesicht. Grit stopfte die Unterlagen in ihre Tasche und schwang sich aufs Rad. Katinka überlegte nicht lange, sie fuhr ihr nach. Zuerst hielt Grit auf den Bahnhof zu, aber dann bog sie ab und radelte die Königsstraße hinunter. Erst, als sie an der Ottokirche vorbei waren, ahnte Katinka, wohin die Reise ging.

Vor dem Haupteingang zum Friedhof stoppte Grit und schloss ihr Rad ab. Katinka wartete einen Augenblick. Grit nahm einen Strauß Blumen aus ihrem Fahrradkorb. Es begann heftiger zu regnen. Katinkas Brille verschmierte sofort. Langsam ging sie Grit nach. Sie nahm an, dass die junge Frau dem Grab ihrer Großtante einen Besuch abstatten wollte. Stattdessen bog Grit vorher in eine andere Abteilung ein und ging suchend durch die Grabreihen.

Hier in der Nähe muss Sybille Uttenreuther begraben sein, dachte Katinka. Sie hielt großen Abstand zu Grit. Irgendwann blieb Grit stehen. Katinkas Fuß wehrte sich gegen die Belastung. Sie zog scharf die Luft ein, als der Schmerz mit feinen, aber stetigen Stichen fast unerträglich wurde. Vorsichtig humpelte sie näher. Der Regen fiel nun sehr dicht. Grit trug nur eine Jeansjacke. Sie hatte keinen Schirm bei sich. Katinka ging in einem weiten Bogen um sie herum und näherte sich dann von der anderen Seite, so dass Grit sie nicht sehen konnte. Kein Zweifel. Grit stand vor Sybilles Grab. Alina hatte vorhin von Grits Verzweiflung erzählt. Da stand sie nun im Regen, das Haar klebte nass an ihrem Kopf, die Jeansjacke war schon ganz dunkel und voll gesogen mit Wasser. Sie bückte sich und legte die Blumen auf die nasse Erde.

»Grit?«, fragte Katinka behutsam.

Grit fuhr zusammen. Sie drehte sich um, und als sie Katinka sah, fiel ihr der Kiefer herunter. Sie setzte an, etwas zu sagen, aber stattdessen begann sie, hemmungslos zu weinen. Katinka stand hilflos da. Sie kam mit unverschämten und bockigen Mitmenschen zurecht, aber Grits Trauer machte sie ganz hilflos.

»Grit«, sagte sie noch mal und berührte ihre Schulter. Grit legte die Arme um Katinkas Hals und weinte und schluchzte. Katinka wollte nicht glauben, dass Grit, selbst wenn sie Schuhgröße 40 trug, Todesengel gespielt und sie über die Mauer gestoßen hatte. Sie kam ihr zerbrechlich vor wie ein Osterei. Katinka starrte auf die frischen Blumen. Orangefarbene Rosen. Eine seltene

Farbe, dachte Katinka. Diesen Ton habe ich noch nie gesehen.

»Ich bin schuld«, flüsterte Grit, die Stimme vom Weinen und vom Entsetzen entstellt. »Ich bin schuld. Ich bin schuld.«

»Woran denn«, fragte Katinka ratlos. Grit ließ sie los.

»Sie war genauso alt wie ich«, sagte sie. »Ich hab's rausgekriegt. Mama hat die Zeitung mit der Todesanzeige aufgehoben. Ich hätte auch tot sein können. Oder lieber ich als sie.« Sie zeigte auf das nasse Grab und auf die leuchtenden Rosen. Katinka hatte den Eindruck, der Regen und das graue Licht wüschen die Farbe aus den Blüten. Grit stellte sich vor das Grab und schloss die Augen. Ihre Arme baumelten herab, ihr Gesicht sah schneeweiß aus. Die Lippen schimmerten blau. Katinka konnte sehen, dass ihre Zähne klapperten, aber es schien ihr nichts auszumachen. Sie achtete einfach nicht darauf.

»Grit, Sie müssen ins Trockene«, sagte Katinka.

»Das Schlimme ist«, sagte Grit, als sie sich umdrehte und Katinka in die Augen sah. »Ich erinnere mich. Und ich vergesse das nicht. Das hätte er sich denken müssen. Aber zu spät. Zu spät für ihn.«

Katinka starrte Grit verständnislos an.

»Wer ›er‹?«

»Was Ihnen passiert ist, und Ida, und Sybille … alles, alles ist meine Schuld.«

»Grit«, sagte Katinka. »Haben Sie Ida umgebracht?«

»Nein.«

»Gut. Haben Sie mich über die Ringmauer gestürzt?«

»Nein.« presste Grit heraus. Katinka wusste nicht, ob sie es glauben sollte. Sie nahm es als Hypothese für den Moment.

»Also sind Sie nicht schuld.«

»Was wissen denn Sie!« Gehetzt sah Grit sich um. »Ich will Idas Haus nicht. Ich will gar nichts mehr haben. Ich will nur, dass endlich diese Lügen aufhören. Er ist zu allem fähig. Ich weiß es doch. Ich weiß es. Er ist … Er hat …« Sie brach ab. Niemand war in dem Wetter unterwegs. Irgendwo, sehr viel weiter, fand eine Beerdigung statt. Katinka hörte das ferne Krächzen der Lautsprecher. Trister kann's ja nicht mehr werden, dachte sie. Sie überlegte, ob es einen Unterschied machte, ob man seine Lieben bei Windböen und Dauerregen begrub oder bei strahlendem Sonnenschein unter blauem Himmel.

»Von wem sprechen Sie?«, fragte Katinka.

Grit schwieg. Sie zitterte am ganzen Körper. Sie muss völlig durchnässt sein, dachte Katinka.

»Sagen Sie es mir, Grit. Von wem sprechen Sie?«

»Glauben Sie an Gott? An ewige Verzeihung? Oder an ewige Verdammnis?«

»Also«, begann Katinka. »Ich beschäftige mich vornehmlich mit dem Diesseits.« Sie begann, selber zu frieren. Irgendwann kommt die Grippe schon noch, dachte sie.

»Hier!« Grit wies auf einen Grabstein schräg gegenüber. »*Benedictus qui venit*. Latein. Heißt: Gesegnet sei, der da kommt. Oder?«

»Soweit ich mich erinnere«, sagte Katinka und probierte es mit einem Lächeln. Die Formenquälerei aus Schulzeiten war lange her.

»Doch, doch. So heißt es.« Grit wischte sich die patschnassen Haarsträhnen aus dem Gesicht. »Komischer Spruch. Wer kommt?«, fragte sie sich selbst.

»Es ist eine Zeile aus der katholischen Messe, aus dem Sanctus«, half Katinka aus. »*Gebenedeit sei, der da kommt im Namen des Herrn. Hosanna in der Höhe.*«

»Aber wer kommt?«, insistierte Grit und drehte sich

wie ein Kreisel. Voller Argwohn zuckten ihre Blicke über die Grabsteine.

»Christus, nehme ich an.« Katinka nahm ihren Arm. »Oder rechnen Sie mit einem anderen?«

»Ja. Mit dem Teufel.«

»Wo sollte der denn herkommen?« Katinka verstärkte ihren Griff. Ruhig bleiben, mahnte sie sich selbst.

»Der Teufel? Er ist 55 Jahre alt und einen Meter fünfundachtzig groß.«

Katinka starrte Grit an. Sie schien den Verstand verloren zu haben.

»Grit«, sagte Katinka. »Was quält sie so!«

Ein scharfes Geräusch direkt neben ihnen ließ sie beide zusammenfahren. Ein plötzlicher Windstoß hatte einen Ast abgeknickt. Er verfing sich in der Baumkrone, die sich wütend im Wind schüttelte, und polterte dann mit einem trockenen KNACK zu Boden.

Grit drehte sich um und rannte davon. Die riesige Tasche hopste in einem wilden Rock 'n' Roll um ihren mageren Körper. Katinka hetzte ihr nach, aber behindert von ihrem schmerzenden Fuß kam sie nur langsam voran. Sie biss die Zähne zusammen, bis ihr der Kiefer mehr wehtat als der Knöchel. Grit taumelte und fiel hin. Sie blieb mitten auf dem Weg liegen, in Matsch und Schlamm. Katinka erreichte sie, keuchend vor Schmerz und Anstrengung.

»Grit!«

Katinka schüttelte sie. Grit blieb liegen. Man hätte sie für tot halten können, wenn nicht ihre Augen wie im Fieber geflackert hätten und ihre panischen Blicke von allen Enden des Friedhofs zu reflektieren schienen. Aus einer der Grabreihen trat ein Mann. Er schwenkte einen Regenschirm. Grit schrie auf.

»Ist was passiert?«

Katinka richtete sich auf und sah den älteren Herrn an, der auf sie zukam. In einer Hand trug er einen Blumenstrauß.

Benedictus qui venit, dachte Katinka. Der Teufel ist er nicht. Christus vielleicht auch nicht.

»Meine Freundin ist gestürzt«, sagte sie. »Ich rufe ein Taxi und bringe sie heim. Könnten Sie mir nur helfen, sie aufzurichten?«

Der Mann nickte schweigend und bückte sich zu Grit hinunter.

»Nein!«, schrie Grit. »Fass mich nicht an!«

»Nur ruhig, junge Frau«, sagte der Mann. Zu Katinka gewandt fügte er hinzu: »Beerdigungen sind Ausnahmesituationen. Da machen die Nerven schon mal schlapp.«

Grit strampelte und weinte, aber dann hörten all ihre Bewegungen schlagartig auf. Willenlos ließ sie sich auf die Beine ziehen und schlurfte brav zwischen Katinka und dem anderen bis zum Parkplatz. Katinka rief per Handy ein Taxi.

»Bringen Sie sie besser zum Arzt«, meinte der unbekannte Helfer.

Grit war nass wie ein Schwamm, und der Taxifahrer starrte sie und Katinka übellaunig an, als sie sich auf die Rückbank schoben.

»Lange Straße 15«, sagte Katinka. Dann wählte sie Alina Fabers Nummer.

Grits Mutter kam zeitgleich mit dem Taxi vor Grits Wohnung an. Total aufgelöst riss sie die Taxitür auf.

»Grit, Mädchen!«

Katinka zahlte und legte gutes Trinkgeld drauf. Besänftigt fuhr der Fahrer davon. Alina hielt ihre Tochter im Arm und strich ihr über das nasse Haar.

»Was ist passiert?« Alina wandte sich an Katinka. »Sie ist ja völlig verstört.«

»Ich habe sie auf dem Friedhof aufgegabelt. Vor Sybille Uttenreuthers Grab. Haben Sie einen Zweitschlüssel?«

Alina schüttelte den Kopf. Sie fingerte in Grits Tasche herum und zog einen Schlüsselbund heraus. Gemeinsam halfen sie Grit ins Haus und die Treppen hinauf. Katinka stöhnte vor Schmerz.

»Sie können ja selbst kaum laufen«, sagte Alina verwundert, als sie die Wohnungstür aufschob.

»Hab mir den Knöchel verdreht«, presste Katinka zwischen zusammengebissenen Zähnen hervor. »Grit fürchtet sich vor jemandem. Einem Mann. Einem ›er‹. Wer sollte das sein?« Der Schweiß brach ihr aus.

»Wir müssen reden«, sagte Alina. »Aber zuerst stecke ich Grit in die Badewanne.«

Katinka sah zu, wie Alina ihre Tochter beinahe ins Badezimmer trug. Ulkig, dachte sie. Meine Mutter hätte mich nicht mal mit der Kneifzange angefasst, wenn ich so verdreckt und nass gewesen wäre wie Grit.

Sie setzte sich aufs Sofa und legte den Fuß hoch. Der Knöchel war dick angeschwollen und heiß. Sie suchte ihr Handy heraus und wählte.

»Uttenreuther?«

»Ich schon wieder.«

»Palfy!« In dem klaren Ton einer Feststellung schwang so etwas wie Überraschung mit.

»Können Sie sofort herkommen?«

Katinka erzählte ihm, wie sie Grit am Friedhof aufgelesen hatte.

»Ich bin gleich da.«

Katinka legte das Handy neben sich ab und lehnte den Kopf an die weiche Sofalehne. Im Zimmer war es kalt. Sie wollte aufstehen und die Heizkörper aufdrehen, aber das stete Pochen in ihrem Knöchel hinderte sie daran. Aus dem Bad kam das Geräusch von fließendem Wasser. Katinka sah sich im Zimmer um. Seit sie Grit zum ersten Mal hier gesehen hatte, hatte sich die Wohnung verändert. Sie war aufgeräumter und wirkte jetzt vollständig eingerichtet. Bunte, fröhliche Stoffe und zwei große Ölbilder tauchten den Raum in ein heimeliges Licht. Ein breites Regal mit Lehrbüchern drin erinnerte an Grits Studium. Katinkas Blick fiel auf die Tür zum Korridor. Dort stand Grits große Umhängetasche. Sie dachte nicht lange nach, stützte sich ab und stand schwankend auf einem Bein. Sie hüpfte zur Tür, fischte den großen braunen Umschlag aus der Tasche und stopfte ihn in ihren Rucksack. Ich werde zum Dieb, dachte sie. Dann hopste sie zum Bad und klopfte vorsichtig an die Tür. »Alles in Ordnung da drin?«

»Kommen Sie rein.«

Alina Faber saß auf dem Badewannenrand. Grit dümpelte im Schaum. Es war heiß im Bad, wie in einer Sauna. Alina hatte die Ärmel hochgekrempelt und wusch ihrer Tochter die Haare. Grit hielt ganz still, sie genoss die Massage.

»Geht's ihr besser?«, raunte Katinka.

Alina zog die Augenbrauen hoch. »Das ist unser alter Kindertrick. Haare waschen. Das beruhigt sie.«

»Ich habe den Kommissar verständigt.«

Alina sah besorgt auf Grits Gesicht. Entweder hatte sie nichts gehört, oder sie verstellte sich gekonnt.

»Vielleicht besser so. Ich weiß immer noch nicht, was

los ist.« Sie nahm die Brause und duschte das Shampoo aus Grits Haaren.

»Bleib einen Moment ganz ruhig, ich bin gleich wieder bei dir«, sagte sie sanft zu Grit und strich ihr mit einem Finger über die Stirn. Katinka sah zu und fühlte sich sonderbar.

Im Korridor sagte Alina Faber: »Was war?«

»Sie ist fast durchgedreht. Meint, schuldig zu sein. Die Schuld an Idas und Sybille Uttenreuthers Tod zu tragen.«

»Ich hab's Ihnen doch gesagt.« Alina ging in die Küche. Katinka kam hinterher. Sie vergaß einen Moment den geschwollenen Knöchel und trat forsch auf.

»Au!«

Alina sah sie verwundert an. »Sie haben einen ganz dicken Knöchel«, sagte sie schließlich. »Machen Sie sich Quarkwickel. Das hilft. Und hochlegen. Oder warten Sie. Ich sehe mal, ob Grit eine Salbe da hat.«

»Grit fürchtet sich vor jemandem, dem sie, wie sie wörtlich sagte, alles zutraut. Wer ist das, Frau Faber?«

Alina setzte Wasser auf. »Tee oder Kaffee?«

»Kaffee.«

Alina Faber wühlte in einem Verbandskasten herum. »Ihr Vater, vermutlich. Nein, tut mir leid. Fehlanzeige. Grits medizinische Grundausstattung geht gegen null.«

Katinka setzte sich und legte den Fuß auf den Stuhl neben sich.

»Aber wie bringt sie ihren Vater mit dem Unfall zusammen? Er war doch gar nicht beteiligt.«

Alina stülpte mit einer schnellen Bewegung Filterpapier in den Porzellanfilter, gab Kaffeepulver hinein, eine Prise Salz und goss Wasser dran. »Ich sagte es Ihnen doch: Seit gestern ist sie völlig verstört und unfähig, zusammenhängend zu erzählen, was eigentlich das Problem ist. Das ist nicht typisch für meine Tochter, glauben Sie mir. Normalerweise ist ihre Klappe so geräumig wie ein Walfischbauch.«

Katinka wusste nicht recht, was sie sagen sollte. Der Kaffee duftete. Sie merkte, wie lange sie schon nichts mehr gegessen hatte. Sie konnte sich nicht einmal erinnern, ob sie heute Morgen gefrühstückt hatte. Hatte sie nicht, wenn sie es recht bedachte. Sie wollte fragen, sehen Sie da nicht Gespenster, Sie und Ihre Tochter?

»Ich schaue mal nach Grit«, sagte Alina Faber und ging zum Badezimmer. Katinka saß allein in der Küche, goss sich einen Kaffee ein und sah im Kühlschrank nach Milch. Es klingelte.

Sie hopste zur Tür.

»Hallo, Kommissar!«

Er hob eine Papiertüte hoch.

»Zeit fürs Mittagessen. Sie mögen doch Bamberger Hörnla?«

Katinka bat ihn herein. »Ich spiele Gastgeberin. Alina Faber taut Grit in der Badewanne auf.« Sie erzählte Hardo, was sie auf dem Friedhof erlebt und von Alina gehört hatte.

Er schenkte sich ebenfalls Kaffee ein und versenkte ein ganzes Hörnla in der Tasse. Das äußerste Ende behielt er zwischen den Fingern. Dann bugsierte er das durchweichte Gebäckstück mit einer schnellen Bewegung in seinen Mund. Es quatschte, als er zubiss, wie Gummistiefel im Morast.

»Ich weiß nicht mehr, was ich davon halten soll«, sagte Katinka und nahm sich ein Hörnla aus der Tüte. Sie sagte nichts zu dem braunen Umschlag in ihrem Rucksack.

Und sie hoffte sehr, dass Grit nicht sofort nach ihrer Tasche greifen und ihn suchen würde.

»Grit verbindet den Unfall, den Mord an Ida und meinen Sturz mit sich selbst«, sagte Katinka. »Das ist die Quintessenz des Ganzen. Sie sieht sich als schuldig. Behauptet, sich wieder zu erinnern. Ich weiß nicht …«

Sie brach ab. Alina Faber kam herein. Ihre Hose war voller Wasserflecken.

»Grüß Gott, Herr Hauptkommissar.«

Sie streckte ihm die Hand hin. Richtig aristokratisch macht sie das, dachte Katinka bewundernd. Hardo war aufgestanden.

»Frau Faber.«

»Ich habe Frau Palfy schon gebeten, Ihnen Grüße zu bestellen. Aber vielleicht kam sie in der Aufregung noch nicht dazu. Ich … ich meinte ohnehin, dass wir beide uns einmal unterhalten könnten. Jetzt hat Grit die Angelegenheit quasi beschleunigt.«

Katinka staunte über Alinas Gewandtheit und kam sich klein dabei vor.

Die Badezimmertür ging. Grit kam angeschlichen. Sie steckte in einem Schlafanzug, trug einen dicken Wollpulli drüber und Skisocken an den Füßen. Ein Handtuchturban bedeckte ihr nasses Haar.

»Komm, Schatz«, sagte Alina Faber. Katinka beobachtete Uttenreuthers Gesicht. Er musterte Grit, dann Alina, dann Grit. Sein Wangenmuskeln spannten sich.

»Grit«, sagte er. »Ein paar Fragen.«

Grit setzte sich an den Tisch. Sie war leichenblass. Die selbstbewusste junge Frau, als die Katinka sie kennen gelernt hatte, war wie ausgelöscht.

»Möchten Sie ein Hörnla?« Hardo schob ihr die Tüte hin.

Grit schüttelte den Kopf.

»Sie?«

Alina Faber lehnte ab. »Danke vielmals.«

Uttenreuthers Stimme klang ganz leise und viel weicher als sonst. Er verwickelte Grit ganz vorsichtig in eine Unterhaltung. Schließlich sagte er, an seinem Kaffee nippend: »Sie wissen, wer ich bin?«

»Ja. Ich habe Ihre Tochter getötet.«

Katinkas Herz setzte einen Schlag aus.

»Wieso denken Sie das?« Uttenreuther fragte es sacht, im gleichen Tonfall.

Grit drehte den Kopf weg.

»Sie saßen am Steuer?«

Grit nickte.

»Was geschah?«

Grit bewegte den Kopf hin und her wie ein unwilliger Zugochse.

»Was geschah, Grit?«

Katinka wärmte sich die Finger an ihrer Kaffeetasse und starrte gebannt auf Grit.

»Ich ... hab's vergessen.«

»Sie hatten es vergessen. Aber jetzt erinnern Sie sich wieder.«

Grit fuhr sich mit der Zunge über ihre Lippen. Alina stand hinter ihr und legte ihr die Hände auf die Schultern. Uttenreuther zog kaum merklich die Augenbrauen zusammen. Alina Faber trat einen Schritt zurück und ließ ihre Tochter los.

»Sie erinnern sich. Sie fuhren nachts. Es war Winter.«

»Die Straße war ganz schwarz«, sagte Grit.

»Sie hatten keine Angst. Sie fuhren sicher. Sie hörten kein Radio, um sich mit ihrer Großtante zu unterhalten.«

Grit sagte nichts.

»Außer Ihnen war niemand unterwegs. Die meisten blieben zu Hause, weil sie die Glatteiswarnungen im Rundfunk gehört hatten. Sie wunderten sich, dass niemand auf der Straße war.«

Grit griff nun doch nach einem Hörnla. Uttenreuther wartete ab. Katinka hielt den Atem an. Grit zerkrümelte den Blätterteig.

»Dann sahen Sie Lichtkegel. Sie …«

»Nein!« Grit schrie aus Leibeskräften. »Nein!« Sie hielt sich die Hand über die Augen, als würde sie geblendet. »Nein!« Sie sprang auf, hielt sich am Tisch fest und sagte ein viertes Mal »Nein!«, wobei ihre Stimme sich ganz ausgedörrt anhörte. Sie zitterte am ganzen Körper und schwankte. Ihr Oberkörper wiegte sich vor und zurück und sie begann zu weinen. Ganz lautlos liefen die Tränen über ihr Gesicht. Sie zerrte sich das Handtuch vom Kopf und warf es auf den Boden. Mit einer Hand umklammerte sie die Tischkante, mit der anderen fuhr sie sich wieder und wieder durchs Haar. Im Rhythmus ihrer Bewegungen schluchzte sie »Nein, nein, nein.« Starr vor Schreck starrte Alina Faber ihre Tochter an. Uttenreuther stand auf. Grit schreckte zusammen. Langsam hob er seine Hand und berührte ihre Schulter.

»Gut, Grit. Gut, gut. Legen Sie sich hin. Schlafen Sie eine Weile. Wir lassen Sie in Ruhe.«

Er nickte Alina zu. Sie schien sich nicht vorzuwagen, aber dann raffte sie sich auf und legte den Arm um Grit.

»Kleines, komm. Ich bleibe bei dir.«

Sie führte Grit ins Schlafzimmer. Hardo seufzte. Er sah auf die Krümel, die halb leeren Kaffeetassen.

»Wir sollten gehen, Palfy. Es hat keinen Sinn. Sie ist am Ende.«

Katinka nickte. Sie humpelte ins Wohnzimmer, um ihren Rucksack zu holen. Während sie ihr Handy vom Sofa klaubte, fiel ihr Blick auf einen simplen Zeitungsständer aus Segeltuch. Obenauf lag der gleiche Prospekt wie der, den sie bei Alina Faber auf dem Tisch gesehen hatte. *Die Klinik Weizenkirchen versteht sich als moderne Rehabilitationseinrichtung bei Suchterkrankungen aller Art*, murmelte Katinka und nahm das Hochglanzpapier in die Hand. Draußen auf dem Flur hörte sie Hardo mit Alina Faber sprechen.

»Das sieht mir nach einem Nervenzusammenbruch aus«, sagte Hardo gerade. »Rufen Sie lieber einen Arzt, wenn sich ihr Zustand bis heute Abend nicht gebessert hat.«

»Ich … es tut mir so leid, alles«, murmelte Alina. Sie hielt die Hand des Kommissars umklammert.

»Fertig, Palfy?«

Katinka stand wie ein Idiot in der Wohnzimmertür, immer noch den Prospekt in der Hand.

»Frau Faber«, begann sie.

Alina Faber ließ Hardos Hand los und sah sich nach Katinka um.

»Ach das!« Sie lächelte. »Nein. Das haben wir nicht für mich herausgesucht. Es ist für Philipp.«

»Ihren Sohn?«, fragten Hardo und Katinka wie aus einem Mund.

»Aber ja. Große Kinder, große Sorgen«, seufzte Alina Faber. »Hat Kathrin Ihnen nichts erzählt? Die Sache mit dem Koks? Irgendwie ist die ganze Familie nicht mehr so richtig auf dem Damm. Roland nimmt Antidepressiva, Philipp kokst, und … naja.«

Hardo zurrte seine Augenbrauen in die Höhe. Katinka sah den Flur entlang, als könnte dort hinten eine Antwort auf einem imaginären Display erscheinen, gesteuert von einem allwissenden Großrechner. Stattdessen löste sich Grit aus dem Dunkel. Sie hatte den dicken Pullover ausgezogen und sah sehr fragil und verloren aus.

»Mama? Mama. Meine Turnschuhe sind weg.«

Als Katinka eine Stunde später hinter Uttenreuther die Treppe hinunterhinkte, schwirrte ihr der Kopf. Der Kommissar hielt ihr ungeduldig die Haustür auf und sprintete dann über die Straße.

»Warten Sie auf mich!«, rief Katinka und humpelte ihm nach. Ein VW legte eine Vollbremsung hin. Auf der regennassen Straße rutschte er Katinka beinahe auf die Zehen.

»Himmelherrgott, Palfy!«

Katinka fühlte sich elend. Die Schmerzen im Fuß wurden immer schlimmer.

»Ich komme nicht so schnell vorwärts wie Sie!«

Er hielt ihr die Beifahrertür auf.

»Entschuldigen Sie.«

»Sie haben ein Knöllchen.«

Er spießte das Ticket des Parküberwachungsdienstes mit dem Zeigefinger auf und feuerte es in das gurgelnde Rinnsal aus Regenwasser, das die Straße entlangschoss.

»Was machen wir jetzt?«, fragte Katinka.

»Wieso eigentlich wir. Also gut, wir sehen zu, was wir heute Abend noch von Philipp Hasseberg zu sehen und zu hören bekommen.«

Katinka sah voller Schrecken auf ihre Uhr. Schnell betätigte sie die Kurzwahltaste.

»Tom? Katinka hier.«

»Na endlich. Wo steckst du?«

»Mit Hardo im Auto. Ermitteln.«

»Mit Hardo. Ich hoffe, er ist bewaffnet.«

»Sind Sie bewaffnet?«, fragte Katinka.

Uttenreuther nickte, während er seinen Golf durch die Rush Hour steuerte.

»Ist er.«

»Na gut. Ich bin froh, dass du angerufen hast. Melde dich wieder, ja?«

»Klar doch.«

»Übrigens: Vishnu ist weg.«

»Wie – weg!«, rief Katinka. Uttenreuther sah sie so komisch von der Seite an.

»Er ist nicht hier. Ich bin mittags zum Briefkasten runter, da wischte er mit durch die Tür und ab auf die Straße.«

»Ach du Schande.«

»Er ist es einfach nicht gewöhnt, die ganze Zeit in der Wohnung eingesperrt zu sein.«

»Hoffentlich wird er nicht überfahren.«

»Ich guck nachher mal raus«, versprach Tom.

Katinka legte auf.

»So gefallen Sie mir, Palfy«, sagte Uttenreuther.

Katinka verdrehte die Augen. »Der Kater ist getürmt.«

»Ach so?«

»Was halten Sie von der Geschichte mit dem Koks?«

»Im Prinzip nichts Überraschendes. In Führungspositionen greifen die Menschen reihenweise nach Dope, um dem Stress standzuhalten.«

Katinka sah aus dem Fenster. »Meinen Sie wirklich?«

»Das ist keine Sache des Meinens. Es ist einfach so. Glauben Sie, dass so ein Leben als Oberfuzzi in einem internationalen Konzern Spaß macht?«

Katinka hob die Schultern.

»Ich kann's mir nicht vorstellen«, sagte Uttenreuther. »Also bleibe ich bei meinem Beamtengehalt.«

»Was Philipp wohl so verdient?«

»Das frage ich mich auch gerade« sagte Uttenreuther und brauste am Marcushaus vorbei. »Er hat die Wohnung abzubezahlen. Und er muss seinen Drogenkonsum finanziell absichern. Die Ansprüche seiner Frau wird er auch befriedigen wollen, sonst gibt's Ärger ...«

»Hardo!«

Er grinste. »O.k., schon gut. Wenn es stimmt, was Grit sagt, dann kokst er schon lange. Vielleicht hat er auch mit anderen Sachen herumprobiert.«

»Als ich ihn auf seiner Hochzeit sah, hatte ich schon irgendwie den Eindruck ... dass er einen im Kahn hat. Er wirkte aber nicht betrunken, eher irgendwie ...«

»...entrückt«, half Hardo aus.

»Genau. Ich wüsste gar nicht, woher ich in Bamberg Koks kriegen sollte«, sagte Katinka.

»Dann sind Sie eine schlechte Detektivin.«

Katinka schnitt ihm von der Seite eine Grimasse. »Von wegen. Ich nehme nichts. Daran liegt's.«

»Ich kann Ihnen aus dem Stand ein halbes Dutzend günstige Knotenpunkte nennen«, sagte Hardo. »Obwohl ich mir niemals auch nur die kleinste Linie ziehe. Ab und an gehe ich aber mit den Kollegen vom Rauschgiftdezernat einen trinken.«

»Wo zum Beispiel kriegt man was?«

»Ich denke, Sie nehmen nichts?« Er bremste. »Hier ist es.«

»Alina behauptet, ihr Mann würde seit seiner Jugend Antidepressiva schlucken.«

»Tja. Dann haben wir es mit einer Rotte Abhängiger zu tun.«

»Ausgenommen Grit. Oder glauben Sie, dass Grit auch was genommen hat? Bevor sie losfuhr, damals, im Januar?«

»Und deshalb von der Straße abkam?« Hardo schüttelte den Kopf. »Damals ist nichts festgestellt worden. Sie verschweigt uns etwas, aber was, ist nicht klar. Mir jedenfalls nicht. Es muss mit dem Unfall zu tun haben, aber nicht mit den Drogen. Über die Kokserei hat sie geredet wie ein Brockhaus. Sie spart sich das Schlimmste auf. Das, was sie bisher erzählt hat, ist nur der Vorspann.«

Katinka verzog das Gesicht, als sie den verletzten Fuß auf die Straße setzte.

»Und auf das Schlimmste müssen wir warten?«

»Exakt. Der Kern kommt immer zuletzt. Brauchen Sie Hilfe?«

»Nein.«

»Habe ich mir gedacht.« Er grinste. Katinka wurde rot.

Uttenreuther klingelte bei Hasseberg. Kathrins Stimme schallte aus der Sprechanlage: »Hallo?«

»Polizei.«

Es dauerte, bis der Summer ertönte. Dann hakte Hardo Katinka unter und zog sie in den ersten Stock.

»Uttenreuther, Kripo Bamberg. Wir kennen uns. Sie hatten leider einige problematische Stunden auf Ihrer Hochzeit.«

»Nein«, wiegelte Kathrin ab. »Ist schon recht. Was wollen Sie?«

»Dürfen wir reinkommen?«

Kathrin nickte und starrte benommen auf Katinka, die hinter Hardo in die Wohnung hopste.

»Eigentlich würden wir gern mit Ihrem Mann sprechen.«

Kathrin führte sie in ein großes Wohnzimmer mit Aussicht auf den Michaelsberg. Hingerissen ließ Katinka den grandiosen Blick auf sich wirken.

»Philipp ist nicht da.«

»Dann würden wir gern mal seine Schuhe inspizieren.«

Damit kommen Sie nicht durch, sagte Katinkas Blick.

»Seine Schuhe?« Kathrin sah ziemlich verwirrt aus. »O.k.«

»Und Ihre.«

»Meine?«

Kathrin ging wieder in die Diele hinaus. »Hier, in unserem Garderobenschrank ist alles drin.«

Während Uttenreuther sich durch das Schuhwerk wühlte, packte Katinka den Prospekt der Klinik Weizenkirchen aus.

»Sagt Ihnen das was?«

Kathrin wurde erst rot, dann weiß. Bevor sie den Mund öffnen konnte, rumpelte es in der Diele. Philipp Hasseberg kam aus einer Tür und krachte mitten in den Schuhhaufen. Uttenreuther kniete vor ihm. Die Szene erinnerte an experimentelles Theater.

»Der Kommissar!« Anscheinend hatte sich Philipp die halbe Länge eines Fußballfeldes einverleibt, denn er war sichtlich gut drauf. »Grüß Gott.«

Hardo stand auf und ignorierte seine ausgestreckte Hand.

»Also ist er nicht unterwegs, Frau Hasseberg.«

Kathrin nahm die Farbe eines Puters an. Ihr Mann zwinkerte ihr zu. Er sah aus, als wolle er mit ihr einen flotten Jive aufs Parkett legen. Dann schob er die Hände in die Taschen seiner Anzughose.

»Also?«

Katinka wartete atemlos ab. Uttenreuther schien unentschlossen. Schließlich sagte er: »Frau Hasseberg, Sie besitzen sicher ein Paar Sportschuhe?«

»Äh … ja.«

Philipps Augen blitzten. Er ging zum Schrank und betätigte ein paar Knöpfe. Musik erklang. Musik, die sofort das Oberkommando über alle Gelenke übernahm. Katinka wiegte sich in den Hüften. Philipp grinste. »Latin Carnival, Kommissar. Möchten Sie und die Frau Privatdetektivin …? Bitte, ausreichend Tanzfläche ist vorhanden.«

»Die Sportschuhe.«

Kathrin setzte sich in Bewegung und angelte aus dem Haufen in der Diele ein Paar. Sie hielt sie Uttenreuther hin wie zwei tote Mäuse in der Falle.

»Wenn Ihr Mann die Freundlichkeit hätte, hineinzuschlüpfen.«

Katinka fielen beinahe die Augen aus dem Kopf. Dann meldete sich der Lachreiz. Philipps dämlicher Gesichtsausdruck, Hardos hervortretende Wangenmuskulatur, die Musik.

»Ich weiß ja nicht, was Sie antreibt, Kommissar, aber für einen fröhlichen Scherz sind wir doch immer zu haben, oder?« Er streifte mit einem *Schnicks* seine Schuhe ab und machte eine gönnerhafte Handbewegung. »Kathrin, würdest du …«

Kathrin bückte sich und legte ihre Schuhe vor ihm zurecht. Philipp schlüpfte hinein. Die Fersen stand hinten über. Er machte ein paar Tanzschritte.

»Kathrin hat auch hübsche Pumps, Kommissar.«

Hardo hielt an sich.

»Was meinen Sie, Palfy?«

»Wenn er sich bemüht, könnte es gehen.«

»Denke ich auch.«

»Ziemlich gut sogar.«

»Ist die Vorführung beendet?« Philipp schleuderte die Turnschuhe weg. Seine Pupillen glänzten schwarz und leer.

»Wir gehen«, sagte Hardo. »Allerdings, die Sache mit dem Koks bleibt noch zu überdenken. Passen Sie auf, was Sie tun.«

Hardo nickte Katinka zu. Er trat auf den Korridor hinaus, Katinka ging so würdevoll, wie ihre Schmerzen es zuließen, hinter ihm her. Die Musik wurde leiser, als sie schon im Treppenhaus standen. Philipp Hassebergs Stimme tönte: »Wenn Sie mir drohen – ich bin Jurist.«

»Schande dem, der Arges dabei denkt«, sagte Uttenreuther. Er lief die Treppe hinunter. Philipp schmiss die Tür ins Schloss. Der Knall hallte im Treppenhaus wider. Irgendwo kläffte ein Hund. Katinka ging ein paar Schritte, dann klammerte sie sich an das Treppengeländer. Ihr wurde beinahe übel vor Schmerz.

»Katinka?«

Sie antwortete nicht, biss die Zähne zusammen und hopste auf einem Bein hinter Hardo her. Draußen goss es wie aus Kübeln. Uttenreuther hielt ihr die Tür auf.

»Grit sagte, sie hätte die Turnschuhe in ihrer Sporttasche in ihrem Wagen gehabt«, sagte sie nachdenklich. »Die Sporttasche hätte sie, als sie am Freitag vor der Hochzeit ihres Bruders vom Fitnessstudio kam, im Auto vergessen und erst Tage später mit in ihre Wohnung getragen und sie dann erstmal nicht ausgeleert.« Katinka sah Uttenreuther fragend an. »Also lagen diese Schuhe während der Hochzeitsfeier in ihrem Auto, und das hatte sie oben bei der Altenburg am Parkplatz stehen.«

»Bis zu dem Zeitpunkt, wo jemand die Schuhe überzog. Der sie später so geschickt versteckte, dass wir sie nicht gefunden haben.«

Sie sahen sich an. Dann schlug Hardo Katinkas Tür zu und ging zur Fahrerseite. Als er sich hinters Steuer klemmte, sagte er:

»Ich fahre Sie jetzt ins Klinikum. Keine Widerrede.«

Katinka stöhnte so inbrünstig wie eine Charakterdarstellerin, aber sie war ihm im Grunde dankbar. Irgendwas stimmte nicht mit dem Fuß. Und sie bekam Angst.

Die Ärztin begutachtete ruhig und sachlich den Knöchel und schickte Katinka zum Röntgen. Wie ein geduldiges Maultier schob Hardo sie im Rollstuhl durch die Gänge. Katinka kam sich vor wie ein Haufen Bauschutt. Die Aufnahme wurde gemacht, und dann mussten sie warten. Erschöpft von den Schmerzen und dem Chaos des Tages wäre Katinka beinahe eingenickt. Neben ihr blätterte Hardo in einer Illustrierten. Irgendwas nagte an ihren Gedanken. Grit und der Friedhof, das Grab, Grit im Badeschaum. Wie um sich selbst auf die Sprünge zu helfen, fragte sie: »Hardo?«

»Hm?«

»Meinen Sie, dass Alina Faber wirklich Alkoholikerin ist, wie ihre ganze Sippschaft behauptet?«

»Ich halte es für möglich. Zwar wirkte sie heute, sagen wir mal, unauffällig. Was das auch immer heißt. Jedenfalls hatte sie nicht getrunken. Oder gerade soviel, dass sie auf der Höhe war.«

»Irgendwie habe ich den Eindruck, dass ihr da was angehängt werden soll.«

Hardo sah zweifelnd drein. »Kann sein. Aber Alkoholismus ist eine Sache des Verborgenen. Wenn das Untier sichtbar wird, kann man meist nicht mehr viel tun.«

»Vielleicht fehlt ihr die Aufgabe. Und jetzt, wo sie Grit helfen kann, kommt sie nicht auf die Idee, zu schlucken.«

»Frau Palfy?«

Die Ärztin winkte sie ins Sprechzimmer.

»Ich warte dann mal«, sagte Uttenreuther.

»Kommen Sie ruhig mit rein«, sagte die Ärztin. »Ich meine, nur wenn Ihre Tochter nichts dagegen hat.«

Katinka meinte, ihr Kopf würde auf das Doppelte seiner Größe anschwellen. »Ähm«, sagte sie.

»Ich bin …«, setzte Uttenreuther an.

»Kommen Sie einfach mit«, zischte Katinka.

»Also«, sagte die Ärztin und wies auf das Röntgenbild. »Gebrochen ist nichts. Gerissen auch nicht, soweit ich sehen kann. Wahrscheinlich sind die Bänder massiv überdehnt worden. Sind Sie umgeknickt in letzter Zeit?«

»Äh … ja«, sagte Katinka. Sie musste sich zusammenreißen. Die Ärztin würde denken, sie hätte den Intellekt eines Hühnereis.

»Die Schwellung muss erst zurückgehen. Ich gebe Ihnen eine Heparinsalbe mit. Anschließend können wir es mit einem Tapeverband versuchen.« Sie ging zu einem Arzneischrank und wühlte eine Schachtel heraus.

»Haben Sie auch was gegen die Schmerzen?«, fragte Katinka. Das Stechen, das, ganz nach Vorführeffekt, seit ihrer Anwesenheit in der Klinik nachgelassen hatte, meldete sich wieder.

»So schlimm?«

Katinka nickte.

»Dann nehmen Sie hiervon dreimal zwei. Nicht mehr. Essen Sie vorher was, damit die Tabletten den Magen nicht angreifen.«

Katinka bedankte sich und stopfte die Sachen in ihren Rucksack.

»Sie müssen den Fuß schonen, das ist das A und O.« Die Ärztin lächelte Katinka ermutigend zu. »So eine Überdehnung kann ein bisschen langwierig sein, manchmal sogar schmerzhafter als ein Bruch. Deswegen ist es besser, gleich am Anfang für Ruhe zu sorgen.«

»Sage ich auch immer«, machte sich Hardo bemerkbar. Katinka hätte am liebsten gelacht. Der Piepser der Ärztin ging.

»Also, dann gute Besserung.«

Sie verließ nach Hardo und Katinka das Zimmer. Kaum war sie außer Sicht, bremste Katinka den Rollstuhl mit dem gesunden Fuß.

»Wollen Sie sich den anderen auch noch verletzen?«, fragte Hardo.

»Nein. Zu Fuß gehen.«

»So was Stures wie Sie habe ich ja noch nie gesehen.«

Katinka stemmte sich aus dem Rollstuhl, warf den Rucksack über und hüpfte einbeinig den Gang entlang. Sie stützte sich auf den Handlauf und sah sich um. Hardo schlenderte ihr gemütlich hinterher. Er gluckste vor Lachen.

»Was ist denn?«, fragte Katinka.

»Für den Osterhasen ist es noch ein bisschen früh, Palfy«, sagte er. »Oder was transportieren Sie da in Ihrem Rucksack eigentlich? Eine Winterfuhre Kartoffeln?«

Rucksack.

Katinka lehnte sich an die Wand.

»Was haben Sie denn.«

»Hardo«, flüsterte Katinka. Ein Arzt sauste an ihnen vorbei, ohne sie auch nur anzusehen.

»Schmerzen?«

»In meinem Rucksack ... steckt vielleicht des Rätsels Lösung.«

Sie löste die Riemen und zog den braunen Umschlag heraus. In steiler Handschrift stand Grits Name und Adresse drauf. Katinka, immer noch auf einem Bein balancierend, geriet ins Wanken. Hardo nahm ihr Umschlag und Rucksack ab.

»Na los. Halten Sie sich schon fest.«

Sie legte den Arm um seinen Hals, er packte sie um die Schultern.

»Bin ich tauglich als Krücke?«, fragte er am Parkplatz.

Katinka nickte. »Danke.«

Er zog unter dem Fahrersitz eine angebrochene Mineralwasserflasche hervor. »Nehmen Sie mal eine Schmerztablette.«

Katinka widersprach nicht. Sie riss einen der Blisterstreifen aus der Schachtel und knickte zwei Pillen heraus. Der Sprudel schmeckte schal. Sie schluckte das Wundermittel. »Also«, begann sie. »Lesen wir's?«

Der Tod geht der Depression voraus.

Es verhält sich gerade nicht umgekehrt. Erst stirbst du in deinem Inneren. Dann überwältigt dich das Entsetzen über dein eigenes Absterben. Der Tod kommt nicht schnell und gewaltig, und das Entsetzen darüber noch weniger. Du siehst dir selber beim Sterben zu. Du meinst, es gäbe Medikamente, die dich am Sterben hindern, aber das ist nicht der Fall. Jeder weiß es, aber um durchzu-

halten und unserer Seele nicht zu viel Erkenntnis zuzumuten, halten wir an der These fest, dass Arznei hilft. Ich habe meine Erfahrungen über Jahrzehnte, und ich kann mit Sicherheit sagen: Medikamente sind Erfindungen cleverer Geschäftsleute, die einen Markt entdeckt haben, welcher niemals gesättigt ist. Gerade muss ich an meine Kindheit denken. Das Ave Maria beendeten wir mit den Worten: ›Bitte für uns Sünder, jetzt und in der Stunde unseres Absterbens. Amen.‹

18. Schuhe

»Alles ein bisschen abgedreht«, meinte Hardo schließlich. Er legte den letzten Bogen vor sich auf das Armaturenbrett. Katinka war ganz steif. Sie hatte Uttenreuther die ganze Zeit über die Schulter geblickt. Erleichtert stellte sie fest, dass ihr Fuß nicht mehr schmerzte.

»Kann man so sagen.«

»Was bezweckt Hasseberg eigentlich damit, seiner Tochter dermaßen schrullige Sachen zu schreiben?« Harduin Uttenreuther trommelte auf das Lenkrad. Es war kalt im Wagen. Feiner Regen sprühte über die Scheiben. Von innen waren sie komplett beschlagen.

»Die Tabletten. Er nimmt Antidepressiva«, erinnerte Katinka. »Wissen Sie, was ich glaube? Er wickelte seine Familie von Beginn an ein. Nach dem Motto: Geht's mir schlecht, ist es eure Schuld. Und ihr wollt doch bestimmt, dass es mir gut geht. So hat er sie im Laufe der Zeit gesteuert wie ein Uhrwerk. Sie haben alles getan, damit er zufrieden war, denn wenn es ihm schlecht ging, wurde auch das Leben seiner Angehörigen unerträglich.«

»Seine Frau ist ausgebrochen.«

»Als einzige«, sagte Katinka. »Grit wehrt sich noch, und Philipp ging den Weg des geringsten Widerstandes. Studium, Berufswahl, Job. Heirat. Koks. Er hat sich ein Mädchen ausgesucht, das, wie er hofft, zu blöd ist, um die Zusammenhänge zu begreifen. Jede andere wäre meilenweit weggerannt vor dieser Familie.«

Hardos Getrommel machte Katinka nervös. Schnell sagte sie:

»Dennoch, Hardo: Ich habe Grit mit ihrem Vater telefonieren hören. Sie spricht mit ihm, als wäre sie seine Geliebte.«

»So was soll's geben.«

»Glauben Sie, dass die beiden ein … Verhältnis haben?«

»Kommt alles vor. Spielt aber keine Rolle, ob ich das glaube. Ich muss die Fakten gegeneinander abwägen. Sicher ist nur, dass Grit und ihr Vater in eine Beziehung verstrickt sind, die sich zumindest auf seine Tochter ziemlich schlecht auswirkt.«

Katinka sah Hardo zu, wie er die Blätter noch mal durchging. Dann steckte er alles in den Umschlag.

»Woran denken Sie?«, fragte sie.

»An Alina Faber. Haben Sie bemerkt, wie sie mit ihrer Tochter umgeht?«

»Schon. Sehr liebevoll, würde ich sagen.«

»Und damit womöglich eine neue Form von Abhängigkeit und Schuldverstrickung hervorruft.«

»Glauben Sie das wirklich?« Katinka sah ihn aufgeregt an.

»Ja. Nein. Keine Ahnung. Kann sein, dass ich es ihr unterstelle.«

Sie sah den wehmütigen Ausdruck in seinem Gesicht und ahnte, dass er an seine Tochter dachte.

»Wie war Sybille?«, fragte sie.

»Och. Wie jedes kleine Mädchen, jeder Teenager, jede junge Frau. Ein bisschen chaotisch, ungehorsam, gefühlsverwirrt. Sie hatte was von einer Draufgängerin. Genauso wie Sie übrigens. Wenn ich sie nicht noch gewarnt hätte!« Er hieb mit der Faust auf das Lenkrad, dass der Golf erzitterte. »Aber sie hatte diesen neuen Typen gerade erst an Land gezogen. Wie kann einen das Winterwetter von einer heißen Nacht abhalten, selbst wenn Papa es auch noch so drängend versucht. Vor allem, wenn das Glatteis erstmal nur in den Verkehrsdurchsagen existiert.« Wie zur Bestätigung schaltete er das Radio ein. Bayern 4.

Das bevorstehende Fest Allerseelen hat daher in unserer Kultur eine besondere Bedeutung, sagte der Sprecher. *Und gerade in der dunklen Jahreszeit, im Kontext des Totensonntags, machen wir Menschen uns Gedanken über die Vergänglichkeit, über Sünde und Schuld.*

Katinka verdrehte die Augen. »Sie hatte einen neuen Freund?«

»Einen gewissen Carl. Erst seit wenigen Wochen. Ich freute mich für Sybille, ehrlich. Sie hatte eine ziemlich zerstörerische Trennung hinter sich, und diese neue Beziehung, nun, es schien mir, als … als lebte sie auf. Sie wurde wieder ein fröhlicher Mensch. Carl strich ihr mit scheinbar magischen Kräften die beständigen Sorgenfalten aus dem Gesicht.«

Aus diesem Anlass bringen wir nun die Missa Sanctorum Apostolorum von Pater Valentin Rathgeber in einer Aufnahme aus Kloster Banz.

Ich werd' nicht mehr, dachte Katinka. Das hat Alina doch vorhin gehört.

»Ich bin heute soweit, mich zu freuen, oder wenigstens dankbar zu sein, dass ihre letzten Lebenstage glücklich waren«, sagte Uttenreuther. Er wandte sich Katinka zu. »Verstehen Sie, dass ich immer noch damit hadere, dass Carl, der Tölpel, in Kaltenbrunn wohnen muss, das macht immerhin fast 30 Kilometer von Bamberg aus. Verstehen Sie das?«

Katinka nickte. »Ich glaube schon.«

Uttenreuther drehte sich weg und starrte aus dem beschlagenen Fenster in die Dämmerung. Er wischte mit den Fingern über die Scheibe und hinterließ ein paar Schlieren.

»Ich hatte nach Sybilles Tod die Hoffnung, meine Frau und ich würden uns wieder ein wenig näher kommen. Wenigstens zu einer freundschaftlichen Basis zurückfinden, in der der Respekt einen Platz hat. Fehlanzeige.«

Katinka sah sein Gesicht, das sich in der handbreit freigewischten Autoscheibe spiegelte. *Kyrie eleison*. Das ist zum Auswachsen, dachte sie. Sie wollte das Radio ausdrehen, doch sie wagte nicht, sich zu regen.

»Sybille sah grauenvoll aus, als ich sie identifizieren musste. Grauenvoll.« Er kurbelte die Scheibe herunter, und ein feuchtkalter Windstoß fegte herein. Katinka fröstelte. Uttenreuther fuhr sich über die Glatze. »Am meisten habe ich mir Vorwürfe gemacht, sie nicht beschützt zu haben. Genau das schien mir ihr entstelltes Gesicht vorzuhalten. Ich …«

Er schüttelte den Kopf, als müsse er eine Stechmücke vertreiben.

»Fahren wir«, sagte er und ließ den Motor an.

»Wohin?«

»Die Turnschuhe suchen.«

»Aber wo?«

»Bei Hasseberg, würde ich vorschlagen.«

Die Nacht fiel über sie her, als sie von der Schnellstraße nach Stegaurach abbogen.

»Gulag der Juristen und Studienräte«, sagte Hardo und zeigte auf die zahlreichen neu gebauten Häuser.

Crucifixus.

»Darf ich das abschalten?«, fragte Katinka.

»Ja, sicher!« Er drückte selbst auf den Knopf.

»Wo wohnen Sie denn?«

»Da, wo ich meiner Gehaltsklasse zufolge hingehöre.«

Katinka wusste genau, wie Hassebergs Grundstück zu erreichen war, doch Hardo schien sich ebenfalls bestens auszukennen. Er parkte direkt vor dem Gartentor und wies Katinka an, vorerst im Wagen zu bleiben. Dann führte er ein Telefonat mit seinen Kollegen und schwang sich aus dem Auto.

»Vorerst«, betonte er noch mal.

Allerdings kam er schnell wieder.

»Hasseberg ist nicht da. Und so schnell kriege ich keinen Durchsuchungsbeschluss her.«

Katinka kämpfte sich aus dem Wagen. Der Sprühregen schmierte sofort einen dicken Film auf ihre Brille. Sie nahm sie ab und wischte sie sauber.

»Sollen wir uns mal im Garten umsehen?«

»Ich habe angenommen, dass Sie das vorschlagen würden«, sagte Hardo schmunzelnd und nahm eine Taschenlampe aus dem Seitenfach. »Was macht Ihr Fuß?«

»Geht gut. Die Tabletten wirken.«

»Dann kommen Sie.«

Katinka stieß sich vom Autodach ab und ging an Hardo vorbei auf das Grundstück. Erst später wurde ihr bewusst, dass Uttenreuther sie mit voller Berechnung vorausgehen ließ, sie scharf beobachtete, wie sie beinahe automatisch um das Haus herumging und neben dem Pool stehen blieb.

»Wo haben Sie sich eigentlich rumgetrieben, neulich?«, fragte er angelegentlich. »Sie müssen's mir nicht sagen, aber …«

Katinka zog heftig die Luft ein. Möglicherweise war dort das beste Versteck, das man sich denken konnte.

»Es ist ziemlich eklig.« Sie starrte in den Pool. Noch mehr Regenwasser hatte sich seit ihrem letzten Besuch angesammelt. Von ihrer Schlitterspur war nichts mehr zu erkennen. Sie wies mit ausgestrecktem Arm auf den Spalt in der hinteren Wand des Schwimmbeckens.

»Sehen Sie dort den Durchschlupf? Er ist nicht besonders breit, ich habe gerade so durchgepasst.«

Uttenreuther machte ein Gesicht, als habe er eben etwas absolut Ekliges gegessen.

»Sie – haben – gerade – so – durchgepasst.« Er schüttelte den Kopf. »Eine Lungenentzündung haben Sie nicht gekriegt, ja?«

Er sprang behände in das Becken. Das brackige Wasser spritzte auf. Es reichte ihm bis zu den Knöcheln. »Affenkälte«, brummte er, während er sich in den tieferen Teil hinuntertastete und zweimal beinahe ausgerutscht wäre.

Katinka kniete sich an den Beckenrand und spähte durch den Spalt. »Dadrin sind irgendwelche technischen Raffinessen«, sagte sie. Uttenreuther starrte auf den schmalen Durchschlupf, dann sah er Katinka an.

»Ich …«, begann er und wies auf seinen Bauch, »gelobe bei der Heiligen Kunigunde, fürderhin weniger zu trinken und zu essen.«

Zu ihrer eigenen Überraschung stellte Katinka fest, dass sie sich freute. Endlich forderte Uttenreuther sie mal auf, etwas Verbotenes, allenfalls Halblegales in Angriff zu nehmen – weil er es nicht konnte. Sie hockte sich auf den Rand und rutschte in den Pool.

»Wenn dieser Fall abgeschlossen ist, kaufe ich mir zehn Paar neue Schuhe«, murmelte sie.

»Frauen sind ohnehin schuhsüchtig«, sagte Uttenreuther.

Katinka hörte nicht hin. Das eiskalte Wasser biss ihr in die Füße. Sie zog die Jacke aus und drückte sie Uttenreuther in die Hand. Dann schob sie sich geschickt bäuchlings durch den Spalt in der Mauer. Einen Moment konnte sie das Gleichgewicht halten.

»Leuchten Sie mal!«, rief sie hinaus.

Der Lichtstrahl brach sich an veralgten Betonwänden.

»Hej, hier ist ein Rollladen, vielleicht als Abdeckung. Scheinbar nicht mehr funktionstüchtig.« Katinka sah sich um. Endlich sah sie deutlich, wo sie vor kurzem Zuflucht vor Hasseberg gesucht hatte. Keine sehr anheimelnde Stätte, dachte sie. Das Wasser hatte neulich kniehoch gestanden, und vermutlich war jetzt noch mehr hineingelaufen. Sie hielt die Luft an und ließ sich hinunter. Ihr leiser Aufschrei alarmierte Hardo.

»Ist was?«

»Arschkalt ist es«, zischte Katinka. Das Eiswasser raubte ihr einen Augenblick lang den Atem. Sie ließ sich die Taschenlampe geben und leuchtete herum. Gebückt presste sie sich von der linken Ecke bis auf die andere Seite. Ihre Füße schleiften über den Boden. Sie tastete um den Rollladen herum. »Ich finde nichts!«

»Dann kommen Sie raus«, kommandierte Hardo. Seine Stimme klang unerwartet nah und ziemlich ungeduldig.

»Ich …«, sagte Katinka. Sie hatte bemerkt, dass der nutzlose Rollladen aufgerollt im Bassin hing. Sie nahm die Taschenlampe zwischen die Zähne, bog mit der linken Hand die Lamellen auf und schob die Rechte so weit sie konnte in die Rolle hinein. Sie berührte etwas Weiches, Klatschnasses. Ihre Zähne klapperten, die Taschenlampe löste sich und plumpste in das schwarze Wasser.

»Scheiße.«

»Was ist!«

»Ich habe die Lampe verloren.«

»Kommen Sie endlich raus. Wollen Sie sich den Tod holen?«

Katinka kniff die Lider zusammen, bog die Lamellen noch etwas weiter auf. Wenn sie Pech hatte, war das Kalte, Weiche ein Rattenkadaver. Ihre Fingerspitzen befühlten es, aber sie bekam es nicht zu fassen. Sie ging in die Knie und schob den Arm bis zur Schulter in die Rolle. Sofort saugte sich ihr Pullover mit Wasser voll.

»Ich hab's.«

»Na endlich. Was ist es denn!«

»Ich glaube, es ist ein Schuh«, sagte Katinka. Sie fühlte sich ganz glücklich. Was bedeuteten ein paar abgestorbene Gliedmaßen und blaue Lippen. Aufgeregt betastete sie ihre Beute. Schnürsenkel, ein feste Sohle.

»Bravo. Und jetzt raus«, befahl Hardo.

Katinka bewegte sich wie in Trance. Noch bis vorhin hätte sie beschworen, dass keine zehn Pferde sie mehr in diese Höhle bringen würden. Sie reichte den Schuh durch den Schlitz und hörte, wie der Kommissar leise durch die Zähne pfiff. Dann wollte sie durch den Spalt kriechen. Es ging nicht. Sie steckte fest.

Die Panik jagte durch ihren Körper. Ihre zitternden Hände fassten nach dem Durchschlupf, aber ihr rechtes Bein war irgendwo eingeklemmt.

»Hardo«, rief sie.

»Was ist?«

»Ich stecke fest.« In ihrem Entsetzen sah sie sich hier drin sterben. Unterkühlt zusammensinken und in dem

Dreckwasser ertrinken. Der Kommissar würde ihr nicht helfen können. Er passte nicht rein. »Ich stecke fest, Hardo.«

»Ganz ruhig«, kam es von Hardo. Wieder klang seine Stimme tief und weich, wie vorhin, als er mit Grit gesprochen hatte. »Wo genau ist das Problem.«

Problem. Der hatte gut reden, er hatte allenfalls nasse Füße. Katinka war mittlerweile völlig durchnässt. In ihrer Angst machte sie ein paar wilde Bewegungen. Das Wasser spritzte auf. »Mein rechter Fuß«, flüsterte sie, »sitzt irgendwo fest.«

»Bewegen Sie Ihr Bein ganz langsam«, ordnete Hardo an. »Ganz langsam.«

Katinka gehorchte. Sie versuchte es, befehligte Bein und Fuß, als handele es sich um ein hochkompliziertes mechanisches Gerät.

»Drehen Sie das Bein ein wenig nach rechts, dann nach links. Tun Sie sich nicht weh dabei.«

Katinka befolgte seine Anweisungen. Sie spürte etwas Scharfes an ihrer Wade. Langsam rutschte das Bein zur Seite.

»O.k. Ich glaube, es geht was«, rief sie.

»Weitermachen. Immer ganz vorsichtig.«

Hardo schob seine Hand durch den Spalt. Katinka griff danach. Sie war warm und fest und schloss sich um ihre eiskalten Finger.

»Geht's?«

»Schon«, flüsterte Katinka bibbernd. Ihre Bewegungen kamen ruckartig, und es nützte nichts, sich dagegen zu sperren. Der Schmerz in dem anderen Fuß setzte wieder ein. Ich muss sofort noch eine Tablette nehmen, dachte sie. Wenn ich nur endlich hier rauskomme. Rauskomme, rauskomme, rauskomme, hallte es in ihrem Kopf.

Sie zog mit aller Kraft. Mit einem unerwarteten RATSCH war das Bein frei. Katinka verlor das Gleichgewicht und stürzte beinahe hin. Hardos Hand zerdrückte fast ihre Finger.

»Was tun Sie da, verdammt!«

»Schon o.k.«, flüsterte sie. »Helfen Sie mir raus, Hardo, schnell, schnell.«

»Gleich sind Sie draußen«, sagte Hardo. »Strecken Sie die Arme raus.«

Katinka tat, was er sagte. Sie schob Schultern und Oberkörper nach. Er packte sie und zog sie durch den Spalt. Sie stöhnte vor Schmerz, als ihre Hüftknochen über die harten Fliesen schrammten. Wie ein Sack rutschte Katinka auf seiner Seite herunter. Sie fühlte sich schwach und leer und wie von Nebel umgeben.

»Los. Kommen Sie. Nichts da. Nicht zusammenklappen.«

Er stopfte sich den Schuh in seinen Hosenbund und zog Katinka hoch.

»Mir ist kalt kalt kalt«, sagte Katinka.

»Erstaunlich«, sagte Uttenreuther. »Bewegen Sie sich.«

Katinka versuchte ein paar Schritte. Der Schmerz im Knöchel sagte ihr, dass die Übertragungsleitungen in ihrem Körper noch funktionierten. Hardo half ihr aus dem Becken und kletterte ihr nach. Energisch stieß er sie über das Hassebergsche Grundstück, ohne auf die gleißenden Lichtstrahler zu achten, und schloss den Wagen auf.

»Rein mit Ihnen«, sagte er. »Ziehen Sie sich das nasse Zeug aus. Ich schaue nicht hin.« Er tauchte in den Kofferraum und warf Katinka eine Decke zu. Der Schuh landete auf dem Beifahrersitz. Katinka kroch auf die Rückbank. Sie beugte sich vor. Schuhgröße 40. Die bunte

Musterung an der Ferse war schmierig vom Schmutzwasser.

»Das ist das Modell«, sagte sie zu Hardo, der den Motor anließ. »Diese Turnschuhe hat Grit getragen, als ich sie zum ersten Mal in ihrer Wohnung besucht habe.«

»Gut«, sagte Hardo. »Gut. Klasse gemacht, Palfy.«

Katinka lehnte sich zurück. Als sie die Decke um sich wickelte und die Beine anzog, kam es ihr vor, als sei die Schwellung des Knöchels zurückgegangen. Vorne hörte sie Hardo telefonieren.

»Uttenreuther hier. Machen Sie Ihrer Freundin ein heißes Bad zurecht. Wir sind gleich da.«

Katinka stöhnte leise. Toms Geduld wurde bei diesem Fall auf eine harte Probe gestellt. Sie machte sich ganz klein. Hardo sprach schon mit jemand anderem. Sie hörte die Namen von Philipp und Roland Hasseberg. Arme Kathrin, dachte sie. Aber dann bemerkte sie, wie völlig gleichgültig ihr alles war. Neben Erschöpfung und Müdigkeit empfand sie eine ungekannte Zufriedenheit mit sich selbst. Trotz der Kälteschauer nickte sie ein. Erst, als der Wagen stand, wurde sie wach.

»Tut mir leid, Palfy, dass ich Ihnen keine angenehmere Abendbeschäftigung geboten habe.« Hardo hatte sich zu ihr umgedreht.

»Macht nichts«, sagte Katinka. »Halten Sie mich auf dem Laufenden?«

Er nickte und half ihr beim Aussteigen. Sie hüpfte auf die Haustür zu und hangelte sich nach oben. Tom hatte sie schon kommen hören. Er stand in der Wohnungstür.

»Mann o Mann«, sagte er.

»Nichts Dramatisches«, wiegelte Katinka ab und hopste in die Wohnung. »Nichts nennenswert Dramatisches.«

19. Eine angebissene Zitronenscheibe

Katinka vermisste den Kater, der abends an ihrem Bett entlangzuschleichen beliebte und nach dem Rechten sah, bevor er sich wieder seinem eigenen Nachtleben widmete.

»Hast du Vishnu gefunden?«, murmelte sie.

Tom kraulte ihr das Haar.

»Nein. Ich hoffe, er kommt von selbst zurück. Bist du warm?«

»Halbwegs.« Sie lag unter zwei dicken Federbetten, hummerrot von dem heißen Bad, eine Wärmflasche auf dem Bauch. Nach zwei weiteren Schmerztabletten war die Sache mit dem Knöchel auszuhalten. Tom hatte den Fuß dick mit Salbe eingerieben. »Weißt du, im Grunde bin ich froh, dass ich jetzt nichts mehr mit dem Kram zu tun habe. Soll Hardo nach den beiden Hassebergs fahnden.«

»Gesunde Einstellung«, fand Tom. »Aber ich frage mich, wie lange die anhält.«

»Das nenne ich wiederum gesunden Realismus«, witzelte Katinka. Sie war todmüde, und jetzt, nachdem sie Tom alles erzählt hatte, fühlte sie sich endlich ruhig und der Schwelle des Schlafes ganz nahe, als könne sie jeden Moment hinübergleiten. Als das Handy schrillte, hatte sie den Eindruck, gerade erst eingeschlummert zu sein. Verwirrt tastete sie nach dem Telefon. Im Zimmer war es dunkel. Tom schnarchte leise. Katinka knipste das Licht an und fuhrwerkte hektisch herum. Endlich drückte sie die grüne Taste.

»Palfy?«, keuchte sie. Ihr Blick fiel auf den Wecker. Sie musste ihn sich nah vor die Augen halten, um die Zeit ablesen zu können. Drei Uhr morgens.

»Frau Palfy, helfen Sie mir! Mein Kind, mein Kind!«

So sehr sie sich auch bemühte, Katinka erkannte die schrille Stimme nicht, die ihr hysterisch entgegenschallte. »Wer ist denn da!«, sagte sie.

»Grit ist weg! Sie schlief bis eben, aber dann stand sie auf und sagte, sie wollte abrechnen. Mit IHM abrechnen!«

»Frau Faber?«, fragte Katinka langsam. Tom drehte sich um und machte ein Auge auf. »Sind Sie das?«

»Sie ist weg! Verstehen Sie? Sie trifft sich mit ihm. Er wird sie umbringen!«

»Wer ›er‹, Frau Faber.«

»Ihr Vater, natürlich. Helfen Sie mir!« Alina Faber brach in wüstes Schluchzen aus.

»O.k. Mal langsam. Hat sie gesagt, wohin sie gehen will?«

»Sie hat gesagt, in bester Panoramalage. Grit geht oft nachts in der Stadt spazieren. Sie hat soviel sonderbare Dinge heute Abend erzählt. Sie sagte immer nur, ›ich erinnere mich, ich erinnere mich‹. Tun Sie was! Finden Sie Grit, Frau Palfy! Bitte! Finden Sie mein Kind! Finden Sie sie, bevor er ihr etwas antut!«

Katinka fuhr sich übers Gesicht. Während sich langsam das Adrenalin seinen Weg durch ihren Körper bahnte, setzte sie sich auf.

»Ich kümmere mich drum. Lassen Sie Ihr Handy an.«

Sie drückte den Aus-Knopf und legte das Telefon auf den Nachttisch.

»Tom?«

»Hm?«

»Ich muss weg.«

Er öffnete das zweite Auge. »Habe ich mir gedacht.«

»Und es wäre ganz lieb, wenn du mich fahren würdest. Du weißt, der Fuß.«

Tom gähnte, rieb sich die Augen und stand dann auf. Katinka rutschte aus dem Bett und blieb einen Moment auf dem Boden sitzen. Sie fühlte sich erstaunlich klar, als durchdringe ihr Bewusstsein jede Faser ihres Körpers mit voller Kraft.

»Wir müssen zuerst in die Hasengasse, meine Waffe holen«, kommandierte sie, als sie aufstand, nach ihrer Brille griff und versuchte, aufzutreten. Es ging nicht gut, aber sie wusste, dass sie durchhalten würde. Sie suchte sich dicke Socken, schlüpfte in frische Jeans und Winterschuhe und zog zwei T-Shirts unter den Pullover. Dann packte sie das Handy, die Schmerztabletten und die Schlüssel zu ihrem Büro in die Jackentasche. Tom war schon fertig. Sie griff nach dem Schal, den er ihr hinhielt. Während sie neben ihm die Treppe hinunterhumpelte, wählte sie Uttenreuthers Nummer.

»Ja!«

»Katinka Palfy hier«, sagte Katinka.

»Ist was passiert?«

Sie konnte hören, wie er sich im Bett aufrichtete.

»Eben hat Alina Faber bei mir angerufen. Grit ist abgehauen. Angeblich will sie sich mit ihrem Vater treffen. Alina dreht total am Rad. Sie glaubt, dass ihr Ex Grit umbringen will.«

»Sagen Sie bitte nicht, dass Sie schon mitten im Taifun stecken, Palfy.«

»Ich weiß nicht so genau, wo der Taifun tobt«, erwiderte Katinka. »Laut Alina hat Grit etwas von bester Panoramalage gefaselt. Was denken Sie, wo soll das sein?«

Tom schloss den Wagen auf. Sie rutschte auf den Beifahrersitz.

»Altenburg«, sagte Uttenreuther. »Würde thematisch ja auch passen. Ich veranlasse das. Wir sind gleich dort.«

»O.k.«

Katinka beendete das Gespräch. Tom fuhr schnell und konzentriert durch die Stadt. Er hielt am Kranen. Katinka holte die Beretta aus dem Büro und packte eine Taschenlampe ein. Der Regen hatte aufgehört, der Himmel war ganz klar. Die Luft roch nach trockenem Schnee. Ein Stück Mond hing am Himmel, er sah abgefressen aus, wie eine angebissene Zitronenscheibe.

»Weiter im Text«, sagte Katinka, als sie zurückkam.

Tom fuhr an. Als sie abbogen und über die Markusbrücke kamen, sah sie den Schatten rechts auf dem Gehweg. Er bewegte sich schnell und gewandt.

»Das ist Vishnu!«

Tom bremste.

»Spinnst du?«

»Doch. Schau doch!«

Tom hielt und spähte in die Nacht.

»Eindeutig«, sagte er verwundert.

»Was macht denn der hier!« Katinka riss die Tür auf. »Hej, Tiger! Vishnu, komm.«

Sie lockte ihn nach allen Regeln der Kunst, aber er drehte sich nicht um, sondern witschte um die Ecke.

»Los, fahr ihm nach!«

»Ich denke, du wolltest Grit Faber retten«, sagte Tom zweifelnd.

»Lass uns rechts herum fahren und dann über den Abtsberg zur Altenburg. Los. Vielleicht fangen wir ihn gleich ein!«

Der Kater setzte in Riesensprüngen über die Straße und lief nun links von ihnen die Sandstraße entlang. Katinka verstand später, dass es ihr nicht um den Kater ging, sondern um etwas, das sie Ida hatte sagen hören. *Ich frage mich, was diese Tiere sehen, das uns verborgen bleibt.*

»Der galoppiert ja richtig«, wunderte sich Tom.

Vishnu wurde langsamer und blieb schließlich stehen. Er stand vor der grünen Tür, die einen nur den Eingeweihten bekannten Zugang zu den Michaelsberger Gärten freigab. Schnuppernd fuhr seine Nase über die Stufe. Sie hielten und stiegen aus. Tom wollte Vishnu packen, aber der Kater fauchte böse und schlug mit der Tatze.

»Mistvieh«, brummte Tom und wedelte mit der Hand.

Katinka sah, wie Vishnu mit den Pfoten gegen die Tür stupste. Sie fasste nach der Klinke.

»Vergiss es. Der Durchgang ist nachts geschlossen«, sagte Tom in dem Augenblick, als Katinka sie hinunterdrückte. Die Tür gab nach. Vishnu drängte sich vorbei. Sie sahen sich an.

»Wenn er ein Hund wäre«, sagte Tom im Flüsterton, »dann würden wir ihm zutrauen, uns dahin zu führen, wo's brennt.«

»Dann ist er ein Hund«, sagte Katinka. »Hier, nimm die Lampe.« Sie rückte am Holster und zog die Waffe.

Gemeinsam stiegen sie die engen Treppen durch das

Pfortenhäuschen hinauf. Der Lichtkegel irrte über die Wände. Der aufgesprungene Putz warf gespenstische Schatten. Katinka tastete nach dem Blisterstreifen und drückte zwei Tabletten heraus. Das Knistern des Alus hallte laut wider. Eine Spinnwebe streifte ihr Gesicht. Sie würgte die Pillen herunter. Als sie ins Freie traten, konnten sie gerade noch erkennen, wie Vishnu im Dunkel der Terrassenanlagen untertauchte.

»Der Kater ...«, begann Tom. Schnell legte Katinka ihm den Finger auf die Lippen. Sie folgten dem Weg bergauf. Mehrere von Hecken, kleinen Pavillons und einem Brunnen gesäumte Terrassen führten bis zu dem ehemaligen Benediktinerkloster hinauf. Mitten in der Nacht war es nicht mehr beleuchtet. Sie mussten sich mit dem Licht der Straßenlaternen jenseits der Mauer begnügen. Es war zunächst ungewohnt und mühsam, aber nach kurzer Zeit hatten sich ihre Augen an die Finsternis gewöhnt. Sie stiegen langsam die Stufen hinauf und wandten sich dann nach links. Katinka atmete tief durch, bevor sie vor Tom durch den neu renovierten Pavillon schlich. Sie achteten auf jeden Schritt, gingen am Brunnen vorbei, orientierten sich am Schattenriss der Hecke. Katinka hörte Toms Keuchen hinter sich. Als sie die schmalen Stufen erreichten, die den letzten Hangabschnitt bis zum Kloster überwanden, blieben sie stehen.

»Siehst du ihn noch?«, raunte Katinka. Vielleicht hatte sie sich getäuscht und sie verschwendeten hier nur ihre Zeit.

»Nein. Dummerweise sieht Vishnu auch viel besser als wir.«

Katinka lauschte. Sie tippte Tom auf die Schulter und deutete zuerst auf ihre Ohren, dann nach oben. Hörst du?, formten ihre Lippen. Tom konzentrierte sich. Er nickte. Katinka hielt den Atem an. Zwei Leute sprachen. Ein Mann und eine Frau. Katinka ging ein paar Stufen weiter hoch. Sie wünschte sich, sie könnte ihre Ohren wie ein Teleskop ausfahren. Die Anstrengung, so gebannt zu horchen, tat ihr beinahe körperlich weh. Aber dann war sie sicher. Sie humpelte wieder zu Tom und flüsterte ihm ins Ohr:

»Nimm mein Handy. Ruf Hardo an. Wir haben falsch getippt. Hasseberg ist hier oben am Michaelsberg, mit seiner Tochter Grit. Sie sollen sofort herkommen, aber wenn's geht ohne Tamtam, um ihn nicht aufzuscheuchen.«

Tom nahm Katinka das Telefon ab und sah sie unsicher an. Sie las seine Gedanken.

»Ich will mitkriegen, worüber sie reden. Keine Panik. Ich bin bewaffnet.«

»O.k.«, sagte Tom tonlos.

»Geh weit genug weg, dass dich niemand hören kann. Und wenn du zurückkommst: kein Geräusch.«

Sie küsste ihn. Dann drehte sie sich um und schlich die Stufen hinauf, setzte einen Schritt vor den anderen.

»Mach dir nichts draus, Grit. Ich kann auch viele Nächte lang nicht schlafen. Das hast du von mir.« Hassebergs Stimme klang sonor und freundlich. »Heute noch laufe ich nachts herum, das ist besser, als wach im Bett zu liegen und sich zu grämen. Ich fahre sogar extra in die Stadt. Dabei könnte ich einfach über ein paar Wiesen marschieren. Aber ich komme in die Stadt. Diese alten Mauern trösten mich.«

»Naja. Der Blick von hier auf die Stadt ist schon wunderschön.« Grit sprach leise. Katinka musste all ihre Konzentration aufwenden, um zu verstehen, was sie sagte. Etwas raschelte neben ihr. Erschrocken sah sie zur Seite. Nichts. Alles war still. Dunkel und still. Sie kniete sich auf die Treppe und wartete.

»Ich wollte was mit dir besprechen«, hörte sie Grit.

»Gern.«

»Aber es wird dir nicht gefallen.«

»So?« Hasseberg lachte. »Warum denn nicht!«

»Weil es mit dem Unfall zu tun hat.«

»Kindchen, du solltest die Sache allmählich auf sich beruhen lassen. Wenn man immerzu in den Wunden herumrührt, dann können sie nicht heilen.«

»Diese Wunde kann erst heilen, wenn du mir erklärt hast, warum du sie nicht gerettet hast!«, sagte Grit scharf.

Wieder das Knistern neben Katinka. Sie spürte ihr Herz klopfen. Irgendein Tier, beruhigte sie sich.

»Wen gerettet?«

»Sybille. Sybille Uttenreuther, die Tochter des Polizisten.«

»Ich? Wie hätte ich sie retten sollen!« Hasseberg hörte sich verwirrt an.

»Weil du sie hast liegen sehen. Und mich und Tante Ida. Aber du hast nichts getan. Du hast dich davongeschlichen.«

»Komm schon, Grit«, sagte Hasseberg. Katinka mochte sich täuschen, aber er klang alarmiert.

Trotzig brandete Grits Stimme über Katinka hinweg. Die beiden standen nun ganz nahe, oben an der Treppe. Ich muss hier weg, dachte Katinka, aber ich will wissen, was sie bereden. Ich muss es einfach wissen.

»Ida und ich waren bewusstlos. Aber ich bin kurz zu mir gekommen. Nur vielleicht für eine Minute oder so. Ich weiß, dass ich dich gesehen habe. Ich sehe, wie du dich über sie beugst und wie sie etwas zu dir sagt. Sie hat noch gelebt. Aber du bist abgehauen.«

»Grit. Mädchen.«

Fasziniert blieb Katinka auf der Treppe hocken. Hasseberg und Grit standen nur wenige Meter von ihr entfernt.

»Dein Gehirn spielt dir einen Streich. Darüber musst du dir keine Sorgen machen. Das kann passieren nach einem Schock. Ich war zu Hause an dem Abend. Ich kann gar nicht bei euch auf der Straße gewesen sein!«

»Du warst da. Du hast nach Wein gestunken. Ich hab's gerochen. Versuche nicht, mich zum Narren zu halten. Und Tante Ida wusste es auch. Sie hat schon im Krankenhaus zu mir gesagt, Grit, hat sie gesagt, pass auf, was dein Vater tut. Sei vorsichtig.«

»Lass den Mist!«, sagte Hasseberg nun scharf. »Solche Anschuldigungen sind irrational und grausam. Ich kann nicht glauben, dass du mir das vorwirfst. Tante Ida hat sowieso einen unguten Einfluss auf dich ausgeübt. Insofern … aber egal.«

Katinka hörte Schritte. Grit schrie: »Ich werde es dem Kommissar sagen. Und die kriegen dich. Diesmal kriegen sie dich.«

Sie weinte. Katinka sprang auf und hastete die Treppe hinunter in die Dunkelheit. Sie kroch hinter die nächste Hecke und wartete. Grit kam die Stufen herunter. Hasseberg war hinter ihr.

»Grit«, sagte er. »Du kennst mich. Du weißt, was ich durchmache. Bring mich nicht noch mehr in Konflikt.«

Grit fuhr herum. Klein und schmal hob sie sich gegen den schwarzen Himmel ab. Der angebissene Mond hing knapp über ihrem Kopf.

»Du hast uns immer nur benutzt. Du hast uns gezwungen und malträtiert. Du hast Mama kaputtgemacht. Alles musste nach deinem Willen laufen. Sonst waren wir schlechte Menschen und du musstest leiden. Aber dieses dämliche Spiel ist ab heute für mich Vergangenheit. Ich kriege dich vor Gericht. Du hast Sybille Uttenreuther ermordet. Du bist schuld!«

»Grit, ich …«

»Genauso wie die Sache mit Norbert. Du hast mich verkauft. Du hast Norbert einen Job in deiner beschissenen Kanzlei geboten. Wenn er mich heiratet, hast du ihm gesagt. Du … ich hasse dich! Ich hasse hasse hasse dich.«

»Nimmst du jetzt auch Drogen, wie dein Bruder? Oder woher nimmst du die Fantasie für dein Gefasel!«

»Du hast Tante Ida umgebracht!«, brüllte Grit. Ihre Stimme schraubte sich immer höher. »Sie hat sich an die Unfallnacht erinnert. Du hast sie umgebracht, weil du wusstest, irgendwann fliegst du auf. Und ihre Tagebücher hast du vernichtet. Damit alle Spuren beseitigt sind.«

»Welche Tagebücher?«, fragte Hasseberg.

»Die Detektivin hat erzählt, dass Ida sie vermisst hätte. Die Notizen der letzten Monate. Du hast sie genommen. Sie waren nicht mehr da.«

Katinka wurde heiß, als sie von sich sprechen hörte. Ihre Knie begannen zu zittern. Sie ließ sich bäuchlings im Gras nieder und starrte unverwandt zu den beiden auf der Treppe.

»Also weißt du, wo Ida sie aufbewahrt«, kam es von Hasseberg. Seine Stimme fuhr Achterbahn. »Du weißt es. Du Luder. Hast du sie mitgehen lassen? Sag schon!«

Grit starrte ihren Vater an. Katinka sah das Messer,

den feinen Lichtblitz, der nur einen flüchtigen Gedanken lang aufleuchtete, dann hörte sie Grits Schluchzen und Hasseberg, der ganz leise sagte: »Ganz recht. Und du bist die Nächste. Es sei denn, du erinnerst dich an deine Kinderstube und an das, was uns Menschen vor allem anderen auszeichnet: an deinen Verstand.«

Katinka rückte sich im Gras zurecht. Sie stieß gegen einen Zweig. Hasseberg hörte das feine Knacken. Er starrte in ihre Richtung. Ruhig richtete Katinka die Pistole aus.

»Lass mich!«, schrie Grit. Sie wehrte sich unerwartet heftig. Dann schnellte etwas Dunkles aus dem Gebüsch neben ihnen und sprang Hasseberg an.

Er schrie halblaut auf. Das Messer sank. Grit holte aus, schlug nach seiner Hand und kam ins Taumeln. Sie stürzte ein paar Schritte, fing sich und klammerte sich am Treppengeländer fest. Vishnu, dachte Katinka. Das gibt's nicht.

Hasseberg hatte sich wieder in der Gewalt. Er trat nach dem Kater, dann griff er Grit am Hals und holte mit dem Messer aus. Grit schrie.

»Hasseberg, lassen Sie sie los!«

Er starrte in Katinkas Richtung, das Messer in der Faust.

Katinka zielte still und konzentriert. Als sie den Abzug drückte, wusste sie, dass sie treffen würde. Hasseberg brüllte auf. Das Messer polterte auf den Boden. Grit fiel die Treppe hinunter. Hasseberg packte ungläubig seinen Arm. Katinka hörte sein Stöhnen, und wie er scharf die Luft durch die Zähne einzog.

Sie robbte ein Stück zurück. Er sank gegen das Treppengelände. Grit schien unverletzt zu sein, sie wälzte sich herum und wimmerte.

»Papa.«

Katinka wollte sich gerade aufrichten und zu Hasseberg hinüberrufen, als sie sah, wie er einen Revolver zückte und in die Dunkelheit richtete.

»Wer ist da?«

Wie gelähmt hielt sie inne. Sie sah ihn, er sie nicht, das war ihr Vorteil. Hasseberg tastete nach seinem Messer und hob es auf. Den verletzten Arm mit dem Messer fest an seinen Körper gedrückt und den Revolver in Katinkas Richtung vorgestreckt, stieg er die letzten Stufen herunter. Katinka kam auf die Füße und rannte die wenigen Meter zu dem Springbrunnen hinüber. Sie sprang in das leere Becken und suchte Schutz hinter den Figuren in der Mitte. Hassebergs erster Schuss ging ins Leere. Der zweite peitschte den Stein. Katinka sah, wie Grit sich aufrichtete und ihrem Vater in den Arm fallen wollte. Lass das, murmelte sie lautlos. Lass das. Bleib einfach liegen. Stell dich tot, solange ich ihn in Schach halte. Ihre Deckung war gut. Er würde nicht näher kommen können, ohne direkt in ihre Schusslinie zu geraten.

Grit reagierte nicht auf ihre Suggestion. Sie schrie und zeterte und weinte und warf sich ihrem Vater vor die Füße.

»Papa! Papa!«

Mit Grausen sah Katinka, wie Hasseberg den Revolver auf Grit richtete. Er exekutiert sie, dachte Katinka. Er richtet sie hin, hier, mitten in der Nacht. Sie sah seinen ausgestreckten Arm. Wie ein Scherenschnitt hob er sich mit der Waffe in der Hand vom Himmel ab.

»Hasseberg!«, schrie Katinka. Der Horror, als er sich umdrehte, um in ihre Richtung zu sehen, bohrte sich wie Feuer in ihre Lungen, sie bekam kaum Luft. Hitze schoss ihr durch den Körper. »Hasseberg! Lassen Sie die Waffe fallen!«

Unbeeindruckt hob der Anwalt erneut die Hand und zielte auf Katinka. Sie verkroch sich in ihrer Deckung. Der Schuss jaulte, und sie hörte das feine Zwirbeln, als das Projektil im Gras landete.

Irgendwo links von ihr, in dem Schatten der Hecke, erhob sich jemand. Die Polizei, dachte Katinka. Wo sind die eigentlich.

»Hasseberg, geben Sie auf!«, hörte sie eine Stimme.

Toms Stimme.

Das Grauen fiel wie eine Raubkatze über Katinka her. Sie sah Hasseberg zielen, genau auf Tom, dessen Schultern und Kopf sich überdeutlich abzeichneten, sie hörte den Schuss, sah Tom zu Boden gehen und hörte einen zweiten, den sie selbst abgefeuert hatte. Und einen dritten. Grits schrille Schreie schallten über die Terrassen, und von mehreren Seiten bewegten sich dunkle Gestalten auf Hasseberg zu. Licht blendete auf.

»Werfen Sie die Waffe weg. Polizei!«, kam es von irgendwo her. Katinka ließ ihre Pistole sinken und sah zu, wie Hasseberg, der mitten im Lichtspot stand, erstaunt um sich blickte, wie Revolver und Messer auf den Boden polterten und jemand bei ihm war, der ihm Handschellen anlegte.

Sie steckte die Waffe ein und rannte.

Weit unten am Hang, neben dem Pfortenhäuschen, hockte sie sich ins Gebüsch. In ihrem Innern brannte ein unvorstellbare Hitze. Sie meinte, in jedem Moment könne ihre Haut aufplatzen wie die eines Wiener Würstchens. Es fiel ihr schwer, zu atmen. Ihr Keuchen kam in Stößen, sie legte die Hand auf ihre Kehle, versuchte sich zu beruhigen. Es war ihr, als stünde die eine Katinka neben der anderen, am Boden sitzenden Katinka und redete auf sie ein. Der Fuß glühte. Sie musste den Schuh lockern, die Schwellung wollte den Schaft sprengen. Dankbar für die Schmerzen beschäftigte sie sich mit ihrem Knöchel. Sie wusste nicht, warum sie nicht aufstand, um nach Tom zu sehen. Aus Angst, dass er nicht mehr da war. Dass sie ihn hier mit reingezogen hatte, und er hatte bezahlen müssen – an ihrer Stelle. Sie fragte sich, welche Kugel Grit getroffen hatte. Ihre? Oder der dritte Schuss, der von Hasseberg? Die Gedanken kreisten wie ein Karussell um ihren Kopf und brachten ihre Ohren zum Dröhnen. Betäubt lehnte sie sich zurück.

Als sie sich endlich straffte, um sich aufzurichten, knickte sie ein vor Schmerzen. Die Hitze in ihrem Körper zog sich zurück wie eine Ozeanwelle, rasend schnell, und sie begann zu frieren. Der Schüttelfrost zerrte an ihren Armen und Beinen. Sie bewegte sich wie auf Wackelpudding.

»Tom!«, schrie sie in die Nacht hinein. Jemand rief etwas zurück.

Dann hörte sie das Rascheln im Gebüsch. Es war ganz nah, dunkel und bedrohlich. Katinka schrie auf. Sie lehnte sich gegen die Mauer zum Treppenabgang und starrte ins Schwarze. Ein Geräusch, das vertraut war, tönte an ihr Ohr. Ein Maunzen. Vishnu steckte den Kopf aus den Sträuchern.

»Vishnu!«, flüsterte sie. Der Kater strich schnurrend um ihre Beine. »Vishnu, sag mal!« Sie hob ihn hoch und drückte ihn an sich.

Von oben hörte sie jemanden in ihre Richtung kommen. Sie setzte den Kater auf den Boden und weinte vor Angst, bis sie Tom aus der Dunkelheit auftauchen sah. Er lief auf sie zu, gerade aufgerichtet, munter wie immer.

»Katinka! Wo steckst du! Wir haben dich gesucht!«

Sie fiel ihm in die Arme. Die Tränen liefen über ihr heißes Gesicht. Sie meinte, sie würden augenblicklich verdunsten.

»Tom. Ich hatte solche Angst, dass er dich getroffen hat.«

»Nein, hat er nicht, aber ich hatte Angst, dass du zu Matsch geworden bist.«

Sie hörten knirschende Schritte.

»Tom«, flüsterte Katinka. »Ich habe Grit getroffen, oder?«

Sie hatte gezielt und abgedrückt, und Grits Schreien hallte in ihrem Kopf wider. Sie würde in den Knast kommen. Sie hatte das erste Mal einen Menschen erschossen. In dunklen Albträumen war sie oft von dem Gedanken erdrückt worden, dass es einmal passieren könnte. Die Verzweiflung schwappte über sie hinweg. Sie sah sich im Besuchszimmer eines Gefängnisses, Tom jenseits der Glasscheibe. Wieder wurde ihr das Atmen schwer. Keuchend klammerte sie sich an Tom fest. Vishnu schnurrte um ihre Beine.

»Unsinn. Grit ist nicht tot. Ich glaube, Hassebergs Kugel hat sie gestreift. Bleib ganz ruhig. Es ist nichts passiert.«

»Palfy?«

Hardos trutzige Kontur erschien über ihnen auf dem Weg.

»Wir sind hier«, rief Tom.

Der Kommissar kam auf sie zu.

»Palfy, wo stecken Sie denn!«

»Ich glaube, sie steht unter Schock«, murmelte Tom. Katinka blickte Hardo über Toms Schulter hinweg entgegen.

»Was ist mit Grit?«, fragte sie.

»Kleiner Streifschuss. Ganz winzig. Nichts Schlimmes. Wahrscheinlich aus der Waffe ihres Vaters.«

»Und der Anwalt?«

»Den haben wir. Sie haben ihn ja für unseren Zugriff quasi schon präpariert.«

Katinka schien es, als würden mehrere Sylvesterraketen gleichzeitig in ihrem Magen gezündet.

»Ich denke, unser Schießtraining war ziemlich erfolgreich«, mutmaßte Hardo. Katinka versuchte es mit einem Grinsen. Es funktionierte nicht wirklich gut. Ihr wurde schwindelig und sie machte sich von Tom los und setzte sich auf den Boden.

»Hardo«, sagte sie. »Hasseberg war am Unfallort. Ihre Tochter … Sybille … sie hat noch gelebt.«

20. Montevideo

Wenige Stunden später kam Katinka in die Polizeidirektion. In Uttenreuthers Büro herrschte Chaos. Verschiedene Telefone klingelten, Leute gingen ein und aus, Akten wurden auf seinem Schreibtisch abgelegt oder weggetragen. Eine Polizistin mit einem langen, blonden Pferdeschwanz sortierte eine Hängeregistratur. Katinka kannte sie: Polizeimeisterin Sabine Kerschensteiner. Sie beide waren sich bei Katinkas erstem Fall begegnet.

»Morgen, Palfy.« Uttenreuther wischte sich mit einem Taschentuch über die Glatze. Er war fahl im Gesicht und seinen Bewegungen fehlten die übliche Energie und Resolutheit. Die grauen Bartstoppeln ließen ihn schlagartig älter aussehen. »Ich hoffe, Sie haben noch ein Stündchen geschlafen.«

Katinka schüttelte den Kopf. Gemeinsam mit Tom war sie am Küchentisch gesessen, sie hatten Kaffee getrunken, geredet, sich aneinander festgehalten und geschwiegen. Dann hatte Katinka sich Stift und Notizpapier gegriffen und die Geschichte aus ihrer Sicht rekonstruiert.

»Wollen Sie einen Kaffee?«

»Ja, gern«, nickte Katinka. Immer noch fiel ihr das Atmen schwer. Sie fragte sich, woran das lag. Alles seelisch, redete sie sich ein. Psychosomatik pur.

»Und Sie?«, fragte sie, als der Kommissar zur Kaffeemaschine ging und ihr eine Tasse einschenkte.

Er winkte ab.

»Gleich wird Hasseberg gebracht. Ich möchte, dass Sie hier bleiben. Wenn Sie etwas sagen wollen, geben Sie mir ein Zeichen.«

»O.k.«

»Keine impulsiven Geschichten. Null Emotionen. Daraus dreht er uns einen Strick.«

»Wo ist Grit?«

Hardo wies auf die Glasscheibe zum Nebenzimmer. Katinka stand auf und hinkte hinüber. Durch die Jalousien konnte sie Grit dort sitzen sehen, jämmerlich wie ein zerfledderter Vogel.

»Ihr Fuß, wie geht's dem?«, wollte Hardo wissen.

Katinka kam nicht mehr dazu, zu antworten. Die Tür ging auf und zwei Uniformierte brachten Roland Hasseberg herein.

»Guten Morgen, die Herrschaften«, sagte Hasseberg gönnerhaft. »Frau Detektivin, ich hatte einige Stunden Freizeit, um auszurechnen, auf wie viel Schmerzensgeld wir kommen.« Er wies auf den dicken Verband am linken Arm. Auch seine rechte Hand war verpflastert.

»Setzen Sie sich«, sagte Harduin Uttenreuther. »Sie verzichten auf die Anwesenheit eines Anwalts?«

»Soll das ein Witz sein? Ich bin selber Anwalt.« Hasseberg strahlte Uttenreuther an, als sei der gekommen, um ihn nach einer mehrmonatigen Weltreise am Hafen abzuholen. Seine verschiedenfarbigen Augen glitzerten.

»Gut.« Hardo holte tief Atem. Die blasse Gesichtsfarbe verlieh ihm ein schauerliches Aussehen. Er ist bleich wie ein Bovist, dachte Katinka. Gleich tritt jemand auf seinen Kopf und dann steigt Rauch auf.

»Es geht um den Unfall am 28.1.2003. Unfall mit Todesfolge. Ihre Tochter beschuldigt Sie, sich am Unfallort aufgehalten zu haben, aber den Verletzten, insgesamt drei Personen, keine Hilfe geleistet zu haben.« Er schluckte, sah dann Hasseberg an und sagte:

»Es geht um Ida Schenck, mittlerweile verstorben, ermordet. Weiter um Grit Faber. Und um Sybille Uttenreuther. An den Folgen des Unfalls noch in der gleichen Nacht verstorben.«

Katinka starrte Hardo an. Seine Kiefermuskeln spielten, ansonsten wirkte er völlig ruhig.

»Das ist natürlich absurd«, sagte Hasseberg. »Absurdes Theater.«

»Weiterhin werden Sie von Ihrer Tochter beschuldigt, Ihre Tante, Frau Ida Schenck, in ihrer Villa ermordet zu haben.«

Hasseberg machte ein paar Mal den Mund auf und zu. »Frauengetratsche«, sagte er. »Sie sollten wissen, dass meine Tochter öfter an … Verirrungen der Wirklichkeit leidet.«

»Dazu werden wir noch kommen. Wo waren Sie in der Nacht vom 28. auf den 29. Januar dieses Jahres?«

»Zu Hause.«

»Sicher?«

»Ja! Ich wurde angerufen, als Grit und meine Tante ins Klinikum eingeliefert wurden.«

»Wir haben«, sagte Uttenreuther, »freundlicherweise Ihre Nachbarn zu so früher Stunde schon stören dürfen. Sie sagten aus, dass Sie in der fraglichen Nacht erst sehr spät heimgekommen seien. Den beiden Herrschaften fiel nämlich auf, dass Sie, Herr Hasseberg«, Hardos graue Augen fixierten den Anwalt erbarmungslos, »am Nachmittag Ihren Wagen vor der Garage stehen ließen, ihn später in die Garage fuhren, aber kurze Zeit später wieder aufbrachen. Es war die Blitzeisnacht, und Ihre

Nachbarn machten sich sogar Vorwürfe, Sie nicht gewarnt zu haben. Sie vermuteten, dass der Herr Anwalt nicht ausreichend Zeit hatte, um Radio zu hören.«

Hasseberg schüttelte belustigt den Kopf, als würde er einem besonders albernen Zirkusclown zusehen.

»Sie kamen gegen Mitternacht heim. Mit Ihrem Wagen. Ihre Nachbarn schlafen wohl ziemlich wenig. Sie sahen Sie in die Garage fahren, kurze Zeit danach aber von einem Taxi abgeholt werden.«

»Kokolores«, gab Hasseberg Auskunft. »Kokolores. Ich bestellte ein Taxi zum Klinikum, um meine Tochter zu sehen. Aber vorher war ich zu Hause.«

»Weiterhin haben Sie kein Alibi für die Nacht, in der Ida Schenck ermordet wurde.«

»Meine Tante Ida, Gott hab sie selig, dreht sich im Grab um, wenn sie mitbekommt, was für ein Seemannsgarn Sie sich hier zusammenspinnen«, grinste Hasseberg breit. Er begann, sich die Fingernägel an seiner verbundenen Hand zu reinigen.

»Sagt Ihnen Fabian Holzer was?«

Hasseberg ließ die Arme sinken und starrte Uttenreuther an.

»Seine Adresse fanden wir in Ihrem Arbeitszimmer zu Hause. Fabian Holzer arbeitet für eine Münchner Firma, die Masken für Filme, Theater und ähnlichen Ulk herstellt. Er ist nur ein kleiner Wicht in seinem Unternehmen, aber technisch offensichtlich gut drauf. So gut, dass er gelegentlich auf eigene Rechnung Spezialaufträge annimmt. Er arbeitet vornehmlich nachts und war so freundlich, uns vorhin, bevor er zu Bett ging, mitzuteilen, dass er eine Maske für Sie angefertigt hat.«

Hasseberg sah bestürzt aus. Allerdings überspielte er seinen Schreck schnell.

»Fabian Holzer, tut mir leid, mag sein, dass ... also, ich bekomme so viele Visitenkarten zugesteckt.«

»Keine Visitenkarte«, sagte Hardo mit einem kalten Lächeln. »Sie haben die Adresse in Ihrer eigenen Handschrift in Ihr privates Telefonregister eingetragen.«

Hasseberg hob die Hände, als wolle er sagen, was habe ich damit zu tun.

»Haben Sie sich als Bamberger Reiter verkleidet? Sind Sie durch den Garten Ihrer Tante geschlichen? Ins Haus eingedrungen?«

»Kommissar«, sagte Hasseberg. Seine Stimme klang hässlich und belegt. »Ich warne Sie. Solche idiotischen Beschuldigungen muss ich mir nicht anhören. Gerade frage ich mich, ob ich bei nächster Gelegenheit mit dem Polizeipräsidenten nicht ein kleines Gespräch führen sollte.«

»Meine Leute haben heute Morgen außerdem Ihren Pool einer genauen Prüfung unterzogen. Es soll Fehler geben, die man mehrmals macht. Wir haben die Maske und das Gewand gefunden, das Sie nutzten, um für einige Stunden zu einem berühmten Kunstwerk zu mutieren.«

Im Pool, dachte Katinka mit Schaudern. Er hat die Schuhe dort versteckt, und außerdem noch einiges andere.

»In der Maske ist ein kleiner Sprung. Frau Palfys Waffe hat dort ihre Spur hinterlassen.«

Hasseberg stand auf. Die Uniformierten traten auf ihn zu, aber er winkte ab. »Ich muss mich bewegen. Meine Bandscheiben.«

Hardo sah ihn drohend an. Sein Gesicht bekam Farbe. Er hielt einen Bleistift in der Hand. Katinka meinte, den Stift vibrieren zu sehen. Sie war sich nicht sicher.

Gebannt schaute sie hin. Uttenreuther legte den Stift weg.

»Haben Sie die Absicht, sich zu diesen Angelegenheiten zu äußern?«, fragte er.

»Ach, Kommissar«, sagte Hasseberg. »Ich denke nein.«

»Warum waren Sie am Unfallort?«

»Ich war nicht da.«

»Ihre Tochter behauptet, Sie waren da.«

»Sie war bewusstlos, als der erste Wagen zum Unfallort kam. Der Fahrer rief gleich die Rettungsleitstelle. Der Notarzt wird das bestätigen. Grit kann überhaupt nichts gesehen haben.«

»Ihre Tochter führt ins Feld, sie sei aus der Bewusstlosigkeit kurz aufgewacht, habe Sie gesehen, wie Sie sich über das andere Unfallopfer beugten. Das Opfer habe etwas zu Ihnen gesagt.«

Katinka biss sich die Lippen wund. Sie sah, wie Uttenreuther wieder nach dem Stift griff und sachte ein paar Mal damit auf die Papiere vor sich klopfte, als spräche er einen Zauber.

»So was gibt's doch gar nicht.« Hasseberg schnalzte mit der Zunge. »Tsts. Mal kurz aus dem Koma erwachen, wie? Und dann wieder wegdämmern, ganz nach Wunsch.«

»Das ist Totschlag durch Unterlassen, Hasseberg.«

Der Anwalt reckte und streckte sich wie ein Kater.

»Wo waren Sie an jenem Abend, Herr Hasseberg? Ihre Nachbarn sahen Sie wegfahren. Haben Sie eine gute Erklärung dafür?«

»Meine Güte, vielleicht wollte ich einkaufen, was weiß ich. Die Welt ist groß und weit und voller Sonnenschein«, sagte Hasseberg. Er setzte sich wieder auf den Stuhl. »Sie werden erlauben, dass ich Ihnen einige bequemere, rückenfreundlichere Stühle stifte.«

»Wo waren Sie?«, wiederholte Uttenreuther. Etwas Desinteressiertes lag in seinem Tonfall. Katinka bekam Angst, als sie ihm in die Augen sah. Für einen kurzen Moment erwiderte er ihren Blick. Da war kein Lächeln, keine Wärme.

»Verdammt, das ist Monate her. Fast ein Jahr.«

Katinka ruckte auf ihrem Stuhl herum. Da war plötzlich Kathrins Bild vor ihr, wie sie sagte: *Ihr Vater wollte sie noch warnen.* Hasseberg wollte Grit warnen. Grit und Ida waren bei Philipp, ein gutes Wort für Alina einlegen. Es ging um die Hochzeit. Eine Hochzeit, die Roland Hasseberg von Anfang bis Ende geplant hatte. Obwohl nicht er es war, der heiratete, war es strategisch gesehen seine Hochzeit. *Ihr Vater wollte sie warnen.* Aufgeregt zappelte Katinka herum. Sie versuchte, Hardos Aufmerksamkeit auf sich zu lenken. Sie hob eine Hand. Uttenreuther beachtete sie nicht. Hasseberg bewegte die Schultern und stöhnte theatralisch. Hardo, sagte Katinka lautlos. Ich muss dringend was sagen. Sie hustete. Der Kommissar wandte sich ihr zu und zog die Augenbrauen hoch.

Ich muss was sagen, formte Katinka mit den Lippen. Er nickte ihr zu.

»Sie waren auch bei Philipp an jenem Abend, nicht wahr, Herr Hasseberg?«, sagte Katinka. Ihre Stimme klang in ihren eigenen Ohren ein wenig rostig. Schnell machte sie weiter: »Es ging um die Hochzeitsplanungen. Sie waren bei Philipp, in seiner damaligen Wohnung. Aber Sie fuhren extra, in Ihrem eigenen Auto. Wahrscheinlich haben Sie sich gestritten, Sie und Ihr Sohn und Grit und Ida. Es ging darum, ob Ihre Ex-Frau zur

Hochzeit eingeladen werden soll. Deswegen hatten Grit und Ida überhaupt die Fahrt nach Coburg in dem unsicheren Wetter unternommen. Die beiden wollten vermitteln, zugunsten Alinas. Aber Sie und Philipp haben es abgelehnt, Alina einzuladen.«

Sie wollte hinzufügen, Sie haben es abgelehnt, und Philipp hat sich gefügt, wie immer, aber sie dachte an Hardos Mahnung, nicht emotional zu werden. Hasseberg starrte Katinka eine ganze Weile mit seinem grünen und seinem braunen Auge schweigend an, dann lachte er los.

»Das ist gut«, prustete er.

»Irgendwann gab es nichts mehr zu diskutieren«, sagte Katinka. »Grit und Ida spürten, dass sie auf verlorenem Posten standen. Als die Frauen aufbrachen, hörten Sie im Rundfunk von der Blitzeisgefahr. Grit hatte kein Handy mit. Sie sprangen ins Auto und fuhren den beiden nach. Wahrscheinlich hatten Sie wirklich nur die besten Absichten. Sie wollten Ihre Tochter warnen. Dann das Eis. Sie wurden Zeuge, wie Grits kleiner Wagen herumgeschleudert wurde und mit dem einzigen anderen PKW zusammenstieß, der zu dieser Zeit an diesem Ort unterwegs war. Mit dem von«, Katinka schluckte, »Sybille Uttenreuther.«

»Kommissar«, sagte Hasseberg. »Schicken Sie die Frau doch nach Hause. Sie ist völlig übernächtigt.«

»Sie brachten Ihren Wagen gerade noch zum Stehen, stiegen aus, sahen nach Grit und Ida.« Katinka leckte sich über die aufgesprungenen Lippen. »Die beiden waren bewusstlos. Sie liefen zu dem anderen Auto hinüber. Sybille war schwer verletzt. Sie konnte kaum noch sprechen. Sie bat Sie um Hilfe.«

Hasseberg verdrehte ungeduldig die Augen. Es sah

aus, als habe er schon seit Stunden durstig vor einem Kaffeeautomaten Schlange gestanden.

»Da haben Sie Ihre Möglichkeiten überschlagen«, sagte Katinka. »Sie hätten sofort einen Krankenwagen rufen können. Aber Sie taten es nicht. Sie kalkulierten anders. Sie hatten getrunken. Deswegen nahmen Sie später von Ihrem Haus aus auch ein Taxi und nicht Ihren eigenen Wagen, um in die Klinik zu fahren.«

Uttenreuthers Augen wurden groß. Er nahm den Telefonhörer in die Hand und wählte eine Nummer. Leise murmelte er etwas und legte dann auf.

»Wären Sie am Unfallort geblieben und hätten Sie Sybille Erste Hilfe geleistet, wäre Ihr Alkoholkonsum zum Thema geworden. Dazu die Tabletten, die Sie einnehmen. Kann sein, dass sogar Ihr Sohn Philipp sie noch davon abhalten wollte, ins Auto zu steigen und Grit und Ida nachzufahren. Später haben Sie Ihrem Sohn eingeschärft, nichts darüber verlauten zu lassen, dass Sie an dem Abend auch bei ihm waren. Grit hat sich angeblich an nichts mehr erinnert.«

»Totschlag durch Unterlassen, Hasseberg«, sagte Uttenreuther. »Und Anstiftung zur Falschaussage.« Sein Gesicht war weiß.

»Beweisen Sie es«, murmelte Hasseberg gleichmütig.

»Sie haben genau beobachtet, wie sich Grit und Ida nach dem Unfall erholten. Ihre Tochter verschanzte sich hinter der Aussage, sich an den ganzen Tag nicht mehr zu erinnern. Sie glaubten ihr. Vorerst«, sagte Katinka. Der Schweiß stand ihr im Nacken. Sie fuhr sich durchs Haar. »Ihre Tante kanzelten Sie als Schrulle ab, die komische Visionen hat. Eingebungen, irgendwas in der Art. Sie wollten den Eindruck festigen, dass sie nicht bei Trost sei. Sie spukten durch ihren Garten. Jagten ihr Angst ein. Hätte Ida in der Familie etwas davon erzählt, jeder hätte sie als geistesgestört verunglimpft.«

Plötzlich musste Katinka um Atem ringen. Sie holte tief Luft und sagte: »Ich dachte immer, Sie kämen als Geist nicht in Frage, der Reiter kam mir viel kleiner vor. Aber dann sah ich Sie vorhin, in der Nacht, so ruhig dastehen, und ich wusste plötzlich, wie Sie es bewerkstelligten. Sie beugten sich einfach ein wenig vor und machten schwerfälligere Schritte. Das Gewand kaschierte Ihre Größe.« Sie verwischte den juckenden Schweiß.

Hasseberg warf Uttenreuther einen belustigten, kumpelhaften Blick zu, als wollte er sagen: Frauen!

»Als Ida mich engagierte, bekamen Sie Bedenken. Sie dachten, Ida würde etwas wissen, etwas, das die Unfallnacht betraf. Sie befürchteten, dass Ida sich erinnerte, wie Sie Sybille mit ihren Verletzungen in der Eiseskälte liegen ließen. Dass sie sich mir als Außenstehender mitteilen und Glauben finden würde. Vielleicht hat Sybille vor Schmerzen geschrieen, und Ida und Grit mussten mit anhören, wie sie starb. Ida hätte mir davon berichten können. Damit rechneten Sie. Und diesem Kalkül mussten Sie Ida opfern.« Katinka keuchte. Das Sprechen tat ihr weh. Ich kriege eine Erkältung, dachte sie. Irgendwas stimmt nicht mit meinem Hals.

Uttenreuther griff den Faden auf.

»Sie haben Frau Palfy ein Foto mit einer Fratze drauf an ihr Fenster geklebt. Sie versuchten denselben Trick, wie bei Ihrer Tante: Sie wollten sie irre machen, ihr Angst einjagen, sie davon abbringen, weiter zu ermitteln. Nur hat es nicht funktioniert. Deswegen nutzten Sie die Gelegenheit, die sich während der Hochzeitsfeier Ihres Sohnes auf der Altenburg bot. Sie holten die

Turnschuhe Ihrer Tochter aus deren Wagen, schlüpften mehr schlecht als recht hinein, schlichen Frau Palfy hinterher und stießen sie über die Brüstung. Wahrscheinlich bemerkten Sie zunächst gar nicht, dass sie sich an dem Wasserspeier festklammern konnte. Sie wollten so schnell wie möglich zu Ihren Gästen zurück, damit niemand Verdacht schöpfte. Mit sauberen Abendschuhen an den Füßen hatten Sie vor, den Verdacht ganz bewusst auf Grit zu lenken.«

»Ich mache von meinem Recht Gebrauch, die Aussage zu verweigern«, sagte Hasseberg.

»Fabian Holzer ist ein junger Mann mit wasserblauen Augen und einer auffallenden Akne, nicht wahr?«, meldete sich Katinka wieder zu Wort. Sie bemerkte Uttenreuthers erstaunten Seitenblick. Hasseberg starrte aus dem Fenster.

Die Zwischentür öffnete sich. Grit stand da, Sabine Kerschensteiner hielt ihren Arm und wollte sie zurückziehen.

»Papa!«, sagte Grit. »Papa. Es hat keinen Sinn. Alle wissen es. Du kannst nicht uns alle hier umbringen. Du kannst es nicht auslöschen. Du kannst die Wahrheit nicht auslöschen.»

Ihre leise Stimme schien Hasseberg zu treffen. Er zuckte zusammen und sagte dann, ohne sie anzusehen: »Schafft mir die Kröte aus den Augen.«

»Papa, bitte«, flüsterte Grit. »Du warst bei Philipp. Du warst schon da, als Ida und ich kamen.« Niemand reagierte.

Sie drehte sich zu Harduin Uttenreuther um und fragte:

»Er kommt ins Gefängnis, oder?« Ihre Stimme zitterte.

Uttenreuther wurde kalkweiß und stand auf. Dann klopfte es an der Bürotür, und Philipp und Kathrin Hasseberg wurden hereingeführt.

Katinka lauschte dem Fortgang des Verhörs, während sie die Musterung des Linoleumbodens studierte. Philipp gab zu, dass sein Vater am Abend des 28.1. bei ihm in seiner Coburger Wohnung gewesen war, es zu einem heftigen Streit gekommen war. Roland Hasseberg hatte getrunken und war gegen allen Rat von Philipp hinter Grit und Ida hergefahren. Philipp Hasseberg legte Wert darauf zu unterstreichen, dass er für den Alkoholkonsum seines Vaters nicht verantwortlich sei. Hasseberg habe sich selbst an seinem Weinvorrat bedient, keiner könne ihm irgendwas vorwerfen. »Schließlich ist mein Vater erwachsen«, sagte Philipp. Katinka wunderte sich, dass außer Grit niemand in der Familie imstande war, Fehler einzugestehen. Oder überhaupt eigene Fehler für realistisch zu halten. Kathrin sagte aus, damals zwar selber nicht dabei gewesen zu sein, aber Philipp habe sie, nachdem sein Vater überstürzt aufgebrochen war, angerufen, um von dem Konflikt zu berichten. Grit blieb bei ihrer Version, nach dem Unfall kurz aus der Bewusstlosigkeit aufgewacht zu sein und ihren Vater gesehen zu haben, wie er sich über Sybille beugte. Sie beharrte auch darauf, Sybille sprechen gehört zu haben. Den Wortlaut konnte sie nicht wiedergeben, aber Sybille habe mit klarer Stimme etwas gesagt. Grit war hundertprozentig sicher, dass sie noch am Leben gewesen war.

Hasseberg äußerte sich nur noch einmal.

»Ein Jahr. Oder Geldstrafe«, sagte er und begann, unbändig zu lachen. Man brachte ihn weg.

Als Katinka aufsah, war sie mit Uttenreuther allein im Zimmer. Ihr Hals war staubtrocken.

»Hardo?«, krächzte sie.

»Was ist?« Er sah aus dem Fenster. In seinen Händen vibrierte der Bleistift.

»Können wir ... können Sie ihm den Mord an Ida nachweisen?«

»Wir werden sehen, was der Richter sagt.«

»Wie geht es jetzt weiter?«

Er starrte in den Spätherbsttag. Die Sonne schien, der Himmel war von diesem typischen, stählernen Blau, wie die Natur es nur um diese Jahreszeit erstrahlen ließ, als eine großzügige Entschädigung für das schlechte Wetter zuvor. Und die Kälte, die noch kommen würde. Im schneidenden Wind schüttelten die Bäume ihre letzten Blätter ab.

»Ich weiß es nicht«, sagte Uttenreuther. »Ich weiß es nicht. Und ich will es nicht wissen.«

Er drehte sich um, sah Katinka an und warf den Stift auf den Schreibtisch. Langsam ging er zur Tür, öffnete sie und trat auf den Gang.

Katinka stand auf. Sie hatte den Eindruck, ihre Gelenke seien mit Brei aufgefüllt. Sie musste sich an der Wand festhalten, um zu Atem zu kommen. Als sie in den Korridor kam, sah sie den Kommissar die Treppe hinunterlaufen.

»Hardo?«, rief sie ihm nach. »Hardo!«

Er drehte sich nicht um. Sie tappte ein paar Stufen hinunter, dann blieb sie stehen und klammerte sich am Handlauf fest. Vorsichtig setzte sie sich auf die Treppe und streckte den schmerzenden Fuß aus. Uttenreuther verschwand einen Stock tiefer.

Katinka wartete eine Weile ab. Sie konnte kaum noch

schlucken. Bedächtig konzentrierte sie sich auf jeden einzelnen Atemzug. Dann fischte sie zwei Schmerztabletten aus ihrer Jackentasche. Sie meinte, das Pochen in ihrem Knöchel hören zu können, so heftig donnerten die Hammerschläge auf ihren Fuß nieder.

Nach einer Weile fühlte sie sich stark genug, um aufzustehen. Sie zog sich auf die Füße und hinkte in Hardos Büro zurück. Sabine Kerschensteiner stand am Schreibtisch und blätterte in einer Handakte. »Ich«, begann Katinka, setzte sich auf den Stuhl, legte ihre Arme auf den Tisch. Ihr Kopf sank wie von selber immer tiefer. »Ich glaube, mir geht's nicht gut«, murmelte sie.

Der Arzt diagnostizierte eine Lungenentzündung. Katinka bemerkte die ersten Tage wenig von dem, was um sie herum vor sich ging. Sie lag im Bett und starrte in den unverschämt blanken, kobaltblauen Himmel hinaus, zählte die Wolken, träumte und freute sich, wenn Vishnu aufs Bett sprang und ihr seine Aufwartung machte. Später, als sie sich besser fühlte, humpelte sie tagsüber in Toms Arbeitszimmer, kuschelte sich aufs Sofa und sah ihm beim Arbeiten zu. Klaglos ertrug er ihre Hustenanfälle und sorgte dafür, dass sie ihre Medikamente einnahm, regelmäßig lüftete und den Fuß hochlegte. Alle paar Tage nahm sich Katinka das Telefon und rief bei der Polizeidirektion an. Man gab ihr stets die gleiche Antwort. Nein, der Hauptkommissar sei nicht da, er habe seinen Jahresurlaub genommen sowie sämtlichen Resturlaub. Bis Ende des Jahres würde er nicht zum Dienst erscheinen. Nein, seine Kollegen wussten nicht, wo er sich aufhielt.

Katinka wählte an die hundert Mal seine Handynummer. Die Mailbox war ausgeschaltet. Die Automatenstimme erläuterte geduldig, der Anschluss des Teilnehmers sei vorübergehend nicht erreichbar. *Please try again.*

»Weißt du«, sagte Tom, »ich denke, du solltest ihn in Ruhe lassen. Wenn er angerufen werden will, dann regelt er es wohl auch so, dass man ihn findet.«

»Schon, ja«, sagte Katinka. Dennoch wühlte sie in einem unbeobachteten Augenblick das örtliche Telefonbuch aus dem Aktenschrank und suchte nach Uttenreuther, Harduin. Kein Eintrag.

Britta kam von ihrer Studienreise zurück und zeigte mindestens dreitausend Fotos von Florenz und seinen Kunstschätzen. Katinka wusste nur wenig mit all der Pracht anzufangen. Ihr Inneres fühlte sich kahl an, leergeräumt und brach.

Ein paar Tage später lag eine Postkarte im Briefkasten. Tom brachte sie hoch.

»Guck mal«, sagte er. »Er hat uns geschrieben.«

Katinka starrte auf die Abbildung einer hässlichen Stadt. Montevideo, Uruguay stand darunter. Sie begann zu lesen.

Ich habe mir einen Traum erfüllt und genieße den Frühsommer auf der anderen Hälfte der Welt. Hardo.

»Sparsamer geht's ja nicht«, sagte Katinka.

Am Montag nach dem 2. Advent erweckte sie ihre Detektei wieder zum Leben. Eine hauchdünne Schneedecke lag auf den Dächern. Sie schob unter vollem Körpereinsatz die Tür zur Hasengasse 2a auf und ärgerte sich, dass sie immer noch mit lautem Kreischen über den Boden schrabbte, als jemand hinter ihr sagte:

»Palfy.«

Sie fuhr herum.

»Sie kennen mich vermutlich nicht mehr«, sagte er und grinste. Er trug die altbekannte Lederjacke und hatte einen knallbunten Schal um seinen Hals gewickelt. Das Design sah eindeutig südamerikanisch aus.

»Hardo!«

Sie starrten einander an wie Außerirdische.

»Wir haben Ihre Karte bekommen«, sagte Katinka dann. »Ich dachte schon, Sie ermitteln jetzt bei den Gauchos.«

»Ach, das mit den Gauchos, das ist nichts für mich«, sagte Uttenreuther und klopfte auf seinen Bauch. »Sie waren krank, wie ich hörte.«

»Spricht sich ja schnell rum.«

»So ist das in einer Kleinstadt.«

»Lungenentzündung«, sagte Katinka. »Aber ich bin wieder o.k. Heute schaue ich das erste Mal im Büro vorbei.«

»Und Ihr Fuß?«

»Zufriedenstellend.« Katinka hob das linke Bein und schlenkerte ein bisschen herum.

»Dann ist das eigentlich ein Grund zum Feiern«, sagte Hardo. Sein Gesicht, sein ganzer kahler Kopf waren braungebrannt.

»Vielleicht mit einem Frühschoppen?«, schlug Katinka vor und zog die Tür wieder hinter sich zu. Das Geräusch erinnerte sie an das Kratzen von vielen Fingernägeln auf einer Schultafel.

»Gute Idee«, sagte Hardo.

»Warum ausgerechnet Uruguay?«, wollte Katinka wissen, während sie nebeneinander die Hasengasse hinaufschlenderten. Eine Windbö wirbelte den Schmutz zu Schnecken. Sie schob die Hände tief in die Jackentaschen.

»Hat was mit Literatur zu tun«, antwortete Hardo. »Sagt Ihnen Juan Carlos Onetti was? Größter Autor der Urus. Es wird behauptet, sein Buch *Der Schacht* habe die Geburtsstunde des lateinamerikanischen Romans eingeläutet.«

»Und deswegen sind Sie da hingeflogen?«

»Natürlich nicht. Wie geht's Ihnen, Katinka?«

»Geht so. War schon mal schlimmer. Und Ihnen?«

»Geht so.« Er lächelte. »Wie man so sagt.«

ENDE

Ein herzliches Dankeschön geht an dieser Stelle an …

… Hauptkommissar Werner Vogel für seine zahlreichen kompetenten Tipps und Hinweise zur Polizeiarbeit …

… Rechtsanwältin Gerlinde Kurzka für ihren fachgerechten und vor allem verständlichen Rat zu den juristischen Feinheiten in Katinka Palfys drittem Fall …

… und an Heilpraktiker Clemens Löffler für Hinweise zur Behandlung jener Verletzungen und Krankheiten, die Katinka bei der Lösung ihres dritten Falls durchmachen muss.

Etwaige Fehler, Ungenauigkeiten und Freiheiten gehen auf das Konto der Autorin.

Friederike Schmöe

Weitere Krimis finden Sie auf den folgenden Seiten und im Internet: www.gmeiner-verlag.de

Friederike Schmöe
Maskenspiel

277 Seiten, 11 x 18 cm, Paperback.
ISBN 978-3-89977-636-2. € 9,90.

Privatdetektivin Katinka Palfy hat endlich ihren ersehnten ersten Fall an der Hand: In der Universität Bamberg, am Lehrstuhl des renommierten Romanisten Prof. Laubach, verschwinden CD-ROMs, Festplatten werden gelöscht und neue Dateien durch alte Versionen überspielt. Doktorand Carsten Stielke hat es am schlimmsten getroffen: Ihm wurde eine Diskette mit all seinen Doktorarbeitsdateien gestohlen.
Eine harmlose Sache, denkt Katinka, und macht sich frisch ans Werk. Bald steckt sie jedoch zwischen den Fronten schräger und absonderlicher Lehrstuhlmitarbeiter fest, von deren Launen die Detektivin den Eindruck pathologischer Persönlichkeitsdefekte gewinnt. Anscheinend hat jeder ein dringendes Motiv, einen anderen um die Ergebnisse seiner Arbeit zu bringen ...

Friederike Schmöe
Kirchweihmord

277 Seiten, 11 x 18 cm, Paperback.
ISBN 978-3-89977-643-0. € 9,90.

Aufregung in Bamberg. Kurz vor der Sandkirchweih treibt eine Tote im Fluss. Beunruhigend ist, dass die junge Frau an einer Ricinvergiftung gestorben ist.
Privatdetektivin Katinka Palfy, gerade mit der Suche nach einer verschwundenen Ehefrau beauftragt, vermutet einen Zusammenhang zwischen den beiden Fällen und ermittelt fieberhaft in alle Richtungen. Da ereignet sich ein weiterer Todesfall. Katinka steht unter Druck: Vor dem beliebten Fischerstechen am Kirchweihsonntag muss sie die Karten der Verdächtigen neu gemischt haben …

KRIMI IM GMEINER-VERLAG

Friederike Schmöe
Schockstarre

324 Seiten, 11 x 18 cm, Paperback.
ISBN 978-3-89977-705-5. € 9,90.

Jahresbeginn 2005: Privatdetektivin Katinka Palfy ist vom Pech verfolgt. Erst wird sie Opfer eines Anschlags, dann verschwindet ihre Beretta, um kurz darauf wieder aufzutauchen: als Mordwaffe in einem Fall ohne Beweise, dafür mit umso mehr Motiven. Katinka folgt der Spur in das mittelalterliche Städtchen Coburg, wo sie sich sehr zum Missfallen der dortigen Polizei in die Ermittlungen einklinkt. Diese führen sie zur Arbeitsstelle des Toten, einer Werbeagentur. Als die Detektivin erkennt, dass seelische Abgründe hinter scheinbarem Glück und beruflichem Erfolg klaffen, wird der Burghof der trutzigen Veste Coburg zur tödlichen Falle.

Friederike Schmöe
Käfersterben

223 Seiten, 11 x 18 cm, Paperback.
ISBN 978-3-89977-681-2. € 9,90.

Eine spektakuläre Verbrechensserie im kalten Bamberger Frühsommer: VW-Käfer werden rituell ›erdolcht‹ und in der Stadt ›ausgestellt‹. Die Polizei glaubt an einen Spinner, doch Privatdetektivin Katinka Palfy hat schlimmere Sorgen: Warum verschwindet ihre Freundin, die Wiener Bildhauerin Dani Zanini, kurz vor einer wichtigen Ausstellung? Und wer stellte den ›erdolchten‹ Spielzeug-Käfer vor Danis Haustür ab? Als Katinka einen Hilferuf von Dani erhält, sucht sie Rat bei ihrem kunstverständigen Vater. Doch Ignaz Palfy verheimlicht seiner Tochter etwas und bringt sie damit in größte Gefahr …

KRIMI IM GMEINER-VERLAG

Sinje Beck
Einzelkämpfer

229 Seiten, 11 x 18 cm, Paperback.
ISBN 978-3-89977-654-6. € 9,90.

»NIMM MICH MIT! Für 7 Euro die Stunde oder Tagespauschale.« Der arbeits- aber nicht hoffnungslose Heiner aus Siegen hat sich selbstständig gemacht. Er steht mit seinem Schild in einer Einkaufspassage und wartet auf Kunden.
Damit beginnt für ihn eine Kette aberwitziger Verwicklungen. Ohne es zu ahnen gerät Heiner in die Fänge eines international tätigen Kunstfälscherrings. Als man ihn auf eine dubiose Reise nach Rotterdam schickt, wird dem agilen Jungunternehmer allmählich klar: Aus dieser »Nummer« muss er sich ganz allein herauskämpfen …

Angelika Schröder
Mordsgier

278 Seiten, 11 x 18 cm, Paperback.
ISBN 978-3-89977-696-6. € 9,90.

Endlich wird die Grundschule renoviert und Helga Renner findet mit ihrer vierten Klasse Unterschlupf im Keller eines Gymnasiums. Doch der friedliche Schein trügt: Während der großen Pause bricht Studienrat Wohlfang im Lehrerzimmer tot zusammen – vergiftet mit einem Pflanzenschutzmittel, das in Deutschland seit Jahren verboten ist. Hat ein Schüler oder gar ein Kollege den Studienrat umgebracht? Gespräche, die Helga im Lehrerzimmer belauscht, scheinen diese Vermutung zu bestätigen …

KRIMI IM GMEINER-VERLAG

Das neue Krimijournal ist da!

2 x jährlich das Neueste
aus der Gmeiner-Krimi-Bibliothek

KRIMI *Journal*

Nr. 6 — www.gmeiner-verlag.de — Die Zeitung für Krimifreunde — 1/2007

Krimi vom »Tatort«-Kommissar

Jochen Senf veröffentlicht seinen ersten Roman im Gmeiner-Verlag

NICHTWISSER

KrimiNewsletter

Die Last der Altfälle

Krimipreisträgerin Uta-Maria Heim

Literatur-Preisträgerinnen bei Gmeiner

SCHATTENRISS

KINDERSPIEL

TOTSCHWEIGEN

ISBN 978-3-89977-950-9
kostenlos

In jeder Ausgabe:

- Vorstellung der Neuerscheinungen
- Hintergrundinformationen zu den Themen der Krimis
- Interviews mit den Autoren und Porträts
- Allgemeine Krimi-Infos (aktuelle Krimi-Trends, Krimi-Portale im Internet, Veranstaltungen etc.)
- Die Gmeiner-Krimi-Bibliothek (Gesamtverzeichnis der Gmeiner-Krimis)
- Großes Gewinnspiel mit ›spannenden‹ Buchpreisen

Erhältlich in jeder Buchhandlung
oder direkt beim:

GMEINER-VERLAG

Im Ehnried 5
88605 Meßkirch
Tel. 07575/2095-0
Fax 07575/2095-29
info@gmeiner-verlag.de
www.gmeiner-verlag.de

Alle Gmeiner-Autoren und ihre Krimis auf einen Blick

Anthologien: Mords-Sachsen (2007)• Grenzfälle (2005) • Spekulatius • Streifschüsse (2003)
Artmeier, H.: Feuerross (2006) • Katzenhöhle (2005) • Schlangentanz • Drachenfrau (2004)
Baecker, H.-P.: Rachegelüste (2005)
Beck, S.: Duftspur (2006) • Einzelkämpfer (2005)
Bomm, M.: Beweislast (2007) • Schusslinie (2006) • Mordloch • Trugschluss (2005) • Irrflug • Himmelsfelsen (2004)
Bosch van den, J.: Wassertod • Wintertod (2005)
Buttler, M.: Dunkelzeit (2006) • Abendfrieden (2005) • Herzraub (2004)
Danz, E.: Steilufer (2007) • Osterfeuer (2006)
Detering, M.: Herzfrauen (2007)
Dünschede, S.: Deichgrab (2006)
Emme, P.: Killerspiele (2007) • Würstemassaker • Heurigenpassion (2006) • Schnitzelfarce • Pastetenlust (2005)
Enderle, M.: Nachtwanderer (2006)
Erfmeyer, K.: Karrieresprung (2006)
Franzinger, B.: Bombenstimmung (2006) • Wolfsfalle • Dinotod (2005) • Ohnmacht (2004) • Goldrausch (2004) • Pilzsaison (2003)
Gardener, E.: Lebenshunger (2005)
Graf, E.: Elefantengold (2006) • Löwenriss • Nashornfieber (2005)
Gude, E.: Mosquito (2007)
Haug, G.: Gössenjagd (2004) • Hüttenzauber (2003) • Finale (2002) • Tauberschwarz • Riffhaie • Tiefenrausch (2002) • Höllenfahrt (2001) • Sturmwarnung (2000)
Heim, Uta-Maria: Totschweigen (2007) • Dreckskind (2006)
Heinzlmeier, A.: Bankrott (2006) • Todessturz (2005)
Karnani, F.: Turnaround (2007) • Takeover (2006)
Keiser, G.: Apollofalter (2006)
Keiser G./Polifka W.: Puppenjäger (2006)
Klewe, S.: Wintermärchen (2006) • Kinderspiel (2005) • Schattenriss (2004)
Klingler, E.: Königsdrama (2006)
Klugmann, N.: Kabinettstück (2006) • Schlüsselgewalt (2004) • Rebenblut (2003)
Kohl, E.: Flatline (2007) • Grabtanz • Zugzwang (2006)
Köhler, M.: Schreckensgletscher (2007)
Koppitz, R. C.: Machtrausch (2005)
Kramer, V.: Todesgeheimnis (2006) • Rachesommer (2005)
Kronenberg, S.: Kultopfer (2006) • Flammenpferd • Pferdemörder (2005)
Lebek, H.: Schattensieger • Karteileichen (2006) • Todesschläger (2005)
Leix, B.: Hackschnitzel (2006) • Zuckerblut • Bucheckern (2005)
Mainka, M.: Satanszeichen (2005)
Matt, G. / Nimmerrichter, K.: Schmerzgrenze (2004) • Maiblut (2003)
Misko, M.: Winzertochter • Kindsblut (2005)
Puhlfürst, C.: Rachegöttin (2007) • Dunkelhaft (2006) • Eiseskälte • Leichenstarre (2005)
Senf, J.: Nichtwisser (2007)
Seyerle, G.: Schweinekrieg (2007)
Schmitz, I. G.: Sündenfälle (2006)
Schmöe, F.: Schockstarre (2007) • Käfersterben • Fratzenmond (2006) Kirchweihmord • Maskenspiel (2005)
Schröder, A.: Mordsgier (2006) • Mordswut (2005) • Mordsliebe (2004)
Schuker, K.: Brudernacht (2007) • Wasserpilz (2006)
Schwab, E.: Angstfalle (2006) • Großeinsatz (2005)
Schwarz, M.: Zwiespalt (2007) • Maienfrost • Dämonenspiel (2005) • Grabeskälte (2004)
Steinhauer, F.: Narrenspiel (2007) • Seelenqual • Racheakt (2006)
Thadewaldt A./Bauer C.: Kreuzkönig (2006)
Valdorf, L.: Großstadtsumpf (2006)
Wark, P.: Epizentrum (2006) • Ballonglühen (2003) • Machenschaften (2002) • Albtraum (2001)
Wilkenloh, W.: Feuermal (2006) • Hätschelkind (2005)